PARTIR
LAISSER
SE TROUVER

ADI ALSAID

PARTIR LAISSER SE TROUVER

Traduit de l'anglais (États-Unis)
par Marie Tillol

hachette
ROMANS

Couverture : © Robert Adrian Hillman / Shutterstock / Natalie C. Sousa

Traduit de l'anglais (États-Unis) par Marie Tillol

L'édition originale de cet ouvrage a paru en langue anglaise
chez HarlequinTeen (Harlequin Books SA), sous le titre :
Let's Get Lost

Hachette Livre, 58 rue Jean Bleuzen, 92170 Vanves.

HUDSON

1

HUDSON ENTENDIT LA VOITURE arriver de loin. Il sortit du garage et ferma les yeux, à l'écoute, décortiquant le bruit du moteur : comme ça, il saurait exactement ce qu'il allait devoir réparer avant même d'avoir soulevé le capot.

Appuyé contre le mur du garage, concentré sur la voiture qui n'avait pas encore passé le coin de la rue, Hudson en oubliait tout le reste. Le bahut, les filles, son avenir, et la question bonus : savoir si ses potes étaient franchement abrutis ou s'ils faisaient juste semblant. Les yeux clos, il parvenait à réduire le monde au seul moteur, et rien d'autre – un monde dont non seulement il pouvait nommer la plus minuscule pièce, mais aussi dire à quoi elle servait, comment elle marchait, comment la réparer.

Un léger crissement de freins lui fit ouvrir les yeux : la voiture s'engageait sur le parking devant le garage. Il s'agissait d'une vieille Plymouth Acclaim, le genre de bagnole qu'on était ravi d'envoyer pourrir à la casse ou qu'on bichonnait amoureusement jusqu'à la mort. Elle avait connu des jours meilleurs : la peinture s'écaillait sur ses flancs, le rouge avait passé, son pot d'échappement laissait surtout échapper des soupirs poussifs. Il fit signe à la personne derrière le volant d'avancer jusqu'à lui.

Il était toujours en train d'identifier les problèmes mécaniques quand la fille coupa le contact et descendit du véhicule.

C'est tout juste s'il s'autorisa à lui jeter un œil, ayant repéré à la seconde qu'elle était de ces filles capables de vous persuader que, sans elles, il vous manquait l'essentiel. Un vrai nœud de contradictions, cette nana : petite avec de longues jambes, des yeux verts d'une intensité peu commune mais un air empreint de gentillesse, un visage poupin sur un sourire rusé. Elle portait les cheveux lâchés, ses boucles brunes pointant juste sous le menton.

— Bonsoir, dit-elle, un sourire poli sur les lèvres.

Hudson lui retourna son salut, tâchant d'adopter le ton professionnel qu'il réservait en général aux clients. Il lui demanda de déverrouiller le capot, puis vint se placer devant la voiture pour le relever. Il avait l'intention de se plonger dans le boulot sans attendre, mais contre tout instinct, il la regarda à la dérobée. Combien de temps son visage allait-il le hanter ? Pendant des jours ? Des semaines ?

— Il y a un truc qui cloche en particulier ?

— Non, pas vraiment, répondit-elle, glissant ses mains dans les poches arrière de son short – changement de posture qu'il ne put s'empêcher de remarquer.

Le paisible monde extérieur remarqua cette nouvelle position, l'atmosphère moite du Mississippi la remarqua, jusqu'aux taches de graisse maculant le sol qui la remarquèrent.

— Je viens de me lancer dans un long voyage et elle fait un boucan d'enfer, du coup je voulais m'assurer qu'elle tiendrait la route.

Hudson se saisit d'un chiffon propre sur une étagère et vérifia le niveau d'huile et le liquide de transmission. Il appréciait de travailler dans un silence relatif, le monde se résumant aux discrets hoquets du moteur en train de refroidir, à ses mains et ses outils sur la mécanique. Cela dit, un truc chez cette fille lui déliait la langue.

— Tu vas où ?

— Au nord, répondit-elle. Tout au nord.

— T'es pas du coin, si ?

Il prit soudainement conscience de sa voix traînante, de ses voyelles appuyées – le tout manquait nettement de classe.

— Du tout. Et toi ?

Il émit un petit rire, ses doigts couraient d'un bout à l'autre du moteur à la recherche de fissures dans les courroies.

— Pur jus, oui.

Il hocha la tête, cochant mentalement tout ce qui nécessitait une intervention.

— Je peux savoir d'où tu viens, alors ?

— Tu peux, oui, répliqua-t-elle.

Il lui sembla l'avoir entendue rire mais, quand il leva les yeux, elle déambulait dans le garage, examinant avec curiosité les étagères et le bric-à-brac qui y était entreposé.

— Je suis née au Texas. Dans un petit bled dans le genre d'ici.

— Donc, si tu viens du Texas et que tu files vers le nord, qu'est-ce qui t'amène à Vicksburg ? C'est pas franchement sur la route.

— J'avais besoin de faire réviser ma voiture, et on m'a dit que t'étais le meilleur dans les parages.

Elle lui sourit de toutes ses dents. *Des semaines*, pensa-t-il. *Je vais avoir ce visage en tête pendant des semaines.* Elle fit le tour du véhicule et vint se poster près de lui, devant le capot dressé.

— Alors… verdict ? Elle va tenir le coup ?

— Une fois que j'en aurai fini, ouais. Je vais faire la vidange et vérifier que les bougies sont d'attaque. Il faudra peut-être remplacer la courroie, mais je crois qu'on doit avoir ça en stock. Je vais contrôler les freins, aussi, ils faisaient un drôle de bruit quand t'es arrivée. Mais rien de bien méchant.

Un instant, Hudson en oublia la fille, tout à ses mains qu'il allait salir puis qu'il essuierait sur son pantalon, zébré de traces de cambouis qu'il arborait comme autant de cicatrices de guerre.

— Ça te plaît, ça, hein ?

Hudson leva la tête : elle se tenait tout près, si près qu'il pouvait respirer son odeur qui surnageait à travers les effluves d'essence.

— Quoi, ça ?

— Ma gueule.

Elle lui tapota malicieusement le bras.

— Non, ça, idiot ! Réparer les bagnoles. Ça se voit.

Il haussa les épaules en signe d'impuissance, l'air de dire : *Comment faire autrement ?*

— Si tu veux, tu peux t'installer à l'intérieur pendant que je prépare le devis.

— Pas la peine. Fais ce qu'il y a à faire. J'ai confiance.

— Hum, ça va probablement prendre quelques heures. Il y a une télé et du café à l'intérieur. Et puis des magazines. T'as aussi un bon resto de burgers un peu plus loin dans la rue…

Il laissa tomber, au fond il n'avait pas envie qu'elle parte. En général, quelles que soient les distractions qui se présentaient, il savait faire abstraction et s'immerger dans le boulot. C'était pareil quand il bossait à la biblio : des potes pouvaient toujours le charrier, des jolies filles de sa classe s'asseoir en face de lui et tenter d'engager la conversation, Hudson ne se laissait jamais déconcentrer.

Mais là, cette fille lui donnait une furieuse envie de l'écouter déballer son opinion sur tout et n'importe quoi, envie qu'elle lui raconte sa journée et de lui raconter la sienne en retour.

— Sinon, tu peux rester là et me tenir compagnie, tenta Hudson.

Elle fit un pas de côté mais, au lieu de sortir de l'atelier, elle attrapa une chaise pliante posée contre un mur, qu'elle déplia d'un grand geste.

— Tu permets ? dit-elle.

Hudson laissa échapper un soupir de soulagement. La chance avait tourné en un claquement de doigts. Après sa matinée de cours au lycée, l'après-midi avait été un long tunnel d'ennui, à se torturer les méninges au sujet de l'entretien avec le directeur des admissions qui devait avoir lieu le lendemain, sans autre distraction que les vidanges occasionnelles. Désormais, il avait devant lui une bonne charge de travail, et en charmante compagnie. Il s'essuya les mains sur le chiffon qu'il avait attrapé plus tôt et se mit au boulot, se creusant la cervelle pour trouver un truc à dire.

Il l'apercevait du coin de l'œil, assise tranquille, tendant le cou pour observer le garage. Son regard se posait parfois sur Hudson, dont le cœur faisait chaque fois un bond d'enfer.

— Tu savais que, dans les écoles de mécanique, on dissèque des bagnoles pour voir ce qu'elles ont dans le ventre, comme dans les facs de médecine ? Ouais, y a pas que les apprentis chirurgiens qui ne peuvent pas tout apprendre assis derrière un bureau. La seule différence, c'est que, nous, on n'a pas besoin d'un environnement stérile.

Hudson leva les yeux du bloc-moteur pour voir quelle tête elle faisait.

La fille se tourna vers lui, l'air étonnée ; elle se mordait la lèvre, réprimant un sourire.

— Il paraît qu'il y a même des étudiants qui tombent dans les pommes la première fois qu'ils voient une greffe de moteur. Ils ne supportent pas de voir l'huile couler, plaisanta-t-il.

— Tu m'étonnes. Toute cette graisse – on les comprend.

Elle sourit et secoua la tête.

— T'es con.

Il lui rendit son sourire, puis plaça la voiture sur le dispositif de levage pour pouvoir changer l'huile et le liquide de transmission. Qu'est-ce qui lui avait pris de faire une blague pareille ? Il aurait été bien en peine de le dire, pas plus qu'il n'aurait su expliquer pourquoi c'était si doux de se voir traiter de con par cette fille.

— T'es déjà venue dans le Mississippi ? demanda-t-il, une fois que la voiture fut en hauteur.

— On peut pas vraiment dire ça, non.

— Et tu comptes rester longtemps dans les parages ?

— J'sais pas trop, à vrai dire. J'ai pas vraiment d'itinéraire fixe, je ferai peut-être que passer.

Hudson installa l'entonnoir sous le bouchon du réservoir d'huile, puis écouta le glouglou familier de l'épais liquide s'écoulant jusqu'au récupérateur glissé sous les rampes. Il chercha quoi répondre, de fait il ressentait un besoin criant de se confier à elle.

— Écoute, si tu veux mon avis, tu ferais mieux de rester là le temps de bien visiter l'État. Il y a un paquet de trésors à exhumer dans les environs.

— Des trésors ? À déterrer ?

— Bien sûr, dit Hudson, enfin, à déterrer... façon de parler.

Il s'attendait à la voir rouler des yeux consternés, à ce qu'elle lui balance un commentaire acerbe. Ce n'était pas une opinion qu'il avait l'habitude de formuler à voix haute, il avait la trouille qu'on le prenne pour un taré à trouver Vicksburg si unique en son genre. Mais elle affichait un air curieux et semblait attendre qu'il en dise davantage.

— Ils sont pas vraiment enterrés, plutôt cachés derrière le train-train quotidien. Derrière toutes les chaînes de fast-foods et l'ennui. En général, les gens qui aiment Vicksburg l'aiment pour ce qu'elle n'est pas, pas pour ce qu'elle est.

Hudson reboucha le réservoir d'huile et s'attaqua au liquide de transmission, espérant qu'il ne bafouillait pas trop.

— C'est-à-dire ?

— C'est une petite ville, ici, pas de pollution, pas de dangers, rien d'inconnu.

La vache, il sentait son débit de parole s'accélérer.

— Bien sûr, c'est vrai, tout ça, et c'est bien, je ne vais pas mentir. Mais ce n'est pas ce qui fait l'essence de Vicksburg, tu vois ? C'est comme dire : « Je t'aime parce que tu n'es pas un meurtrier. » C'est une qualité importante, certes, mais ça ne dit pas grand-chose de la personne.

Bien joué, songea Hudson. *Continue à parler de meurtriers, c'est le meilleur moyen de faire bonne impression*. Tandis que le liquide de transmission finissait de couler, il examina les témoins d'usure sur les pneus, qui semblaient plutôt en bon état, et s'efforça d'éloigner la conversation de ces horreurs.

— Désolé, j'évite de m'emballer comme ça, d'habitude. Tu sais faire parler les gens, à ce qu'on dirait, tenta Hudson.

Miracle inattendu, la fille lui souriait.

— T'excuse pas. C'était un coup de gueule valable.

Il tira un chiffon de sa poche, s'y essuya les mains.

— Merci. La plupart des gens se contrefichent de tout ça.

— Tu pouvais pas tomber mieux. Les coups de gueule, ça me parle.

Et toujours ce sourire sur ses lèvres. Puis elle se tourna et reprit son inspection du garage, gênée par le soleil qui l'éblouissait. Hudson se demanda si regarder quelqu'un absorbé dans sa contemplation l'avait déjà autant captivé. Même avec les jolies filles après lesquelles il avait couru avec plus ou moins d'assiduité, Kate et Suzanne et Ella, Hudson ne se rappelait pas avoir été autant happé.

— Alors, tu m'en dis plus sur certains de ces trésors ? insista-t-elle.

Il fit le tour du véhicule, feignant de vérifier un détail sur la carrosserie.

— Hum, fit-il, impressionné de voir qu'elle acceptait d'en parler tout naturellement. Rien ne me vient, là, comme ça… Mais tu comprends ce que je veux dire, non ? À quel point parfois on a l'impression d'être le seul au monde à voir un truc ?

La fille éclata d'un rire profond et chaleureux :

— Je vais t'en raconter un, de truc, moi : c'est tellement tranquille, ici.

Elle essuya les fines gouttes de sueur qui perlaient à son front, repoussant ensuite de sa main humide quelques mèches folles. Il entendait son père dans l'atelier derrière, qui testait le moteur du semi-remorque arrivé quelques heures plus tôt. Hudson reporta son attention sur la voiture, l'entrevue du lendemain désormais ensevelie bien loin dans ses pensées.

— Ça me rappelle l'endroit où j'ai grandi, reprit la fille.

Elle repoussa sa chaise, qui racla bruyamment le plancher, et s'approcha. Il s'attendait à ce qu'elle vienne se planter près de lui, mais elle alla se caler quelque part derrière, hors de sa vue.

— À l'école primaire où j'allais, il y avait ce terrain de foot. Si tu ne faisais pas gaffe, ça ressemblait juste à un champ mal entretenu.

Hudson se fit violence pour ne pas se retourner et observer le ballet de ses lèvres en pleine confession.

— Mais il n'y a pas un gamin à Fredericksburg qui ne connaisse pas les fourmilières. Il y en a deux, une à chaque extrémité du terrain. Dans l'une, c'est des fourmis noires, dans l'autre, des rouges. Chaque été, le terrain de foot se mue en champ de bataille. Je ne sais pas si c'est une question de territoire ou si chaque espèce veut bouffer l'autre, mais c'est un spectacle ahurissant. Tous ces petits points noirs et rouges en plein combat, c'est comme assister de très loin à un millier de parties d'échecs. Et ça c'est un petit trésor de Fredericksburg, juste pour nous.

Hudson se surprit à sourire au bloc-moteur, au lieu de remplacer les bougies d'allumage.

— Chouette histoire, dit-il – et les mots lui parurent bien plats.

La fille ne s'était pas contentée de le laisser partir dans son délire : elle savait exactement ce qu'il ressentait. Personne, pas même son père, ne l'avait jamais compris ainsi à la perfection.

Il y eut soudain un blanc que Hudson ne sut pas comment combler. Il pensa bien à lui demander pourquoi sa bagnole était immatriculée en Louisiane et pas au Texas, mais ça ne semblait pas le bon moment. Il fut soulagé quand le moteur sur lequel son père s'acharnait finit par démarrer. Le camion entreprit de sortir du garage, manœuvre qui s'accompagna d'une cacophonie de bips de recul et d'embrayage qui coince.

Une fois que le camion eut péniblement gagné la chaussée, Hudson voulut jeter un œil à la fille, mais, intimidé par le regard braqué dans son dos, il fit d'abord mine de chercher quelque chose sur les étagères près d'elle.

— Quand j'en aurai fini avec ta caisse, que dirais-tu d'une chasse au trésor ?

Hudson ne savait pas trop d'où la question avait surgi, mais il était soulagé de n'avoir pas tourné sept fois sa langue dans sa bouche avant de parler, sans quoi il n'aurait jamais osé lancer un truc pareil.

La proposition prit la fille au dépourvu.

— Tu veux me faire visiter les environs ?

Elle s'absorba dans la contemplation de ses pieds, nus hormis la fine lanière rouge de ses tongs.

— Si t'as rien de mieux à faire, bien sûr.

Elle semblait sur ses gardes, et quoi de plus normal ? Hudson n'en revenait pas d'avoir proposé à une parfaite inconnue de l'accompagner à une chasse au trésor.

— OK, ça marche, lança-t-elle juste avant que le père de Hudson arrive et appelle son fils.

— Excuse-moi, j'en ai pour une minute, souffla ce dernier à la fille, levant la main en signe d'excuse.

Il résista à l'envie de poser la main sur elle au passage – il était si près ! –, juste une caresse du bout du doigt dans le bas du dos ou sur son épaule, et alla rejoindre son père à l'entrée de l'atelier.

— Salut, papa, fit-il, mains sur les hanches, imitant en cela la posture de son père.

— Bonne journée, à l'école ?

— Ouaip. La routine. J'ai encore eu un entretien blanc avec le conseiller d'orientation à midi. Je m'en suis pas mal tiré, je crois. C'est à peu près tout.

Son père hocha deux ou trois fois la tête, puis désigna la voiture.

— Sur quoi tu bosses, là ?

— Révision générale, répliqua Hudson. Filtres, vidange, bougies. Et une nouvelle courroie de transmission.

— Laisse, je terminerai. Tu devrais aller te reposer pour demain.

— J'ai presque fini, dit Hudson, sentant venir la gêne qu'il éprouvait chaque fois qu'il demandait à son père un truc dont il savait qu'il ne l'approuverait pas.

— Ce qu'il y a, c'est que… (Il s'assura que la fille était trop loin pour entendre et reprit :) … que cette fille, là, voudrait qu'on aille faire un petit tour en ville.

Il suspendit sa phrase le temps que son père passe la main dans ses cheveux grisonnants, signe annonçant infailliblement un refus.

— Promis, je serai de retour pour le dîner, ajouta-t-il.

Son père consulta la vieille Timex à son poignet.

— Tu as une heure.

Il en profita pour lui rappeler que, le lendemain, il lui faudrait se lever aux aurores pour parcourir les quatre-vingts bornes les séparant de la ville de Jackson, où se trouvait le campus de l'université du Mississippi.

— Il ne s'agit pas que tu sois trop fatigué.

— Je le serai pas, promis, dit Hudson.

Dans son esprit se bousculaient de petites vignettes, images fantasmées de l'heure qu'il allait partager avec la fille. Le dos de leurs mains s'effleurant – pas tout à fait par mégarde – pendant la balade ; sa jambe collée à la sienne lorsqu'ils s'assiéraient sur un banc et apprendraient à se connaître. Déjà, il cherchait furieusement où il pourrait bien l'emmener. Hudson remercia son père d'une accolade rapide et regagna la voiture. La fille avait la main posée sur le capot et regardait le moteur d'un œil absent.

— Il me reste quelques trucs à boucler et on peut se mettre en route, lui dit-il.

— Parfait.

Ses lèvres se fendirent d'un grand sourire amical, et elle lui tendit la main.

— Au fait, moi, c'est Leila.

Il s'essuya les doigts sur son pantalon avant de lui rendre sa poignée de main, et se présenta. *Des mois*, songea-t-il, alors que ses doigts tressaillaient presque au contact de sa peau. *Je vais l'avoir en tête pendant des mois.*

2

UNE FOIS QU'IL EUT FINI la révision de la voiture, Hudson alla se changer au fond du garage tandis que Leila réglait la facture à son père. Quand il ressortit, elle était assise sur le siège passager, le moteur ronronnait.

— C'est moi qui conduis ? s'enquit-il en ouvrant la portière côté gauche.

— C'est toi le guide, dit-elle, et elle accompagna ses mots d'un geste ample du bras, englobant le vaste monde qui restait à explorer hors de l'habitacle. Alors, guide-moi.

Elle lui sourit, et il songea qu'elle était drôlement douée pour ça. Il passa la marche avant et s'engagea dans la rue, se demandant où l'emmener, comment l'inciter à sourire plus souvent. Le trésor le plus évident ? Le bras mort du fleuve Mississippi, mais c'était trop loin. Tout le quartier regorgeait de souvenirs précieux – le musée Coca-Cola, qu'il avait visité chaque année pour son anniversaire jusqu'à l'âge de douze ans, le glacier qui encourageait ses clients à proposer de nouveaux parfums étranges et avait une fois repris la suggestion de Hudson d'une glace bacon-chocolat –, mais la seule façon de faire revivre ces souvenirs et d'en faire des trésors était de les évoquer avec elle. Il n'avait aucun mal à parler aux filles, d'ordinaire, mais là, bien qu'il n'ait pas complètement perdu sa langue, il ne savait pas par où commencer.

— Tout est sacrément rouge, là-dedans, finit-il par lâcher.

— Oui, c'est ce qui m'a décidée à l'acheter, grosso modo. J'ai eu le coup de foudre.

— Je vais tenter une supposition risquée, alors : je parie que le rouge est ta couleur préférée.

— J'aime bien le rouge – me fais pas dire ce que j'ai pas dit. Mais j'ai surtout un intérêt prononcé pour tous ceux qui jouent franc jeu et assument à trois cents pour cent ce qu'ils sont. T'as décidé d'être rouge ? Eh bien vas-y, sois rouge, bon sang. Du volant aux enjoliveurs, faut afficher la couleur.

Hudson opina avec conviction. Il n'avait jamais rencontré personne comme ça, qui exprime tout haut ce qu'il pensait tout bas. Les freins crissèrent bruyamment comme il ralentissait à l'approche d'un stop, et il dut rassurer Leila sur leur bon fonctionnement. Les freins aimaient pousser une gueulante, fallait pas chercher plus loin. Il prit à droite sur Maryland Street, afin d'éviter d'avoir le soleil dans les yeux le temps de trouver quoi montrer à Leila.

— Et toi, demanda-t-il après le virage, t'es quoi ?

— Moi ?

Elle feignit l'innocence, envoya valser ses tongs et cala ses pieds sur le tableau de bord. Hudson s'imagina ce que ce serait d'être son mec – et c'était la première fois qu'une telle idée lui venait sans qu'il la repousse immédiatement : rouler des heures tandis qu'à sa droite elle fredonnait timidement une mélodie diffusée par la radio, s'allonger dans l'herbe et se confier des tas de choses, se débrouiller pour se faire des câlins malgré les porte-gobelets géants sur les accoudoirs au ciné.

— Moi ? Je suis une mordue des visites trésoristiques. Et, pour le moment, mon guide ne m'a encore fait découvrir aucun trésor. Alors, où on va ?

Hudson prit la direction du centre-ville. Ils dépassèrent un certain nombre d'hôtels tous semblables qui bordaient la route, quelques restos et fast-foods disséminés, cubes plus plats et plus beigeasses les uns que les autres. Rien qui lui semble suffisamment précieux pour le partager avec Leila.

Craignant toutefois qu'elle se lasse, Hudson bifurqua vers le parking du bowling dès qu'il fut en vue. Les vitres laissaient entrevoir une salle noire de monde, des boules aux couleurs fluo dévalant les dix-huit pistes chacune à son rythme, pour finir dans des explosions muettes de quilles blanches.

— Quand j'étais môme, j'ai été invité à une soirée pyjama ici, dit-il, les yeux rivés sur le bâtiment trapu d'un bleu azur.

Tout un tas de chouettes souvenirs de la nuit lui revenaient en mémoire, et il espéra de tout cœur réussir à les faire vivre à Leila pour lui montrer quelle expérience unique ça avait été.

— On a joué jusqu'à 2 heures du matin, puis on a déroulé nos sacs de couchage sur le parquet. Chaque fois que je passe devant, je me demande combien de gamins ont eu la chance de passer une nuit sur une piste de bowling à part nous.

Le regard de Hudson alla se perdre, au-delà du pare-brise, sur le bâtiment. Il admira la façon dont la façade répondait au bleu immaculé du ciel, les fresques ringardes aux tons fanés qui ornaient les fenêtres depuis toujours. Il remarqua que Leila jetait des coups d'œil autour d'elle, et prit soudain conscience qu'il n'avait plus dit un mot depuis un bon moment.

— Allez, viens, je vais te faire visiter.

o o o

À l'intérieur, c'était le vacarme habituel : des boules roulaient le long des pistes, envoyant valser les quilles. Un petit garçon tentait d'empêcher une boule de filer dans la rigole en lui hurlant dessus, et des groupes poussaient des bravos enflammés à chaque strike. Les murs étaient peints du même bleu vif que la façade extérieure. Derrière le comptoir de location de chaussures, un tableau affichait les exploits des meilleurs joueurs. Enfin, dans un coin, un petit snack servait des pizzas graisseuses à souhait.

— Le mardi soir, y a cours de salsa, expliqua Hudson. Avec ce parquet, on a la piste de danse idéale.

Leila lui sourit et lui décocha une petite bourrade, histoire qu'il voie qu'elle n'était pas dupe. Ce qui ne l'empêcha pas de parcourir la salle des yeux, comme si elle cherchait des indices confirmant ses dires. Elle secoua la tête et Hudson crut entrevoir derrière son oreille une cicatrice, minuscule virgule de chair blessée dépassant sous les cheveux. Puis elle se retourna vers lui, remettant une mèche derrière son oreille, qui vint recouvrir la cicatrice.

— Pas moyen que ce soit vrai.

— Je ne te permets pas de douter de ton guide, répliqua Hudson, tout en l'emmenant devant le comptoir des chaussures.

Contrairement à d'autres bowlings qui avaient installé des casiers, Riversides Lanes avait opté pour un système de rangement autrement plus original.

— C'est absurde, dit Leila, devant l'énorme monticule de chaussures amassées sur le comptoir, dont un bon paquet étaient tombées au sol.

Un groupe de lycéennes déboula, pépiant avec excitation sur leurs projets du week-end, et chacune reposa de façon aléatoire sa paire de chaussures sur la pile – laquelle vacilla, et Hudson vit Leila se préparer à recevoir le tas de chaussures sur la tronche.

— Non, c'est du génie, la reprit Hudson. Chaque fois que la pile s'effondre, un employé crie *Avalanche !* et alors on a tous droit à une partie gratuite.

— Mais, du coup, les clients la font tomber exprès ?

Hudson secoua la tête, comme si ce n'était jamais venu à l'esprit de personne.

— Ce serait plus drôle du tout, dans ce cas…

Il croisa les bras sur la poitrine et s'abîma dans la contemplation de toutes ces chaussures célibataires d'où pointaient mille lacets échevelés, bras tendus vers un possible sauveur qui les tirerait du rebut.

Hudson tenta de déchiffrer l'expression de Leila : passait-elle un bon moment ? Puis un couple d'une vingtaine d'années vint farfouiller dans la pile.

— Suite de la visite par ici, dit Hudson, effleurant brièvement l'épaule de Leila pour la diriger à travers la salle.

Il marchait à reculons, comme un authentique guide touristique.

— Sur votre gauche, vous remarquerez l'espace restauration, qui persiste à proposer des bretzels maison alors qu'ils sont en rupture depuis au moins douze piges. Sur votre droite, au niveau de la piste numéro six, vous verrez la légende locale de la boule noire, j'ai nommé le Castor : ce mec a aligné trois marques parfaites d'affilée et ne sourit qu'aux quilles qu'il dézingue. Non, s'il vous plaît, pas de flash, plaisanta Hudson, pointant du doigt une grosse baraque affichant bien soixante années au compteur, dont la bedaine pendouillait dangereusement par-dessus la ceinture.

— Prochain arrêt, les toilettes pour hommes, continua Hudson, avec en tête le tableau noir surplombant les urinoirs.

Il était toujours couvert d'un échantillon d'insultes bien senties, de gribouillages et de quelques messages sentimentaux griffonnés d'une main malhabile, trahissant un état d'ébriété avancé ou une extrême concentration sur une autre tâche en cours.

— Il y a vraiment de chouettes trucs à voir, de ce côté-là.

Il s'écoula quelques instants avant que Hudson réalise ce qu'il venait de dire. Il fit face à Leila, qui lui retourna un sourcil interrogateur.

— C'est pas du tout sorti comme je voulais. Ce que je voulais dire, c'est qu'ici certains révèlent leurs fesses ca…, euh, leurs faces cachées. (Il serra le poing et se tut.) Aïe, je m'enfonce. Ce que je voulais dire… hasarda Hudson, avant d'être interrompu par le brusque éclat de rire de Leila.

Il osa un sourire inquiet.

Bref, il y a un grand tableau noir là-dedans, voulut-il expliquer, mais le rire de Leila l'en empêcha.

Ce rire le fascinait, il lui vidait l'esprit.

— T'en fais pas. Je me doute que c'est pas ça que tu voulais dire, dit-elle, reprenant son souffle.

Hudson opina, reconnaissant, et se tourna vers les WC, dont il poussa la porte.

— La visite guidée va commencer ! annonça-t-il à la cantonade.

Personne ne répondit. Il s'effaça devant Leila d'un geste cérémonieux.

— Après vous, madame.

— C'est la visite guidée la plus surprenante que j'ai jamais vue, dit Leila, qui entra dans les toilettes et lui décocha au passage un regard inquisiteur, où brillait toutefois une étincelle amusée.

— Bouclez vos ceintures et accrochez-vous, ça va décoiffer ! reprit-il.

Deux urinoirs, une cabine et un lavabo, voilà tout ce qu'il y avait à voir dans ces WC. Un sèche-mains automatique au rugissement faiblard était fixé à un mur. Leila observa le tableau noir au-dessus des urinoirs. Hudson suivit son regard, tâchant de deviner quelle inscription elle lisait.

Quelqu'un avait gribouillé un dragon impressionnant. *Joan a couché avec le Castor* s'étalait en majuscules tout en haut du tableau. Et en dessous, en petits caractères, comme si leur auteur avait voulu chuchoter : *Tu ne quittes pas mes pensées*. Des paroles de Johnny Cash, un verset de la Bible et le dessin d'un pénis s'éparpillaient sur la surface noire. Hudson ne put contenir un sourire à la vue de cette collection de pensées vagabondes capturées à la craie. Il observa Leila. Elle aussi arborait un grand sourire, les mains dans le dos, comme si elle contemplait une œuvre d'art.

— Tu vois ces trésors ? l'interrogea-t-il.

Elle opina du chef, son sourire s'élargissant encore, ses yeux explorant les traits de craie bleus et blancs.

— C'est la citation de Vonnegut que je préfère ! s'exclama-t-elle en la montrant du doigt : *Je vous somme de bien vouloir reconnaître le bonheur quand il se présente.*

Hudson se sentit rougir. Devait-il lui avouer que c'était lui qui l'avait notée quelques semaines plus tôt ?

— C'est génial, dit-elle, avant de se saisir à son tour d'un des minces bâtonnets de craie posés sur le rebord métallique du tableau.

Après un bref moment de réflexion, Leila se dressa sur la pointe des pieds pour atteindre un espace vide, dans lequel son écriture nette se détacha bientôt du reste des graffitis : *Habitants de Vicksburg, vous vivez dans un endroit unique.*

C'était dingue, le bien fou que lui faisait ce tout petit commentaire de sa part, à quel point ça lui donnait envie de continuer à discuter de tout et de rien, de l'emmener voir chacun des endroits où il s'était amusé ne serait-ce qu'un millième de seconde dans sa vie.

Hudson la raccompagna à la voiture, impatient de lui montrer autre chose, n'importe quoi ferait l'affaire. Ils allèrent voir l'église, que la ville avait reconstruite après un incendie dévastateur, le terrain d'épervier dans le square près de chez lui, l'ex-magasin de bonbons où on avait un jour trouvé un cadavre – depuis lors, Hudson conservait religieusement chez lui un dernier sachet de bonbons à la réglisse, un trésor, vraiment.

— Tu sais ce que je pense ? Pourquoi je t'y emmènerais pas après tout ?

— Chez toi ?

— Ouais, dit-il, surpris de sa propre audace, mais soulagé d'avoir osé le proposer. Je te montrerai le sachet de bonbecs.

Leila le dévisagea un moment. Il leva la main pour protester de son innocence.

— Mes intentions sont purement trésoristiques. Ce n'est sans doute pas l'endroit le plus passionnant aux yeux du commun des mortels mais, moi, j'en connais tous les recoins, et notamment les plus secrets. Tu ne veux pas venir voir la chambre où Hudson la star des mécanos dort depuis dix-sept ans ?

Elle pencha la tête en arrière et plissa les yeux pour mieux le jauger. Il crut qu'il avait tout gâché, puis il comprit qu'elle se fichait de lui : l'amorce d'un sourire se dessinait au coin de sa bouche.

— Allez, avoue, tu dors dans un lit en forme de voiture de course ?

— Ah ça non, rétorqua-t-il, feignant d'être vexé, tout en appuyant sur l'accélérateur. Ça fait au moins un an que mes pieds dépassaient.

Leila partit de nouveau d'un immense éclat de rire. De peur de ricaner fièrement de sa propre vanne, Hudson préféra garder le silence durant le court trajet jusque chez lui.

o o o

Hudson se gara juste devant la maison et rendit ses clés à Leila tandis qu'ils remontaient l'allée débouchant sur un porche étroit. La voiture de son père n'était pas encore là – il avait dû partir faire deux ou trois courses pour le dîner.

— Et voilà le porche.

Il souligna ses mots d'un ample geste du bras tout en farfouillant pour trouver son trousseau de clés au fond de sa poche.

— On y est rarement.

— Comment ça se fait ? voulut-elle savoir.

— Notre voisine est du genre bavard, expliqua Hudson, englobant le quartier du regard – les voitures et les gros pick-up garés devant les maisons, les drapeaux américains flottant, immobiles, faute du moindre souffle, les vélos que les gamins avaient abandonnés au retour de l'école couchés sur le gravier. Avec mon père, une fois, on a carrément raté notre séance de ciné, on est restés bloqués à l'écouter débiter ses commérages. Le cousin de quelqu'un avait adopté un bébé asiatique et, visiblement, ça méritait un speech de trente minutes légèrement raciste sur les bords.

Il vint se placer devant la porte, ayant enfin mis la main sur la bonne clé.

— Le véritable trésor de Vicksburg, ce sont ses habitants.

Il lui adressa un bref sourire par-dessus son épaule, puis la laissa entrer. Ils firent rapidement le tour de la maison, salon, salle de bains, puis cuisine. Il lui montra le jardin à l'arrière, le kit chaises et table en plastique déployé auprès du barbecue. Une large bande d'un vert tendre courait de la barrière des voisins jusqu'à l'orée des arbres. Ils restèrent là un moment, puis le soleil disparut entre les branches et ils rentrèrent pour la suite de la visite.

C'est tout juste si l'escalier permettait de laisser passer deux personnes de front. Hudson demanda :

— Alors, pourquoi tu tiens tant à aller vers le nord ?

Il n'avait pas plus que ça envie de le savoir, pour être honnête, puisque ça signifiait qu'elle y allait pour de bon, et probablement sous peu.

— Je t'ai pas dit ? Je veux voir des aurores boréales.

— Ah, classe, fit-il – et son cœur fit un bond. Tu dois monter jusqu'où pour en voir ?

— Eh bien, en fait, ça dépend. Mais je compte aller le plus possible au nord pour mettre toutes les chances de mon côté.

— Je t'envie.

— Ouais, je suis trop contente, – mais sa voix ne trahissait pas franchement sa joie. J'espère juste que…

Elle s'interrompit.

— Que quoi ?

— Non, rien, dit-elle, maussade.

Ils avaient atteint l'étage. Elle tendit le bras vers lui, le posa sur sa poitrine.

— Attends.

Elle jeta un œil aux quatre portes sur le palier.

— Laisse-moi deviner.

Elle désigna la porte la plus proche.

— La chambre de tes parents, la salle de bains, ta chambre, lança-t-elle, son index se promenant de gauche à droite. Et à mon avis, ici, ce n'est pas une chambre, mon petit doigt me dit que t'es enfant unique, donc je vais parier sur un dressing.

— Incroyable.

— J'ai un don unique.

— Unique, c'est le mot, commenta-t-il, son esprit étant resté bloqué sur ce qu'elle avait failli lui dire en haut de l'escalier. Comment sais-tu que je suis enfant unique ?

— On reconnaît toujours ses pairs, conclut-elle, ponctuant ses mots d'un clin d'œil.

Une fois dans la chambre, Leila fila droit vers ses étagères, où s'alignaient sagement ses magazines automobiles, les romans qu'il avait dû lire pour l'école et suffisamment aimés pour les garder ensuite. Elle lui tournait le dos et sa silhouette se dessinait à contre-jour dans la lumière vacillante du soir, gommant ses contours ; elle y perdait en réalité : la belle jeune fille qui se trouvait dans sa chambre et le comprenait si bien cédait la place à une apparition près de s'évanouir d'un instant à l'autre. Il appuya sur l'interrupteur sans dire un mot, la laissant explorer à son aise. Il ne voulait pas d'une présence fantomatique, il voulait qu'elle demeure réelle le plus longtemps possible.

— Et ça, c'est quoi ?

Elle avait saisi un coquillage posé sur le rebord de la fenêtre.

Il s'approcha d'elle.

— C'est un souvenir de la première fois que j'ai vu l'océan. Je faisais du surf, tu vois, j'étais rincé par les vagues, le pied total. Et puis soudain une vague plus forte m'a retourné et m'a balancé sur le rivage. Mon front a heurté quelque chose de dur, plus dur que le sable. J'ai refermé ma main dessus : c'était ce coquillage. Je crois que la cicatrice est toujours visible.

Il dégagea ses cheveux et baissa la tête pour qu'elle la voie.

Elle laissa courir son index sur la cicatrice lui barrant le haut du front. Il l'entendait respirer, sentait l'odeur sucrée de son haleine.

— Comment ça se fait que t'aies gardé ce coquillage ?

— Je sais pas. J'imagine que l'idée d'avoir un objet qui me rappelle ce jour fantastique me plaisait. Je ne voulais pas que toute cette journée se résume à une cicatrice.

Leila lui offrit un mince sourire. Son doigt avait déserté son front et courait désormais le long de sa joue, suivant le contour de sa mâchoire. À travers ses lèvres, une fine ligne blanche miroitait contre le rose de sa langue.

Puis ils entendirent la porte du garage qui s'ouvrait en bas, et déjà la Camaro du père de Hudson remontait l'allée. La main de Leila quitta le visage de Hudson. Celui-ci recula instinctivement d'un pas, et le regretta aussitôt. Il aurait voulu prendre la main de Leila et la replacer sur sa joue. Au lieu de quoi il écouta sans bouger son père qui passait du garage à la cuisine, sentant le moment lui filer entre les doigts.

3

EN BAS, DANS LA CUISINE, le père de Hudson était à genoux devant le frigo, qu'il réorganisait afin d'y caser un pack de canettes de soda.

— Salut, papa, lança Hudson.

— Salut, fiston.

Le père de Hudson finit de remplir le frigo avant de se relever et de se tourner vers lui. Il posa les yeux sur Leila.

— Oups, désolé, je n'avais pas vu que tu avais de la compagnie.

Il sourit, puis se dirigea vers la porte.

— Ça ne t'ennuie pas de lancer le barbecue ? Je monte prendre une douche vite fait.

Il allait poser le pied sur la première marche, mais suspendit son geste avant de dire à Leila :

— Tu es la bienvenue si tu veux rester dîner.

— Avec plaisir, répondit Leila.

— Des burgers, ça ira ?

— Carrément. Merci, monsieur… ?

— Appelle-moi Walter, dit-il en lui tendant la main, l'air ravi – puis à Hudson : Tu te reposeras après le dîner, OK ?

— D'ac. J'avais prévu de profiter d'une crise de somnambulisme pour faire le trajet jusqu'à Jackson afin d'arriver aussi frais et dispos que possible.

— Tu te prends pour un petit malin ? Juste parce que tu vas faire médecine ?

— T'es le premier à me trouver malin, papa. Depuis le jour où je t'ai appris à te connecter en wifi, tu me prends pour un génie.

— Je te conseille de ne jamais lui faire de compliments, dit Walter à Leila, posant la main sur l'épaule de son fils. Il ne les oublie jamais.

Il était grand, plus que Hudson pour le moment, mais plus élancé, avec des muscles secs. Pour le reste, ils se ressemblaient énormément : la même mâchoire forte, les mêmes grands yeux noirs. Hudson trouvait son père jeune, du moins pas encore vieux, et, chaque fois qu'il voyait combien ses cheveux avaient grisonné, ça lui faisait un choc.

— OK, je vous retrouve dehors, alors.

Quand il fut en haut de l'escalier, Leila lui lança :

— C'est sympa, chez vous.

— Je te remercie, répondit-il, sa voix déjà lointaine leur parvenant derrière la porte de sa chambre.

— Il est trop gentil, commenta Leila.

— Ouais, dit Hudson, qui tripotait du bout des doigts une écharde sur un placard au mur.

— C'est quoi, l'entretien pour lequel tu dois être en forme ?

— Je dois rencontrer le directeur des admissions de la fac du Mississippi. Pour essayer d'obtenir une bourse qui couvrirait tous les frais de scolarité.

— Je suis épatée.

Hudson haussa les épaules.

— Si tu le dis. Mon père connaît le gars en question, c'est notamment grâce à ça que j'ai ce rendez-vous, du coup il est un peu parano à ce sujet.

Hudson n'avait pas envie de penser au lendemain, quand Leila serait probablement sortie de sa vie. Il se dirigea vers la porte donnant sur l'arrière.

— Allez, on va lancer le barbec ?

Leila acquiesça et l'aida à attraper deux ou trois trucs pour le dîner, puis ils sortirent dans le jardin pour allumer le charbon. L'atmosphère s'était agréablement rafraîchie à la tombée du jour, seules quelques rares traînées orangées perçaient encore à travers les arbres, d'où montait le chant des cigales.

Le terrain était assez grand, la pelouse bien verte et grasse. Un petit abri se dressait en plein milieu, pas loin du barbecue bricolé par Walter : un simple trou creusé et entouré de briques. Quelques tronçons d'arbre et chaises de camping étaient disposés en cercle autour du feu, une canette de bière écrasée traînait dans les mauvaises herbes, vestige de la dernière soirée que le père de Hudson avait passée avec ses copains.

Hudson aurait tout donné pour pouvoir arrêter le temps, stopper la rotation de la planète, afin de profiter plus longtemps de la présence de Leila.

— Donc, médecine, c'est ça ?

— Ouais, c'est pas non plus un exploit. Pas comme si j'avais le don d'ubiquité.

— Ça c'est un superpouvoir, pas un don, le reprit Leila, enflammant une allumette qu'elle jeta sur le tas de charbon. De toute façon, je suis sûre que tu as d'autres pouvoirs.

— Pas vraiment, non.

À ce moment-là, le seul superpouvoir qu'il avait, à son avis, était d'avoir passé du temps avec une fille comme Leila.

— Tu parles, dit-elle, lui donnant une petite tape moqueuse sur le bras. T'oublies les coups de gueule, lui rappela-t-elle, je pourrais t'écouter des heures quand tu râles à propos de tes trésors.

Hudson aurait voulu éviter l'immense sourire qui s'afficha sur son visage – en vain. Surtout quand il remarqua qu'elle le lui rendait.

— J'ai aussi un certain talent pour mettre la table, reprit-il, dans le but de détourner son attention de ses joues qui rosissaient. Je peux le faire d'une seule main. J'ai même pas besoin d'aller sur internet pour savoir de quel côté de l'assiette placer le couteau.

— Je me doutais bien que tu me cachais quelque chose.

— Attends, je te montre, dit-il – et il entreprit de dresser la table avec un soin exagéré qu'il espérait drôle.

Leila s'assit et le regarda faire, le sourire aux lèvres. Quand il eut fini, il vint s'asseoir près d'elle, et ils attendirent que les braises rougissent.

C'était la saison préférée de Hudson, son heure préférée, son coin préféré de la maison. C'était la première fois depuis une éternité qu'il était assis là sans un livre ouvert sur les genoux. Il avait presque oublié à quel point c'était agréable d'être dans le jardin, quand on s'y installait sans devoirs à faire. Leila se cala plus profondément dans sa chaise pliante, leva les jambes et posa les talons sur les cuisses de Hudson. Son geste avait été si naturel que Hudson aurait été bien en peine de l'interpréter – lui faisait-elle passer un message ou est-ce qu'elle avait juste besoin de se détendre les jambes, sans faire de différence entre ses cuisses et une surface quelconque ? Mais peut-être, oui, peut-être bien qu'elle appréciait sa compagnie autant que lui la sienne.

Hudson tâcha de rester immobile, concentrant son attention sur le poids des pieds de Leila sur lui. Quand son père les rejoignit pour dîner, Hudson avait les jambes complètement engourdies.

— On attendait que ça chauffe, expliqua-t-il.

— Eh bien, on dirait que ça va être bon, observa Walter – même si Hudson savait pertinemment que ça faisait déjà un moment que c'était prêt.

Walter attrapa le plat de steaks et en posa trois sur le gril. Le chant de la viande grésillant sur le feu lui arracha un sourire.

— T'as besoin d'aide, papa ?

— Je m'en occupe, merci.

D'autres pères auraient sans doute lancé un coup d'œil par-dessus l'épaule à leur fils, ou une mimique complice. Hudson appréciait la discrétion affectueuse de son père, qui acceptait sans broncher de s'occuper de la popote.

— Dis-moi, Leila, commença Walter en posant sur la table les steaks grillés à point, Hudson m'a dit que tu n'étais pas de Vicksburg. Qu'est-ce qui nous vaut le plaisir de ta visite ?

— Je vais dans le Grand Nord pour voir une aurore boréale, et je n'ai pas choisi le trajet le plus direct, répondit-elle.

Walter entreprit de décoller l'étiquette de sa bouteille de bière, jusqu'à ce que le papier s'enroule sur lui-même.

— Ça fait un sacré bout de chemin. Tu voyages toute seule ?

— Eh oui.

— On devrait tous avoir fait au moins un grand voyage initiatique dans la vie, commenta Walter. Je devais avoir à peu près ton âge quand j'ai taillé la route.

— Vous avez fait quoi, comme périple ?

— De la Californie à New York. D'un océan à l'autre.

Il continuait à détacher l'étiquette, perdu dans ses pensées. Son père arborait toujours une expression de ce type quand il évoquait ce voyage. Hudson l'avait interrogé là-dessus plus souvent qu'à son tour, mais Walter avait beau lui en parler des heures, Hudson ne parvenait pas à imaginer vraiment la personne que son père avait été à l'époque. C'était étrange de penser qu'il y avait une facette de son père qu'il ne connaîtrait jamais, deux grosses décennies pleines de souvenirs dans lesquels Hudson n'avait aucune place.

— Ce garçon n'a pas encore voyagé, dit Walter, sortant de sa rêverie et désignant Hudson.

— Qu'est-ce que tu racontes ? On a fait des tonnes de voyages ensemble.

— Ça ne compte pas, rétorqua Walter.

Il avala une gorgée de bière et poursuivit :

— Un voyage en solo, voilà ce que je veux dire. Tu te trouves un boulot à temps partiel à la fac, un truc qui empiète pas sur tes études, et peut-être que t'économiseras de quoi partir en vadrouille pendant l'été. Et, si tes notes sont vraiment hors du commun (Walter ménagea un silence pour donner plus d'effet à ce qui allait suivre), alors je t'offrirai peut-être de quoi remplir le réservoir pour ton premier périple.

— Maintenant je pige mieux d'où Hudson tient son côté malicieux, lança Leila – et sous la table elle lui décocha un petit coup de pied.

Il lui retourna le geste, regrettant de n'être pas pieds nus.

— Et pourquoi tu tiens tant à voir une aurore boréale ?

Leila haussa les épaules.

— C'est juste un truc qu'il faut que je fasse, c'est comme ça.

— C'est dans ton top dix des choses à faire avant de vieillir ?

— On peut dire ça, ouais.

— Et c'est la première fois que tu voyages seule ? voulut savoir Walter.

Leila mordit à belles dents dans son burger. C'est fou comme elle était séduisante en train de mâcher. Ça donnait envie à Hudson de se mettre aux fourneaux pour elle. Elle opina du chef.

Quand elle eut avalé sa bouchée, elle prit une gorgée de soda et s'essuya le coin de la bouche avec une serviette en papier.

— Je n'ai pas d'obligations scolaires avant un moment, et je me suis dit que c'était le moment idéal pour me balader un peu.

Hudson hocha la tête, avant de réaliser qu'il n'avait pas la moindre idée de ce dont elle parlait.

— Tu veux dire, universitaires ? T'as pris une année sabbatique après le lycée ?

Il n'aurait pas trop su dire quel âge elle avait. Quelque part entre seize et... quoi, vingt ans ? Pas sûr.

— Non.

Elle mordit à nouveau dans son pain et, pendant un instant, il sembla qu'elle en avait fini avec ses explications. Mais elle déglutit et reprit :

— Ça fait plusieurs fois que je redouble mon CP. J'espère que ce voyage va enfin me permettre de maîtriser l'alphabet.

Walter se marra, et Leila fit une grimace complice à Hudson ; il sentit que le visage de cette fille se gravait en lui pour l'éternité.

— Je déconne, Hudson. T'as pas passé l'aprèm avec une gamine, je te rassure tout de suite.

— Ah bon ? J'aurais juré pourtant. Passé un mètre vingt, personne ne rigole plus à mes blagues.

— Je vois ça, dit Leila. Au fait, bravo, t'as résisté à l'envie de me vanner sur ma petite taille. Je t'avais pourtant tendu une méga-perche.

— Ça te va bien, d'être petite, rétorqua aussi sec Hudson, qui saisit une chips dans le paquet trônant au centre de la table et se l'enfourna dans la bouche pour éviter d'ajouter quoi que ce soit sur ce sujet glissant.

Il faisait désormais complètement nuit, seules les étoiles en tête d'épingle et la cuisine des voisins apportaient une touche de lumière. Malgré tout, il voyait que Leila arborait un petit air facétieux. Elle s'installa plus confortablement sur son siège, et cala de nouveau les pieds sur ses cuisses.

— Qu'est-ce que tu as prévu, comme étapes, sur ton parcours ? demanda Walter tout en se préparant un second hamburger, qu'il arrosa copieusement d'au moins cinq bonnes giclées de sauce pimentée.

— Je n'ai pas encore trop préparé mon itinéraire. Je vais y aller au feeling, je verrai bien où j'atterris.

— T'as déjà vu Vicksburg, dit Hudson, on a fait le tour de ce qu'il y avait à voir.

Leila partit d'un rire comme il n'en avait jamais entendu, un rire de gorge d'une douceur infinie, qui lui donna la chair de poule.

— Je suis sûre que le reste du pays souffrira de la comparaison.

Quelques minutes plus tard, Walter commença à débarrasser. Quand il eut gagné la cuisine, Leila reposa ses pieds au sol.

— Il va être l'heure de te laisser aller au lit, dit-elle. Pour ton entretien.

Elle glissa ses pieds dans ses tongs et se leva.

La joie qu'il avait ressentie depuis qu'il l'avait rencontrée était en train de lui filer entre les doigts, mais Hudson ne voyait pas quoi dire pour retenir Leila. Il la suivit jusqu'à la baie vitrée qui donnait dans la cuisine. Elle ne l'ouvrit pas, cela dit, et resta plantée devant, les yeux rivés sur ses pieds, semblant ruminer quelque chose.

La cuisine s'illumina soudain : son père avait attaqué la vaisselle. Hudson pouvait de nouveau observer Leila tout à son aise, ses mains plongées dans ses poches arrière, le mince centimètre de peau visible entre son tee-shirt et la taille de son short. Elle fit un pas vers lui et le prit dans ses bras. Ce fut une accolade solide, étonnamment solide pour quelqu'un de sa taille, quelqu'un qu'il connaissait depuis quelques heures à peine. C'était si bon d'être contre elle que c'en était presque douloureux.

— Je suis contente de t'avoir rencontré, dit-elle. Bonne chance pour la suite.

Puis elle lui déposa un baiser sur la joue et rentra. Il resta paralysé – le baiser, la caresse de ses lèvres sur sa peau, puis la distance qui grandissait entre eux. Paralysé au point que, le temps qu'il entre à son tour dans la cuisine, Leila avait déjà dit au revoir à son père et rejoint la sortie côté rue. Elle n'était déjà plus dans le hall, mais dehors. Elle se retourna, le vit et s'arrêta. Puis elle lui fit un petit geste d'adieu de la main et referma la porte derrière elle.

Il resta planté dans le couloir entre la cuisine et le salon, essayant de se remettre du choc de sa brusque disparition. Puis un bruit d'eau lui parvint aux oreilles, et il remarqua son père, devant l'évier, les mains dans la vaisselle sale.

— Tu veux de l'aide, papa ?

Walter se retourna ; les éclaboussures avaient laissé sur son tee-shirt toute une série d'auréoles sombres.

— Je vais me débrouiller, merci.

— D'ac, fit-il. Je monte, alors. Bonne nuit.

Mais il ne bougea pas d'un millimètre, les yeux toujours rivés sur la porte d'entrée.

— Bonne nuit, répondit son père. Je viendrai toquer à ta porte à 6 heures pour te réveiller. Demain est un grand jour.

— Oui.

Hudson sortit de sa rêverie et grimpa d'un pas lent à l'étage. Une fois dans sa chambre, il se laissa tomber sur son lit et attrapa le tas de papiers qu'il avait imprimés : une compilation glanée sur internet des questions qu'on risquait de lui poser pendant son entretien. Il en parcourut quelques-unes, soudain plus conscient du bruit que faisait son index en tournant les pages que des mots qui s'étalaient sur le papier. Il jeta un œil à la tenue qu'ils avaient préparée avec son père – costume bleu à rayures, chemise blanche, cravate turquoise. Elle était pendue à un cintre accroché à la poignée de son placard, encore dans la housse du pressing pour ne pas la froisser.

Quelques minutes plus tard, Hudson entendit son père monter, et la lumière du couloir s'éteignit. Hudson n'avait pas lu un seul mot – il s'en rendait compte seulement maintenant. Du coup il se leva et alla se poster à la fenêtre. Il soupira profondément, comme si ses poumons étaient pleins de pensées de Leila et qu'il lui fallait les chasser. Son souffle fit trembler le store, et c'est alors qu'il vit que la voiture de Leila était toujours garée dans l'allée. Il s'approcha de la vitre et écarta les lamelles du store. Elle était assise à l'avant, accoudée à sa portière, l'autre main posée sur le volant. Elle rentra le bras à l'intérieur du véhicule et leva les yeux vers lui ; même de là-haut, il pouvait voir qu'un voile brillant couvrait son regard. Il pensa au bras mort du Mississippi, qu'ils pourraient parcourir de bout en bout avec Leila, au rugissement du fleuve qui couvrirait leur conversation.

Non, pas ce soir, songea-t-il tandis qu'il passait la tête dans le couloir pour s'assurer que la chambre de son père était bien plongée dans le noir. *Pas moyen que je reste à la maison ce soir, alors que je pourrais être avec elle*. Il regagna sa chambre, tira sur le cordon qui relevait le store et ouvrit la fenêtre. Il descendit avec précaution sur l'auvent du porche, puis atterrit tranquillement sur la pelouse devant la maison, avant de jeter un coup d'œil par-dessus son épaule pour vérifier que son père n'avait pas allumé.

Puis il courut jusqu'à la voiture. Leila avait baissé la vitre et le regardait approcher sans un mot. Il se pencha à la portière :

— Pousse un peu tes fesses, lui chuchota-t-il, c'est moi qui conduis.

— T'as laissé tomber la bonne nuit de sommeil ? s'étonna-t-elle.

— Je t'avais promis de te faire découvrir un trésor, dit-il, ignorant sa question.

4

IL FAISAIT NUIT NOIRE, rien ne transparaissait du paysage environnant tandis qu'ils roulaient, à l'exception des réflecteurs sur le côté de la route. On voyait soudain leur éclat jaune, puis tout replongeait dans l'obscurité.

Hudson jetait des coups d'œil à Leila, de profil, tentant de saisir ce qui la rendait si séduisante, mais la seule pensée sensée qui faisait surface chaque fois qu'il la regardait était : *J'aime son visage. J'adore son visage.*

— Alors, ce trésor, où tu l'as déniché ?

— C'est une tradition locale. Il y a toujours une bande de gamins qui se vantent de l'avoir découvert. Puis, quand ils passent à autre chose – les études, les enfants, la vieillesse, n'importe –, une nouvelle bande débarque. Un des frangins de mon meilleur pote avait l'habitude de traîner là-bas, et quand ils ont tous trouvé des boulots à Jackson ou à Biloxi, on a récupéré le bon plan.

En disant ces mots, Hudson songea qu'ils ne seraient sans doute pas seuls, sur le bras mort. Le vendredi à Vicksburg, il n'y avait pas mille options pour sortir. Il espéra que ses copains auraient plutôt opté pour un bowling.

— Et qu'est-ce que vous faites, là-bas ? Des trucs de mecs débiles ?

— En gros, c'est ça.

Il mit son clignotant et tourna sur une route de campagne tout aussi indiscernable.

— On tape le ballon, on balance des pétards, on boit des bières. Je ne suis pas un grand buveur, donc, en général, je me retrouve à faire le chauffeur.

— Hum, dommage qu'on n'ait rien à picoler. Ça aurait été marrant de se pinter avec toi.

Hudson laissa flotter cette remarque dans l'air, feignant d'être concentré sur la route, tandis qu'il s'engageait sur un chemin de terre. La voiture eut quelques cahots, elle envoyait bouler des cailloux qui ricochaient sous le pare-chocs dans un boucan d'enfer.

— C'est loin d'ici ?

— On y est presque, répondit Hudson en montrant nonchalamment du doigt un bandeau sombre au-delà de la trouée des phares.

La voiture s'immobilisa. Aussitôt Leila bondit dehors, et par la portière le vacarme parvint à Hudson. Ce n'était pas le fleuve à proprement parler, le courant était même plutôt faible, c'était tout ce qu'il y avait autour : la faune nocturne, les insectes, les plantes bruissant sous la brise, véritable respiration végétale. Il n'aurait pu le prouver, mais il aurait juré que le fleuve dans son entier contribuait à cette partition, les bateaux-casinos quelques kilomètres en aval, le fracas des eaux se jetant avec un claquement de cymbales dans le golfe du

Mexique à La Nouvelle-Orléans. Tout cela se rejoignait pour former une muraille sonore presque tangible.

— Par ici, conseilla-t-il à Leila en contournant les arbres pour descendre sur la rive.

Elle le rejoignit, et avant qu'il ait réalisé ce que faisaient ses doigts, ils s'étaient glissés au creux de sa paume.

— OK, dit-elle, lui pressant la main sans plus de manières, je te suis.

Un immense sourire barrait le visage de Hudson – heureusement, l'obscurité jouait en sa faveur – et il la guida à travers les arbres. Il faillit trébucher plusieurs fois, déconcentré par la présence de Leila au point d'en oublier où il posait les pieds. Parvenus à la rive, ils suivirent le fleuve. Pourvu que la barque soit encore là. Si elle était amarrée, ça signifiait que Leila et lui auraient le coin pour eux tout seuls, et que ses potes étaient embarqués dans d'autres plans pour la soirée.

— Ce trajet me plaît, on se croirait vraiment dans une chasse au trésor.

— Tu vas adorer cet endroit, dit-il, repérant les branches basses entre lesquelles la barque était habituellement dissimulée.

Elle était là. Il lui lâcha la main pour s'agenouiller et tirer l'embarcation hors de sa cachette. C'était à peine plus qu'un vieux canoë fatigué, au bois craquelé et noueux ; la peinture blanche avait foncé, contaminée par la teinte glauque du fleuve.

— On est encore loin ? demanda Leila, les yeux perdus au-delà du fleuve, les mains toujours plantées dans ses poches arrière, éternelle posture de défi au monde.

— Non, plus tellement. À cinquante, soixante mètres peut-être.

Il posa un pied dans la barque et lui tendit la main pour l'aider à monter à bord.

Son regard passa de Hudson à l'île dans le lointain. Un sourire malicieux gagna son visage. Elle avança vers lui mais, plutôt que de prendre sa main pour sauter à bord, elle se baissa et plongea sa main dans l'eau.

— Elle est sacrément froide, commenta-t-elle, par contre il n'y a pas trop de courant.

Elle se redressa de toute sa hauteur – c'est-à-dire de pas bien haut.

— On traverse à la nage ?

Sitôt dit, sitôt fait, elle avait envoyé valser ses tongs et avait déjà de l'eau jusqu'aux chevilles.

Hudson la dévisagea gravement.

— C'est un truc que tu n'as encore jamais fait ? lança-t-elle.

— Non.

— Alors, on y va, c'est clair.

— Et nos fringues ?

— On sera trempés, et puis ça finira bien par sécher.

— Et nos portables ? Les clés de la voiture ?

— On laisse tout dans la caisse.

Cette fois c'est elle qui lui tendait la main, elle le tira sur la terre ferme.

— Hudson, tu vas traverser ce fleuve à la nage avec moi.

Il résista bien quelques pas, traînant les pieds. Puis il se rappela que, s'il avait sauté par la fenêtre et fait le mur, c'était parce qu'il avait envie de plonger dans une nuit délirante, pour une fois.

— C'est dur de te refuser quelque chose.

— Pourquoi tu voudrais me refuser quoi que ce soit ?

Leila se marra et resserra sa prise sur sa main, puis ils regagnèrent la voiture. Hudson vérifia une nouvelle fois l'heure avant de ranger son portable dans la boîte à gants. S'il était crevé le lendemain, il pourrait toujours dire à son père qu'il avait eu du mal à s'endormir à cause du stress. Ils laissèrent là leurs chaussures, leurs portefeuilles et leurs clés, puis rejoignirent la rive, avançant à petits pas pour éviter de buter sur des pierres ou des racines du bout de leurs pieds nus.

Ils restèrent là un moment, face à l'île, les vaguelettes du fleuve venant leur lécher les orteils comme pour les convaincre d'entrer dans l'eau.

— T'as vu ces étoiles ? demanda Hudson.

— Magnifiques, dit-elle en levant la tête.

Puis elle le regarda de nouveau et sourit :

— T'es un bon nageur ?

— Je me débrouille. Et toi ?

— On verra bien.

Sur quoi, elle s'élança la tête la première.

Le temps resta suspendu un bref instant, quelques secondes entre l'action de Leila et la réaction de Hudson – le temps de se demander quelle drôle de fille c'était et ce qu'elle pouvait bien faire dans la vie. La question avait à peine atteint son cerveau que, déjà, il avait plongé à sa suite.

La fraîcheur de l'eau fut un choc. Leila avait quelques longueurs d'avance et ses mouvements amples, énergiques, communiquaient une gaieté folle. Chaque fois que sa tête émergeait, il l'entendait partir d'un grand rire. Quand il but une grande tasse de l'eau du Mississippi, il réalisa que lui aussi riait jusque sous l'eau, entre les brasses, les battements de son cœur étaient boostés par l'adrénaline, il était complètement intoxiqué par le fleuve, par la nuit, par Leila. Il accéléra jusqu'à se porter presque à sa hauteur : ses battements de jambes lui arrivaient juste sous le nez. Il poussa encore un peu plus sur ses membres pour venir à côté d'elle. Ses cuisses commençaient à le brûler. C'était étonnant, il fallait toujours une petite dose de souffrance pour se rappeler que certaines parties du corps étaient bien vivantes.

Ils mirent pied sur le rivage à peu près en même temps, se hissèrent dans l'herbe boueuse et s'allongèrent sur le dos. Le bras de Leila était posé en travers du torse de Hudson. Très spontanément, celui-ci leva sa main droite et vint la placer doucement sur son avant-bras. Il s'était attendu à ce que sa peau soit tiède, mais elle s'était refroidie au contact de l'eau. Il frotta, cherchant à la réchauffer quelque peu.

— On est franchement trempés, dit-elle, décollant son tee-shirt de son ventre à l'aide de la main qui n'était pas sur le torse de Hudson.

— Oh que oui, reconnut-il, amusé.

Elle ramena son bras vers elle, afin d'essorer le tissu.

— Eh ben, ça n'a pas servi à grand-chose.

Elle bondit sur ses pieds, essuyant la terre restée collée à ses jambes là où la peau était nue.

Hudson se leva à son tour ; il resta un instant sonné. La vérité, c'est que ça ne dura pas qu'un instant : c'était comme ça depuis le début de la journée. Depuis que Leila avait débarqué au volant de sa voiture, il avait été foudroyé par cette apparition, sa présence, sa beauté. Impossible de détourner le regard.

— Tu me dévisages, je vais prendre ça comme un compliment, se moqua-t-elle.

— Désolé, dit Hudson en baissant les yeux.

Malgré sa gêne, il ne parvenait pas à s'empêcher tout à fait de la regarder. Il s'abîma dans la contemplation des gouttes qui ruisselaient le long de ses jambes, se demandant comment il s'était retrouvé là face à elle.

Et maintenant elle s'avançait vers lui, passait les bras autour de son cou, pressant son corps contre le sien.

— Tu trembles, remarqua-t-elle.

— Je vais probablement arrêter de trembler sous peu si tu continues.

Elle rigola et se colla encore un peu plus à lui. Il sentait désormais parfaitement la chaleur que dégageait son corps. Hudson leva la main afin de remettre une mèche de cheveux dégoulinante derrière l'oreille de Leila, mais ce genre de geste n'était pas son fort et il se retrouva bien embarrassé, avec les deux mains à la hauteur de son visage dont il ne savait plus trop que faire.

Elle s'en aperçut et rit de plus belle, sans malveillance.

— Je vais les mettre là, voilà, dit-il en posant ses mains sur les épaules de Leila, s'essayant à l'autodérision.

Elle secoua la tête et se saisit de sa main droite, qu'elle plaça sur sa nuque.

— Là, c'est mieux.

Il plongea son regard dans le sien, se perdit dans ces yeux merveilleux qui le regardaient aussi, ses lèvres esquissèrent un sourire puis s'ouvrirent plus largement, attendant la suite. Puis Leila baissa les yeux vers sa bouche. Leurs corps se fondaient l'un dans l'autre quand soudain un son émergea du tumulte continu qui les isolait de la rive du fleuve :

— Ah, la vache ! Tu le crois, ça ? C'est Hudson, avec une meuf !

5

LES POTES DE HUDSON AVAIENT DÉBARQUÉ, armés d'une saine cargaison de bières bon marché. Des cris et des clameurs s'élevèrent de la barque, et instinctivement Leila et Hudson reculèrent chacun d'un pas. C'était le trio habituel – John, Richie et Scott –, chacun arborant un grand sourire stupide en mettant pied à terre.

— Hudsy ! Hé, mec, c'est quoi, ce plan ? voulut savoir John, qui se dirigea droit sur son copain. Tu cachais bien ton jeu, beau gosse, sous tes airs de petit génie, ajouta-t-il en l'ébouriffant.

— Salut, les mecs, répondit Hudson. Hum, alors, qu'est-ce que vous venez faire ici ?

— À ton avis, hé, banane ? C'est plutôt à toi de répondre à cette question. Pourquoi t'es trempé ? Et qui c'est, cette demoiselle ? lança John, dont le regard passait de Hudson à Leila.

— Et surtout, qu'est-ce qu'elle fiche ici avec toi ? intervint Richie, qui ne se gênait pas pour dévisager Leila, dans ses fringues mouillées qui lui collaient au corps.

Il passa la main dans sa barbe rousse – c'était son signe distinctif depuis que cette masse broussailleuse avait commencé à pousser, en classe de troisième.

— Moi, c'est Leila, dit-elle simplement, les saluant d'un petit geste de la main tout en tentant tant bien que mal de se couvrir un peu.

Les trois garçons se consultèrent du regard. Scott donna une bourrade à Hudson :

— Où tu l'as dégotée, celle-là ?

Hudson haussa les épaules, puis jeta à John un regard qu'il espérait suffisant pour lui faire comprendre qu'ils l'interrompaient au pire moment et qu'ils devaient repartir aussi sec dans leur rafiot pour le laisser seul avec Leila. Sans doute son regard était-il éloquent, mais John n'y prêta pas attention. Et, si John ne prenait pas l'initiative de dégager le plancher, jamais les deux autres ne s'y risqueraient.

— Eh bien, Leila, ravi de te rencontrer. Maintenant, si on passait aux choses sérieuses... Qui veut une binouze ?

John brandit une canette, la languette claqua avec bonheur, et il la porta à ses lèvres pour éponger la mousse. Richie et Scott l'imitèrent et attrapèrent illico une bière chacun.

— On comptait pas rester longtemps, commença Hudson. Je dois passer un entretien demain matin.

— Oh merde, c'est vrai, répliqua John.

Il s'enfila une autre gorgée puis s'adressa à Leila :

— Et toi, miss ? T'as aussi un entretien demain ?

— Non.

— Tant mieux.

Et il se pencha pour attraper une canette dans le pack à ses pieds, qu'il lui tendit.

— Un petit jeu, ça vous dit ?

Scott et Richie exprimèrent bruyamment leur approbation et trinquèrent avant de boire une autre gorgée.

— Juste une partie et tu pourras y aller. Elle peut rester.

John lança un clin d'œil à Leila, et Hudson comprit immédiatement ce que les gens voulaient dire lorsqu'ils disaient que leur cœur se brisait en mille morceaux.

Leila consulta Hudson du regard ; elle se tenait toujours tout près, il aurait pu l'attirer à lui pour l'embrasser, si seulement il avait eu le courage de foncer tête baissée. Il parvenait à distinguer la lueur verte de ses iris malgré l'obscurité ambiante – comment ? C'était un mystère.

— Une partie ? dit-elle.

Hudson respira profondément, dans le but de replacer son cœur bien à l'abri dans sa poitrine. Chaque moment passé avec elle était un trésor, quand bien même il devait la partager avec eux.

— OK. Je reconnais que c'est absurde de venir ici sans faire une seule partie de bière-ball.

Leila accepta la bière que lui offrait John, et ils se mirent tous en route vers le couvert des arbres. Par chance, les arbres étaient suffisamment espacés pour qu'ils puissent se faufiler entre les branches sans se blesser. On aurait dit que l'île avait su qu'un jour elle servirait de refuge à ces gamins et qu'elle leur avait dressé un rempart de protection salutaire contre le monde extérieur, le monde des adultes.

Passé le rideau d'arbres s'ouvrait une vaste clairière, que la nuit noire ne permettait pas de distinguer ce soir-là.

Scott lâcha le groupe et alla jusqu'à la cabane qu'on apercevait à peine au fond, démarra le générateur. Les lumières s'allumèrent. Les lampes étaient disposées à hauteur du genou tout autour de la clairière, et braquées vers le centre. Du coup, toute la surface, de la taille d'un terrain de basket, se retrouvait aussi éclairée qu'un parking de supermarché. Quelques objets étaient disséminés de-ci de-là, donnant à l'ensemble un air entre le vide-grenier et la décharge : deux chaises longues en cuir, une table basse en verre, un assortiment de meubles de jardin à tous les stades de dégradation. Il y avait aussi un grand parasol fiché dans le sol, une petite vitrine pleine de tasses en plastique rouge, une énorme peluche tout droit sortie du *Roi Lion* et, à l'une des extrémités, une structure de jeux pour enfants dont les balançoires avaient été remplacées par des pneus. Ce qui avait dû un jour être une jolie petite clairière au charme bucolique était désormais indubitablement le terrain de jeu idéal pour une partie de bière-ball.

Après avoir jeté un coup d'œil appréciateur au corps de Leila désormais en pleine lumière, Scott et Richie se précipitèrent pour se réserver les fauteuils inclinables en cuir. Dans sa course, Richie laissa tomber quelques canettes. Ils se battirent pour s'installer sur le fauteuil le moins pourri des deux. Scott remporta la bataille. Richie fit demi-tour pour aller ramasser les bières qu'il avait semées puis tira de la poche de son sac à dos un lecteur mp3 et une paire d'écouteurs, et se baissa pour les brancher sur une rallonge qui courait jusque dans la cabane.

— C'est classe, commenta Leila, mains sur les hanches, la lèvre inférieure légèrement tremblante. (Hudson eut envie de se coller à elle pour la réchauffer.) Je n'aurais jamais imaginé que ça puisse être éclairé.

— Ça l'était pas, avant, expliqua John. C'est Hudson qui a eu l'idée de ramener un générateur. Il a tout installé. Même la cabane, c'est lui qui l'a construite.

Leila jeta un regard admirateur à Hudson.

— C'est un sacré petit malin, ce mec. Pour ça qu'on se le garde sous le coude. Grâce à lui, on peut jouer au bière-ball les doigts dans le nez. Je te raconte pas combien on a perdu de dés et de Frisbees, avant ça.

— Des dés et des Frisbees ? C'est quoi, ce jeu de fous ?

— Venez voir, leur cria John – et tous vinrent se placer au centre de la clairière. T'as déjà lu la BD *Calvin et Hobbes* ?

— Ouais, je connais, acquiesça Leila.

Elle était à quelques pas de Hudson, plus près de John, en fait.

— Eh bien, le bière-ball c'est une version alcoolisée du Calvin-ball, commença John tandis qu'ils approchaient du mobilier de jardin, derrière les chaises longues.

Hudson tira une chaise pour Leila et s'assit à côté d'elle tandis que John poursuivait :

— La règle numéro un, c'est qu'il n'y a aucune règle. Du moins pas de règles fixes. Du coup, on ne joue jamais deux fois de la même manière, et on ne risque pas de se lasser.

— Et on finit toujours bourrés, ajouta Scott, qui ponctua sa phrase en ouvrant une nouvelle canette.

— Exact, convint John dans un sourire. Évidemment, on a vite pigé que, même si ça a l'air génial comme ça, sur le papier, en pratique c'est pas toujours aussi marrant. Souvent, on n'avait pas assez d'idées sur le moment, et les joueurs se démotivaient. Du coup, on a instauré un certain nombre d'éléments permanents qui structurent le jeu. À chaque tour, chacun de ces éléments doit être accompagné d'une nouvelle règle.

— Ces éléments sont – Hudson en avait profité pour intervenir – les dés, les Frisbees, les cartes et la course d'obstacles.

Il enchaîna, montrant du doigt la balançoire :

— Le premier tour…

— Attends, il ne faut pas de balle pour jouer au bière-ball ?

— Pas quand c'est notre groupe qui joue, répondit Richie, qui ne put retenir un grand sourire bravache.

— Tu te rends bien compte que c'est insultant pour toi aussi, hein ? Si personne ici n'a de balle ? expliqua Hudson, soulignant ses paroles de grands gestes comme s'il s'adressait à un enfant. Tu fais partie de ce groupe, et tu viens d'avouer que tu n'en avais pas.

Richie se caressa la barbe. On voyait à ses sourcils froncés qu'il avait du mal à piger ce que Hudson venait de dire.

— T'es tellement calé, comme mec, j'aurais dû me douter qu'en balles aussi t'étais fortiche.

Richie et Scott se tapèrent dans la main, avant d'exploser de rire.

— C'est impossible d'en vouloir à ces gars-là, dit Hudson à Leila.

Elle rit à son tour, but une gorgée de bière et lui tapota l'épaule.

John reprit ses explications :

— Pour tout dire, une balle est toujours possible *en option*, dit-il, jetant un regard pour s'assurer que Richie et Scott n'allaient pas se remettre à ricaner – ce qu'ils firent. Tout est possible, en fait. Tant que c'est une règle marrante sur laquelle on est tous d'accord, chacun peut y mettre son grain de sel. Les éléments de base ne sont là que comme point de départ.

— Et comment on gagne ?

— On a dix-sept ans et on est sur une île déserte. On est déjà largement gagnants.

Cela fit rire Leila, et Hudson se demanda si ce rire provoquait chez ses potes le même émoi que chez lui ; si John, qui venait de la faire marrer, ressentait la même fierté idiote que Hudson auparavant, le même besoin pressant de la faire rire encore et encore.

— Le plus souvent, la partie se termine d'elle-même quand tout le monde est cuit, expliqua Hudson, observant Leila qui sirotait sa bière.

Il avait été honnête quand il avait dit ne pas être un grand buveur mais, à cet instant précis, partager une bière avec eux lui semblait plutôt une idée séduisante. Il en attrapa une dans le pack que John avait posé sur la table.

— Houlà, qu'est-ce qui te prend ?

— Je me sers une bière.

John tendit le bras et lui prit la canette des mains.

— Tu bois jamais quand on joue au bière-ball, et tu choisis pile la veille de ton entretien pour t'y mettre ? Pas question, mec. Tu vas pas te pointer avec la gueule de bois. Les décisions débiles, c'est bon pour ces deux-là.

Il désigna Scott et Richie, qui, pour une raison obscure, étaient en plein combat de pouces.

— On n'est pas sourds, dit Scott sans lever les yeux de la bataille qui se jouait au bout de sa main.

— Tu peux t'en passer un soir de plus, allez, c'est toi l'arbitre. Demain, quand t'auras déchiré ton putain d'entretien, on reviendra et on se refera une petite partie. On passera la nuit ici. Mais pas ce soir.

— Pigé, marmonna Hudson. J'imagine que t'as raison.

La partie de bière-ball commença par un tour préparatoire pour caler les règles. Un des joueurs devait boire une bière cul sec pendant que les autres lançaient le dé à tour de rôle. Ils additionnaient les chiffres qui sortaient jusqu'à ce que le joueur repose la canette vide tête en bas. Puis le suivant descendait sa bière, et ainsi de suite. Le buveur qui avait fait le plus petit score était le premier à choisir un élément.

Le tour inaugural permettait de déterminer quel joueur s'occupait d'inventer une règle pour tel élément, mais surtout, ça permettait de lancer l'ambiance. Les muscles se détendaient, on évitait ainsi les claquages et les entorses ou toute autre blessure susceptible de survenir pendant les épreuves physiques.

Le rôle d'arbitre autorisait Hudson à ajouter autant de règles qu'il le souhaitait, et ce à n'importe quel moment de la partie, et il en profitait à fond, obligeant ses copains à prendre des accents improbables ou à se déplacer en faisant la roue. Il fut ravi des réactions enthousiastes de Leila – elle lui prit le bras à plusieurs reprises et vint même se blottir contre lui, dans un éclat de rire qui lui alla droit au cœur.

— Nouvelle règle ! cria-t-elle soudain au bout de quarante minutes de jeu.

Ils étaient près de la balançoire et reprenaient leur souffle après une phase de jeu particulièrement intense – il avait fallu traverser le champ d'obstacles tout en jonglant avec des dés. Ses cheveux avaient séché, mais pas ses vêtements, ses joues avaient un peu rosi sous l'effet conjugué de l'alcool et de la course.

— Chaque fois que l'un d'entre vous regardera plus bas que mon cou, il devra finir sa bière cul sec. (Elle marqua une pause, pour donner plus d'effet à ses paroles, et Scott en profita pour reluquer ses seins et s'enfiler joyeusement le reste de sa bière.) Après quoi Hudson sera chargé de vous coller une baffe.

— Ça compte pas ! rugit Scott, j'avais pas entendu toute la règle.

John consulta Hudson :

— Qu'en dit l'arbitre ?

Richie protesta :

— Attends, pourquoi lui il aurait le droit de te mater ?

— Primo, je précise qu'il ne m'a pas déshabillée du regard comme si j'étais une pornstar du Net en action.

— Parce que c'est ce que j'ai fait, selon toi ? protesta Richie – mais il perdit toute crédibilité au premier regard qu'il lui lança.

— Ah, toi aussi, tu viens de le faire. Termine ta bière et prépare-toi à la vengeance de Hudson !

Son rire résonna joyeusement, et elle attrapa Hudson par le bras puis l'amena devant Richie et Scott.

— Deuzio, ajouta-t-elle en alignant les deux garçons et en leur lançant une canette pour qu'ils se mettent à boire, j'aime bien votre copain. Au cas où vous ne l'auriez pas remarqué, quand vous êtes arrivés, j'allais justement lui en faire la démonstration. Donc cette baffe n'est qu'une petite vengeance pour cette interruption forcée.

Leila revint près de Hudson et but une gorgée de sa bière. Elle titubait légèrement.

— Alors, l'arbitre, tu tranches ?

Hudson regarda ses copains. Scott et Richie finissaient docilement leurs bières et John lui souriait tranquillement, lui faisant oui de la tête. Les doigts de Leila vinrent s'entrelacer avec les siens, son pouce caressant doucement le sien.

— Je valide.

Pile au moment où il levait le bras pour gifler ses amis, un grand bruit leur parvint depuis les arbres. Ils firent tous volte-face et cessèrent de bouger, tentant de démêler s'ils avaient rêvé ou s'il s'agissait d'un petit animal. Puis ils l'entendirent de nouveau, distinctement cette fois : une voix. John fonça à la cabane et éteignit le générateur. L'île replongea dans le noir. Ils retenaient tous les cinq leur respiration, tandis que leurs yeux s'accoutumaient à l'obscurité. Hudson sentit Leila s'approcher. Elle colla son flanc au sien.

Puis le faisceau d'une lampe torche perça à travers les branches, tout au bout de la clairière, du côté opposé à celui par où ils étaient arrivés. Aucun n'esquissa le moindre mouvement.

— C'est des flics, vous croyez ? chuchota Richie.

Silence. Ils restèrent immobiles jusqu'à ce qu'un deuxième rai de lumière apparaisse, puis un autre.

— La barque ! murmura Scott un poil trop fort.

Ils prirent leurs jambes à leur cou, fonçant vers les arbres, riant de cette chasse à l'homme improvisée.

Hudson et Leila se firent distancer. Ils couraient main dans la main, tâchant de se prévenir lorsqu'il y avait des pierres qui saillaient ou des branches basses. Hudson aurait voulu dire à ses potes que la barque, c'était pas une bonne idée. Mais ils étaient trop loin devant et il ne voulait pas crier, alors il accéléra de son mieux tandis que, derrière, Leila réprimait son envie de rire pour se concentrer sur la course et garder le rythme. Juste quand ils pensaient avoir perdu la trace des trois autres, ils tombèrent sur John.

— On va faire diversion, proposa-t-il calmement. Nous, c'est pas grave si on se fait choper, par contre je vais pas laisser une stupide arrestation pour intrusion sur une propriété privée venir foutre en l'air ton brillant avenir. Planque-toi.

Puis il repartit en courant de l'autre côté, sans que Hudson n'ait eu le temps de dire quoi que ce soit.

— Et merde, jura-t-il en lançant des coups d'œil autour de lui pour décider du chemin à prendre.

Mais, avant qu'il ait tranché, Leila le tira par la manche et ils s'écroulèrent tous deux au sol. Il eut peur qu'elle se soit fait mal, et prononça son nom pour s'assurer que tout allait bien. Il sentit alors qu'elle se collait à lui et son index vint se poser sur sa bouche.

— Chhhhut. On ne risque rien, ici.

6

HUDSON ÉCOUTAIT LES SONS qui lui parvenaient derrière les battements affolés de son cœur. Ils étaient étendus par terre, et il sentait la fraîcheur de la terre remonter le long de sa colonne. Leila était serrée contre lui, sa peau était chaude, et sa respiration tranquille, profonde, avec un doux parfum alcoolisé. Sa tête était enfouie dans son cou, et sa main blottie dans la sienne.

Ils s'étaient planqués dans un coin, là où des arbres étaient tombés sur une petite bosse de terrain, créant ainsi un nid dans lequel ils avaient tout juste pu se glisser. Ils avaient entendu leurs copains monter dans la barque, puis les rames frapper l'eau tandis qu'ils filaient au loin. Plus tard, il y avait eu des cris étouffés, indistincts. Plus de trois voix, aucun doute là-dessus. Leila et lui avaient décidé de rester cachés encore un moment, et un quart d'heure s'était écoulé depuis. Cela faisait maintenant suffisamment longtemps que Hudson était allongé auprès d'elle pour qu'il oublie le danger et espère juste que sa vie reprenne là où elle en était. Que le lendemain soit une journée comme la précédente, avec le garage et Leila. Un dîner avec son père dans le jardin, rien d'urgent à se dire. Il aurait aimé que ce soit comme ça tous les jours.

À la pensée de son père, Hudson sentit son cœur se serrer ; il regrettait amèrement d'avoir fait le mur et avait honte de lui avoir menti. Puis Leila lui serra la main, et tous ses remords s'envolèrent.

Une multitude de feuilles et de brins d'herbe gorgés d'humidité se collaient à ses bras. Une dame blanche ulula au loin sur l'île. Leila plongea son regard dans le sien.

— Je suis désolée, dit-elle. Je ne comptais pas te faire veiller si tard. On est bons pour un retour à la nage, maintenant. Allez, on te ramène à la maison.

— Non, répondit-il. C'est ici que j'ai envie d'être, et nulle part ailleurs.

Il coula un bras derrière son dos, ses doigts vinrent doucement lui caresser la base de la nuque. Elle lui sourit et se blottit au creux de ses bras, posant la tête sur son épaule.

— Et pour ton entretien, demain, t'es pas inquiet ?

— Non, j'ai encore le temps. Là, maintenant, j'ai juste envie de rester ici avec toi.

Leila se serra contre lui, une jambe par-dessus la sienne. Il l'enlaça plus étroitement pour ne former plus qu'un. C'était si confortable qu'il crut qu'il allait s'endormir instantanément. Il contempla un bon moment le ciel étoilé, puis les aurores boréales lui revinrent en mémoire et il baissa les yeux vers Leila.

Il n'avait jamais vraiment fait ce genre de chose avant, rester comme ça collé à quelqu'un. Ce n'était pas un truc qu'on vous apprenait à l'école. C'était plutôt comme réparer un moteur. Il suffisait de mettre la main sur les pièces adéquates et les assembler dans l'ordre, puis il ne vous restait plus qu'à les regarder s'emboîter.

Son bras courut sur le dos de Leila, puis il glissa la main sous son haut, explorant sa peau du bout des doigts. Le corps de Leila guidait ses gestes, Hudson n'avait d'autre choix que de suivre les lignes de ses omoplates, puis descendre le long de la bretelle de son soutien-gorge en dentelle jusqu'à l'attache. Sa main s'y arrêta un instant puis, comme happée par le velouté de sa peau, elle descendit jusqu'aux reins, effleurant les légères fossettes, la douce courbe des hanches. Sa main s'immobilisa, le bout de ses doigts juste sur l'élastique de sa culotte.

Combien de temps cela avait-il duré ? Il n'aurait su le dire. Il pensa à son téléphone abandonné dans la voiture de Leila, à son père qui devait s'acharner à l'appeler. Mais la présence de Leila contre lui effaçait toute angoisse. Elle lui caressait les cheveux, lui massait les tempes du bout des doigts. Ou elle bougeait sa jambe, et alors la chaleur de leurs membres venait irradier de nouveaux endroits bien frais. Tant qu'elle était avec lui, et non pas lancée dans une furieuse course vers le nord, loin de lui, ça lui allait.

— Raconte-moi une histoire, souffla-t-elle contre son torse, entrouvrant à peine les lèvres – ce fut comme un minuscule baiser déposé directement sur sa peau.

— Quel genre d'histoire ?

— Je sais pas. N'importe. Une histoire pour me bercer.

Il allait lui rétorquer qu'il n'en connaissait aucune, mais fut saisi d'une folle envie de lui parler à cœur ouvert.

— Je crois que c'est la plus belle nuit de ma vie.

Pensif, il laissa l'atmosphère moite du Mississippi recouvrir les bruits de fond tandis qu'il mettait de l'ordre dans ses pensées.

— Jusqu'ici, le meilleur moment de ma vie remontait à l'année dernière, quand on a réussi à faire démarrer une vieille bagnole sur laquelle on bossait avec mon père. Ou à cette journée au parc, quand j'avais cinq ans. Je ne me souviens pas de grand-chose, si ce n'est que je m'étais cassé la figure et que j'avais sacrément mal. Et mon père avait débarqué de nulle part, m'avait soulevé dans ses bras comme si je pesais une plume. Je n'oublierai jamais le soulagement et la joie que j'avais ressentis. Mais *ça*, reprit-il (resserrant son étreinte sur Leila en écho à ses mots, comme s'il était utile de les souligner, se concentrant sur les zones que le corps de Leila venait combler, le creux entre ses côtes, ses hanches qui s'imprimaient dans les siennes), *ça*, c'est le summum du summum.

Il laissa le silence flotter, tout à la sensation de son corps pressé contre le sien. Puis il inclina la tête vers elle et embrassa le haut de son crâne. C'était un doux baiser, il ne cherchait pas à aller plus loin, simplement la tendresse était plus forte que lui. Sans un mot, elle se tourna vers lui et, avant qu'il ait réalisé ce qu'il s'apprêtait à faire, il avait posé ses lèvres sur les siennes.

Ce fut un baiser passionné, un baiser trop longtemps retenu, qui remontait à bien avant leur rencontre. Leurs corps semblaient parler le même langage, leurs lèvres s'ouvraient d'un même souffle, leurs langues se répondaient sans effort, leurs mains savaient d'instinct quand s'attraper et quand se lancer dans l'exploration du corps qui s'offrait à leurs doigts fébriles. Qu'est-ce qu'il préférait, la toucher ou être touché par elle ? Hudson n'aurait su le dire – et à quoi bon trancher, d'ailleurs ?

Il avait vaguement conscience du ciel nocturne, de la flopée d'étoiles, du tumulte du fleuve et de la faune qui y prospérait. Ils roulèrent sur eux-mêmes, et c'est tout juste si Hudson sentit que le sol leur était extérieur, qu'il était plus froid qu'aucun d'eux deux, qu'il s'y glissait parfois un caillou ou une touffe d'herbe sèche. À part ces menus détails, l'univers tout entier était entre les mains de Leila.

o o o

Quand leur baiser prit fin, Leila revint se pelotonner dans ses bras, tête sur sa poitrine, une jambe par-dessus les siennes. Hudson était sûr d'avoir collé sur la figure un sourire idiot, mais ça lui était bien égal désormais.

— Je peux te demander quelque chose ?

Elle avait parlé tout bas. Pas au point de murmurer, mais avec le ton – pensa Hudson – que partageaient deux amants dans le même lit. Un ton proche, intime, les mots n'ayant pas besoin d'être poussés pour parvenir à l'oreille de l'autre.

— Vas-y.

Elle hésita, sa main vint délicatement se placer sur sa mâchoire, qu'elle suivit du menton à l'oreille.

— Pourquoi t'as envie de faire médecine ?

La question le surprit, pas tant à cause du moment qu'elle avait choisi pour la poser mais parce qu'il ne se rappelait pas qu'on la lui ait déjà posée auparavant.

— Hum, je sais pas trop. J'en ai envie, c'est tout.

Un moustique passa près de son oreille, qu'il chassa d'une main distraite.

— Ça fait tellement longtemps que je bosse pour être accepté à la fac que j'ai oublié à quand remonte cette décision.

— Bon, ben si ça te revient, tu me diras ? fit-elle, reposant la main sur son torse et lui donnant un rapide baiser.

Puis elle se redressa sur un coude, et s'abîma dans la contemplation de son visage. Au bout d'un moment, elle ajouta :

— Tu ne regrettes pas de m'avoir emmenée ici ?

— Pas une seconde. Je suis vraiment content de t'avoir rencontrée, et je ne voudrais surtout pas être ailleurs.

Elle lui décocha son petit sourire, celui qu'il ne trouverait jamais chez une autre de toute sa vie, il le savait. Puis elle l'embrassa de nouveau, ce fut moins fougueux mais tout aussi puissant.

— Bien, dit-elle – et elle replongea la tête dans le creux de son épaule.

Il sentait de temps à autre un baiser furtif lui chatouiller la nuque.

— Moi aussi je suis contente de t'avoir rencontré. Je n'en reviens pas, en fait, d'être tombée sur toi au tout début de mon voyage. Je m'attendais à quelque chose de grandiose. Mais pas à ça.

— À quoi, par exemple ?

Leila changea de position, et posa un baiser sur sa main.

— Ça n'a aucune importance. J'ai ça.

Hudson avait un bras enroulé autour de la taille de Leila, l'autre main était emprisonnée dans celle de Leila. Il leva le regard vers les étoiles éclairant le Mississippi, songeant qu'il aurait voulu rester là pour toujours. Il laissa échapper un profond soupir ; cela lui fit un bien fou, c'était la première fois qu'il respirait. Ensuite, il laissa le poids de Leila s'imprimer dans la mémoire de son corps et, un sourire aux lèvres, il ferma les yeux.

7

IL NE FUT PAS RÉVEILLÉ par les premières lueurs du jour, mais par la chaleur matinale et la sueur qui lui coulait le long du dos. Hudson ouvrit les yeux dans un sursaut de panique, constata que les étoiles s'étaient toutes fait la malle, laissant place à un ciel troué de traînées colorées dont la beauté, dans n'importe quel autre contexte, lui aurait coupé le souffle.

— Merde. Oh, merde. Putain, merde.

Il secoua doucement Leila jusqu'à ce qu'elle se réveille avec, sur les lèvres, un sourire gorgé de sommeil.

— Faut qu'on y aille. Faut qu'on parte tout de suite.

Il la souleva par les épaules pour se dégager, puis se leva pour chercher les chaussures qu'il avait envoyé bouler la veille au soir.

— Il est quelle heure ?

— Carrément trop tard. Faut qu'on bouge.

Hudson se lança dans de savants calculs pour voir à quelle vitesse il allait devoir filer pour arriver à l'heure à l'entretien. Leila en était encore à bâiller, à genoux. Il jeta un regard à l'autre bout de l'île, comme si ça allait aider à réduire la distance. Elle s'étira et bâilla derechef.

Quel dommage qu'il ne puisse pas prendre le temps d'apprécier à sa juste valeur combien elle était jolie au réveil.

— S'te plaît, Leila, faut qu'on se dépêche.

Cette fois-ci, c'est lui qui se jeta dans le fleuve le premier, et il nagea aussi vite que possible. Quand il atteignit l'autre rive, il tenta de se sécher avec les moyens du bord, puis aida Leila à sortir de l'eau. Il pria pour que ses vêtements sèchent à temps. Il ouvrit la portière pour Leila, une habitude que rien n'aurait pu lui ôter. Il se précipita ensuite côté conducteur, plongea la main dans la boîte à gants, dont il extirpa son portable. Il croulait sous les appels manqués et les messages de son père. Il était 7 h 15. Il lui restait trois quarts d'heure et quatre-vingts bornes à avaler avant que l'entretien commence.

— Merde, jura-t-il, tandis qu'il enclenchait la marche arrière pour regagner la route.

— T'en fais pas, on va y arriver, le rassura-t-elle.

Elle posa la main sur sa cuisse.

Il ne répondit rien, mais lui fit une brève pression de la main avant de refermer les doigts sur le levier de vitesses. Il vérifiait constamment sur le tableau de bord la distance parcourue, un silence de plomb régnait dans l'habitacle.

Ils parvinrent sur le campus de la fac à Jackson. Ce n'était pas là que les cours se dérouleraient, c'était juste le centre médical, mais le directeur des admissions avait choisi cet endroit afin d'éviter à Hudson les deux cent cinquante kilomètres qui le séparaient de la ville d'Oxford. Il y avait plusieurs bâtiments, et Hudson ne savait pas trop devant lequel se garer. Il opta pour le premier qui se présentait, espérant avoir fait le bon choix.

Le parking était plein de voitures, des modèles plus anciens pour la plupart, et des pick-up. Deux filles en blouse d'infirmière étaient assises sur un banc, un café à la main, se racontant ce que les élèves infirmiers peuvent bien se raconter.

Hudson arrêta le véhicule le long du trottoir, juste devant les étudiantes. Il se retint de regarder l'heure qu'il était, craignant le pire.

— C'est parti, dit Leila. Je vais garer la bagnole et je t'attends. Bonne chance.

Hudson sortit en trombe de la voiture et piqua un sprint vers le bâtiment le plus proche. Avant même d'avoir atteint l'entrée, il sut que c'était une tentative vouée à l'échec. Il faisait ça parce que son père était là, à l'observer depuis un recoin de son cerveau. Hudson portait des fringues dans lesquelles il avait dormi, mais aussi traversé le fleuve Mississippi. À deux reprises. Sa chemise était encore un peu humide, et son froc était trempé. Même si le bâtiment se révélait par miracle le bon, et qu'il trouvait d'entrée de jeu le bureau des admissions, il serait à la bourre. Pour une bonne première impression, il pouvait repasser. Son seul espoir était que le directeur consente tout de même à le recevoir, et qu'il parvienne à lui faire un petit speech le persuadant d'oublier son retard et son étrange apparence. Mais les chances que les choses suivent ce scénario étaient infiniment ténues. Il avait à peine fermé l'œil de la nuit, et l'empreinte de Leila était encore brûlante sur sa peau.

Il allait entrer quand un panneau indiquant le bureau des admissions attira son attention. Il pointait vers le bâtiment d'â côté. Il lâcha quelques jurons bien sentis et fit demi-tour, déboulant à toute vitesse devant les élèves infirmières, dont il attrapa au vol quelques bribes de conversation.

Ce n'est qu'alors, au beau milieu de sa course sur la pelouse, qu'il s'aperçut qu'il avait les muscles endoloris après sa virée nocturne avec Leila, merveilleusement endoloris.

Il finit par débouler au coin du bâtiment et en franchit les portes. Le plan dans le hall l'envoya directement à l'étage ; il grimpa quatre à quatre les marches. Hudson se détendit quand il vit que le bureau était vide, à l'exception d'une femme costaud, assise derrière le comptoir de l'accueil. Elle était large d'épaules, portait un petit chignon, et interrompit sa lecture pour lever un regard inquisiteur sur le nouveau venu. Peut-être était-ce dû au fait qu'elle avait une allure de prof tout craché, mais Hudson eut le sentiment fugitif de l'avoir déjà vue.

— Bonjour, commença-t-il, tâchant de présenter un sourire poli et de dissimuler tant bien que mal qu'il venait de courir un cent mètres. Je m'appelle Hudson, j'ai rendez-vous avec M. Gardner. Pour un entretien d'admission.

Il se racla la gorge et croisa les bras devant lui, comme pour dissimuler ses vêtements.

La femme soupira, posa son livre sur le comptoir et se tourna vers son écran. Après deux ou trois clics de souris, et un bon coup sur le clavier, l'ordinateur revint à la vie.

— Hum, dit-elle au bout d'un moment, vous êtes en retard.

Hudson opina, tout en prenant l'air honteux.

— Je sais, je suis sincèrement désolé. Je présenterai mes excuses à M. le directeur. C'est impardonnable.

— Trop tard, soupira-t-elle. Désolée, mon petit. Le directeur vous a attendu vingt minutes. Mais il avait une réunion à l'autre bout du campus.

Hudson baissa la tête de dépit. Il resta ainsi le temps de réfléchir à la stratégie à adopter, jusqu'à ce que la secrétaire lui demande si ça allait.

— Il doit y avoir un moyen de régler ce problème. Quand est-ce qu'il a un créneau de libre ? Je ferai de mon mieux pour m'expliquer, même s'il n'a qu'une poignée de minutes à m'accorder.

La femme secoua la tête, avec une mimique contrite. Jetant un œil à son ordinateur, elle entreprit de faire défiler de haut en bas l'agenda qui s'affichait sur l'écran.

— Vous étiez son dernier entretien ici. Il est déjà à l'autre bout du campus, il déjeune avec le président de l'université, puis il retourne à Oxford sans repasser par ici. Je ne peux rien faire pour vous.

Abattu, Hudson rebroussa chemin. Il retraversa lentement la pelouse, tâchant de se préparer à expliquer au mieux la situation à son père. Les deux filles étaient toujours en train de papoter sur le banc, de la buée montait de leurs gobelets de café. Leila avait garé la voiture à l'autre bout du parking, capot rouge pointé vers la sortie. Elle était assise sur la carrosserie, jambes croisées, yeux perdus vers la route, qui était calme comme de juste pour un samedi matin. Elle avait l'air fatiguée, mais heureuse. À la base du cou, pile au-dessus de la clavicule, il remarqua une trace sombre, un suçon qui lui avait échappé dans la précipitation matinale.

Elle l'aperçut qui arrivait et se releva.

— Alors, qu'est-ce qui s'est passé ?

— Je suis pas arrivé à temps.

Elle jeta les bras autour de son cou et le serra fort.

— Merde, je suis vraiment désolée.

Il avait beau sentir le réconfort que lui apportait ce câlin, rien n'aurait pu le réconforter, c'en était troublant.

— Peut-être que tu pourras avoir un autre créneau ?

Il lui rendit son étreinte, puis s'écarta.

— Non, c'est impossible. Et dire que je viens de planter l'entretien le plus important de toute ma vie.

Une violente envie de balancer un coup de pied dans la tôle le démangeait.

— Et si tu…

— Mais putain, Leila, c'est non !

Son ton était sans appel, et ils en furent tous deux surpris. Il se tourna vers la route, le visage de Leila et l'expression qui s'y affichait, quelle qu'elle soit – tristesse, choc, incrédulité –, désormais hors de sa vue, afin qu'elle ne vienne pas entamer la colère qu'il voulait laisser monter en lui.

Un grand rire résonna sur le parking. Hudson regarda autour de lui et vit une des étudiantes de tout à l'heure qui riait à gorge déployée.

L'autre lui déballait son histoire, et faisait des grands signes de la main comme pour la supplier de ne pas en dire plus.

Hudson se prit à se mordre l'extrémité du pouce, un tic nerveux qu'il essayait de contrôler d'ordinaire, il détestait les petits bouts de peau arrachés que ça lui laissait sur le doigt. Cette fois-ci, il ne tenta pas de retenir son geste. Au bout de quelques minutes, Leila s'approcha de lui et planta ses jambes face aux siennes ; il ne pouvait plus éviter son regard désormais. Elle se pencha vers lui et lui plaqua un petit bisou sur la joue. Il n'arrivait pas à détacher ses pensées du bureau vide où il aurait dû se trouver assis, le dos droit, les yeux rivés dans ceux du directeur, affichant un air confiant et sincèrement intéressé par son avenir – tout ce à quoi il s'était entraîné grâce aux forums sur internet.

— Allez, on se casse, lâcha-t-il finalement. Faut que j'aille annoncer ça à mon père.

Leila plissa les yeux, jusqu'à ce que seuls s'y détachent encore ses iris verts et ses pupilles noires. Il baissa le regard au sol, suivant la ligne de démarcation entre le gazon et le macadam, avec en tête l'histoire de la guerre des fourmis qu'elle lui avait racontée. Il fit le tour du véhicule pour aller se placer au volant, ouvrit la portière et se glissa sur son siège avant que Leila ait esquissé un pas.

Il mit le contact alors même qu'elle n'était pas encore assise à côté de lui. Leila prit son temps. Une fois qu'elle fut installée, l'atmosphère se chargea de gravité et de fragilité mêlées. Ils restèrent silencieux, laissant le moteur parler, les freins crisser quand Hudson ralentissait dans les virages. Tous deux sentaient que, si l'un d'eux rompait le silence, quelque chose serait brisé. Il poussa le rétroviseur à fond vers la droite afin de ne pas avoir à croiser son regard. Il conduisait brusquement, alternant grosses accélérations et coups de frein soudains, prenant les virages serré. « La colère au volant, disait son père, c'est ce qu'il y a de plus dangereux sur la route. »

Quand ils arrivèrent dans le quartier de Hudson, ils trouvèrent la Camaro noire de Walter garée dans l'allée, étincelant au soleil de cette belle matinée comme s'il venait juste de la briquer. Hudson stationna la voiture de Leila le long du trottoir et laissa le moteur tourner au ralenti un petit moment. Il agrippa le volant fermement, dans l'idée de chasser la tension de ses doigts. Sa jambe gauche tressaillait nerveusement contre la portière, faisant tinter un objet quelque part dans l'habitacle avec un petit bruit agaçant.

Qui donc était ce diable de fille, cette tornade qui avait déboulé en furie dans la vie de Hudson, faisant valdinguer tous ses repères ?

— Il fallait juste que je reste chez moi, dit-il, regardant sa maison à travers le pare-brise. Que je me repose, que je me pointe à l'heure. C'était tellement facile. On aurait pu dormir ici. On aurait pu… J'sais pas. Pourquoi il a fallu qu'on aille sur l'île, justement ce soir-là ?

Il sentait son regard tourné vers lui.

— Ton père est un chouette type. Il comprendra.

— Je m'en fiche, qu'il comprenne ou non, réagit Hudson, haussant le ton. Je viens juste de foutre mon avenir en l'air, pour ce que j'en sais. Tu piges ou quoi ? C'était mon unique chance de me voir attribuer une bourse d'études. Maintenant c'est fichu, j'aurai plus aucune occasion d'en obtenir.

Leila vint poser sa main sur la sienne, mais il la garda bien fermée sur le volant – le sang avait déserté ses jointures sous l'effet de la tension.

— Je suis désolée de ce qui s'est passé. Mais ça en valait la peine, non ? Tu as tout de même passé la plus belle nuit de toute ta vie, rappelle-toi.

D'ici une poignée de minutes, son père allait rappliquer, en route pour le boulot. Hudson sentit son ventre se crisper à cette pensée. Son père passait tout son temps au garage, il ne souhaitait qu'une chose pour son fiston : sa réussite. Et maintenant Hudson le lui avait renvoyé en pleine figure, pour la première fille qui passait par là.

— Je sais pas, lui dit-il, lui rendant enfin son regard. J'ai du mal à voir les choses sous cet angle à l'heure qu'il est.

Un éclat brilla dans les beaux yeux de Leila. Le soleil était désormais assez haut dans le ciel. De quel droit se permettait-elle d'être si belle à un moment pareil ?

À quelques rues de là, une voiture approchait. Hudson entendait vrombir le moteur, un V6 au bas mot, en bon état. Hudson aurait tant voulu qu'ils se soient contentés de rester chez lui. Ils se seraient assoupis sur sa couette, se seraient réveillés à temps dans des vêtements vaguement froissés par cette nuit de sommeil, et la question de savoir si ça avait été la plus belle nuit de leur vie ne se poserait pas. Mais la nuit passée avec Leila souffrait d'une belle gueule de bois matinale.

— Je ne t'ai pas forcé à rester sur cette île, dit Leila d'une voix douce. C'est toi qui as décidé ça.

— De quoi tu parles ? lui renvoya Hudson. C'est moi qui suis resté garé devant chez toi hier soir, peut-être ? Comment j'étais censé rester sagement à la maison ? Et on n'était pas obligés de faire la traversée à la nage, ça c'était ton idée. On aurait pu prendre la barque, garder nos portables avec nous, caler un réveil. On n'était pas forcés de rester là-bas toute la nuit. Tu savais que j'avais ce rendez-vous.

— Et toi tu le savais encore mieux que moi, Hudson.

Elle planta les pieds sur le tableau de bord, ramenant ses genoux contre sa poitrine.

— Tu fais comme si c'était moi qui avais tout contrôlé hier, soit, c'est ton problème. Mais on sait pertinemment ce qu'il en est.

— Ah oui, et qu'en est-il ?

— C'est toi qui as choisi de rester là-bas avec moi. On aurait pu rentrer à la nage. Je t'ai même demandé si tu voulais pas faire ça.

Impossible de soutenir son regard. Il tourna la tête, apercevant furtivement son reflet dans le pare-brise.

— « C'est ici que j'ai envie d'être, et nulle part ailleurs. » Ce sont tes propres mots.

— Je me rappelle pas avoir dit ça.

La jambe de Hudson continuait de cogner contre la portière, le cliquetis résonnant entre chaque mot empêchant le silence de s'installer entre eux.

— Et, si j'ai dit ça, c'est juste que j'avais pas les idées claires.

Leila émit un petit hoquet. Il vit son menton trembloter l'espace d'un instant.

Dehors, Mme Robertson promenait sa paire de chihuahuas, Bowser et Nacho, dont les gambettes minuscules s'agitaient pour se maintenir à sa hauteur. Elle salua gaiement Hudson de la main et les dépassa d'un pas vif dans son jogging rose, sa queue-de-cheval fièrement dressée. Il lui rendit son bonjour, mais la tension dans ses doigts n'avait pas diminué.

— Tu savais très bien ce que tu faisais, Hudson, reprit Leila, suivant des yeux les deux chiens qui s'éloignaient dans la rue. Moi, je crois que tu cherchais une excuse pour ne pas aller à cet entretien. Je pense que tout cela n'est pas arrivé par hasard et, dès que tu arrêteras d'avoir la trouille de t'avouer ce dont tu as réellement envie, tu verras que tout ça est pour le mieux.

Hudson ricana d'un air méprisant.

— Mais qu'est-ce que tu racontes ? Sans cette bourse, je peux pas me payer la fac. Sans la fac, j'ai pas de putain d'avenir.

Il secoua la tête. Il avait du mal à croire que cette fille qui le comprenait si bien encore hier au soir soit si loin de lui ce matin.

Leila retira les pieds du tableau de bord, les glissa dans ses tongs et se redressa sur son siège.

— Arrête de te raconter des histoires. Tu ne veux pas aller dans cette fac, Hudson.

— Tu me connais même pas, Leila. Qu'est-ce qui te fait croire que tu sais ce dont j'ai envie ?

Leila ouvrit brusquement la portière et pivota ; en une seconde elle se retrouva les pieds sur l'asphalte, tournant le dos au garçon. Aussitôt un concert matinal de pépiements, de vrombissements d'insectes et de rires d'enfants au loin s'engouffra dans l'habitacle.

— Je t'ai écouté parler de cette ville comme si c'était la seule chose au monde que tu aimais, à part réparer les bagnoles. Il y a des gens qui passent leur vie à réfléchir à ce qui leur plaît vraiment, sans jamais trouver. Toi, tu l'as déjà, ta réponse, et l'avenir que ton père et toi vous tracez va t'emmener loin de tout ça.

Elle porta la main à son visage, mais Hudson ne voyait pas ce qu'elle y trafiquait.

— Tu nous as laissés nous endormir sur le bras mort du fleuve parce que c'était là que tu avais envie d'être, et nulle part ailleurs. Tu ne disais pas juste ça pour moi et pour cette nuit-là. Tu as peur de quitter Vicksburg. De quitter ton père.

Hudson crut suffoquer. Il ouvrit sa porte à la volée et posa ses pieds d'un geste rageur sur le trottoir. Leila et lui étaient donc dos à dos, comme un vieux couple se tournant chacun de son côté du lit après des années de mariage.

— Tu ne sais pas de quoi tu parles.

Il se leva, referma la portière d'un geste sec. Il avait l'intention de filer vers sa maison, mais ses jambes se dérobaient sous lui et il s'adossa à la voiture de Leila, les yeux fixés sur la porte, sur le paillasson marqué *Bienvenue* sur lequel le livreur avait jeté le journal du jour, dont quelques pages s'étaient froissées à l'atterrissage. Hudson prit de grandes inspirations, laissa passer quelques minutes, le temps de se ressaisir, mais ses jambes restaient de marbre. Puis il entendit claquer sur le macadam les semelles plastique de Leila, qui venait vers lui.

La voir pleurer le fit se sentir tout drôle. Il était tiraillé entre deux envies : la consoler, essuyer ses doux yeux, ou au contraire la voir verser toutes les larmes de son corps, comme autant de preuves de sa culpabilité à elle aussi. Une autre part de lui, plus fière sans doute, se réjouissait un peu qu'elle tienne suffisamment à lui pour pleurer. Comment tous ces sentiments contradictoires coexistaient-ils ? Comment résistait-il à ce tiraillement ? Il aurait dû se retrouver déchiré, réduit en miettes sur son coin de trottoir.

— OK, OK. J'ai tout foiré. (Elle était face à lui désormais.) Qu'est-ce que je peux faire pour rattraper ça ?

— Il n'y a plus rien à faire, dit-il d'une voix plus calme qu'il l'aurait cru – son père se serait exprimé ainsi, nul doute. Tu ferais mieux d'y aller, je crois.

Une légère brise se leva, leur envoyant une bouffée d'air frais. Hudson prit soudain conscience qu'ils devaient tous deux charrier avec eux l'odeur de la rivière, de la terre sur laquelle ils s'étaient allongés, le parfum de cette virée nocturne. Combien de temps l'odeur ou le son du fleuve lui rappelleraient-ils Leila ?

Elle avait les yeux rougis, plus que les quelques larmes qui en avaient coulé pour rouler le long de ses joues le justifiaient. À moins qu'ils aient été irrités à force de contenir les larmes ? Elle prit une profonde inspiration. L'air emplit ses poumons douloureusement, sifflant presque.

— OK, je vais y aller.

Et soudain elle l'enlaça, si bien qu'il fut pris de court. Il sentit ses larmes qui lui coulaient dans la nuque. Un nouveau souffle de vent se leva, refroidissant les endroits que les larmes avaient touchés. Il en fut comme gelé.

Sans ajouter un mot, elle lui posa un baiser sur la joue et le poussa pour s'installer au volant. Le moteur démarra – un rugissement vigoureux, il était prêt à avaler les kilomètres. Il la regarda se débattre avec la ceinture de sécurité, puis enclencher la marche avant ; elle lui jeta un pauvre petit regard penaud, assorti d'un sourire forcé. Puis le soleil se refléta dans la vitre et il ne vit plus ce qu'il y avait derrière. Ce n'était pas plus mal, car elle avait déjà atteint le bout de la rue.

La fille à qui il devait la meilleure nuit de sa vie était partie, plus ou moins vers le nord – qui aurait pu dire où elle filait ? Il resta planté un instant au bord du trottoir, contemplant le voisinage, les allées familières dans la lumière dorée du petit matin. Hudson traîna là un moment, semblant attendre qu'un événement se produise. Puis il se tourna vers sa maison, bien déterminé à se sortir cette fille de la tête.

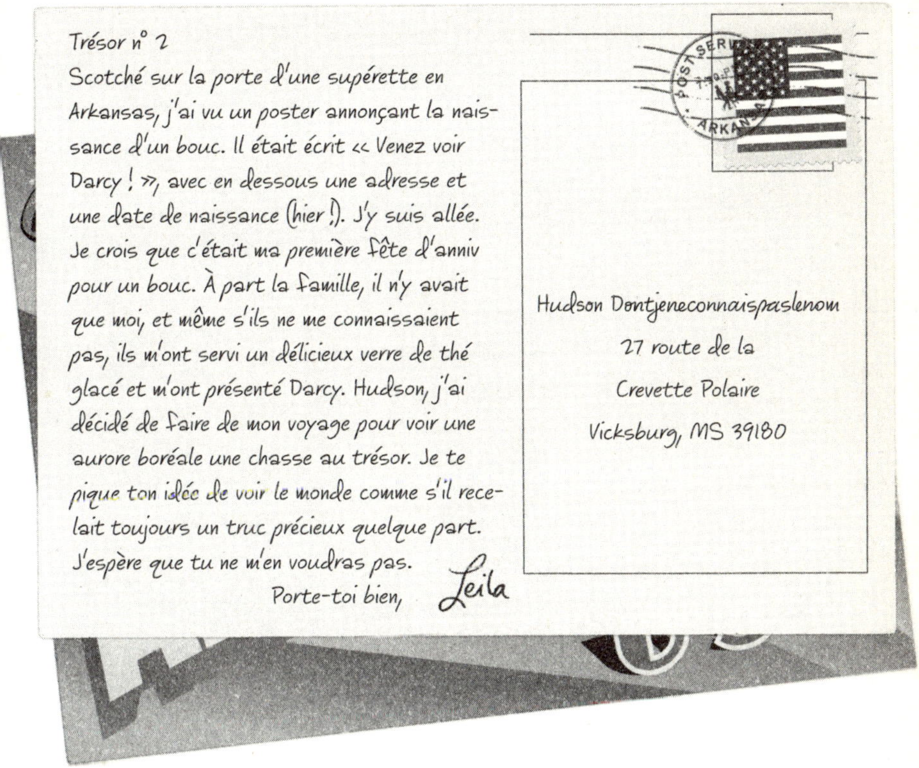

Trésor n° 2

Scotché sur la porte d'une supérette en Arkansas, j'ai vu un poster annonçant la naissance d'un bouc. Il était écrit « Venez voir Darcy ! », avec en dessous une adresse et une date de naissance (hier !). J'y suis allée. Je crois que c'était ma première fête d'anniv pour un bouc. À part la famille, il n'y avait que moi, et même s'ils ne me connaissaient pas, ils m'ont servi un délicieux verre de thé glacé et m'ont présenté Darcy. Hudson, j'ai décidé de faire de mon voyage pour voir une aurore boréale une chasse au trésor. Je te pique ton idée de voir le monde comme s'il recelait toujours un truc précieux quelque part. J'espère que tu ne m'en voudras pas.

Porte-toi bien, Leila

Hudson Dontjeneconnaispaslenom
27 route de la
Crevette Polaire
Vicksburg, MS 39180

BREE

1

LE SEUL TRUC QUE BREE n'arrivait pas à gérer, c'était les temps morts entre les aventures. Tant qu'elle était à Reno, le temps n'avait aucune valeur, on pouvait le gâcher à volonté. Mais là, dans sa nouvelle vie, chaque moment immobile était étouffant, c'était du temps perdu. Et peu importe à quel point elle avait envie de bouger, elle était là, à marcher le long de la route dans le Kansas, à shooter dans des mottes d'herbe sèche à défaut de cailloux. Elle attendait, la mort dans l'âme, la prochaine voiture qui passerait pour lever le pouce.

La bandoulière de son sac de voyage lui sciait l'épaule, elle la passa de l'autre côté et observa les petites marques qu'elle avait imprimées sur sa peau. Elle n'aurait su dire si son épaule avait rougi du fait du frottement ou s'il fallait accuser la brûlure du soleil. Le sac ne pesait pas bien lourd – elle n'emportait jamais grand-chose, elle adorait l'idée de voyager léger –, elle supposa donc que c'était un coup de soleil. Elle baissa la fermeture Éclair de son sac et en tira un des trois hauts qu'elle possédait, un débardeur qui avait été vert fluo, et en entoura son visage pour l'empêcher de cramer.

Elle poussa un grand soupir et leva un regard accusateur vers le ciel, comme si le soleil était responsable de l'absence de voitures. Elle était plantée là, aussi légère qu'une pluie de graines de pissenlit, prête à s'envoler au premier coup de vent, et rien ne se passait.

Un éclat argenté au loin finit par lui faire lever le pouce. Elle se replaça au bord de la route, poussant le vice jusqu'à se pencher un peu pour mettre en valeur son décolleté. Pourvu que ce ne soit pas un routier. Les routiers étaient parfois sympas, mais souvent un peu effrayants – c'était à cause d'eux qu'elle gardait toujours sur elle un petit couteau de cuisine.

Le bruit des pneus avalant le ruban d'asphalte était le plus beau son qu'elle avait jamais entendu. Elle retint son souffle quand la berline se matérialisa, mais la voiture ne semblait pas ralentir ; en quelques secondes, elle l'eut dépassée dans un rugissement de moteur.

Bree lâcha un juron pour la bourrasque que le véhicule avait occasionnée, qui avait envoyé valser son débardeur vert au sol. Elle se pencha pour le ramasser en pestant, si pressée que les choses démarrent enfin qu'elle faillit ne pas voir la deuxième bagnole. Elle se releva et brandit le pouce ; aussitôt la voiture ralentit, les freins émettant non pas un crissement mais un léger gazouillis, suffisamment fort pour lui parvenir malgré la musique qui s'échappait des baffles. C'était une caisse qui avait bien vécu, sa peinture rouge cherchait à lui redonner un peu d'éclat, mais on aurait dit du sang séché. Même les enjoliveurs étaient d'un rouge sanguin.

Bree avança de quelques pas vers la voiture et s'inclina pour jeter un œil par la vitre baissée côté passager. Elle ne s'était pas attendue à tomber sur une fille de son âge au volant. C'était rare de voir des ados sur la route, plus encore seuls.

— Tu vas où ? demanda la conductrice par-dessus la musique, qu'elle ne prit pas la peine de baisser.

— N'importe, rétorqua Bree, comme elle l'avait déjà dit mille fois auparavant, en routarde aguerrie.

Elle observa l'intérieur de la voiture, le café glacé dans le porte-gobelet, les tickets de carte bleue jonchant le sol, le sac plastique attaché au levier de vitesses empli à ras bord de bouteilles plastique vides et de paquets de chips chiffonnés. Tout était rouge, là aussi, mais ça rendait bien, ça avait un petit air brillant et neuf. Les sièges étaient rouges, le volant de même, et les quelques gouttes restant dans la bouteille de Powerade étaient d'un rouge vif.

— Nickel, dit la fille – et elle fit un petit geste à Bree lui signifiant de monter à bord.

Celle-ci ouvrit la portière et grimpa, calant son sac marin sur la banquette vide à l'arrière. Son cœur se mit à tambouriner plus fort, une petite montée d'adrénaline comme chaque fois qu'il y avait de l'action. Son cœur ne se contentait pas de faire circuler le sang dans son corps, il en chassait à grands battements toute immobilité.

La conductrice regarda un instant la route qui s'étendait devant elle, la défiant de l'empêcher de montrer ce qu'elle avait sous le capot.

— Moi, c'est Leila.

— Bree.

Leila acquiesça et lui sourit. Puis la voiture s'élança et le vent s'engouffra par les vitres baissées, venant libérer de longues mèches folles de la queue-de-cheval de Bree. Elles battaient doucement le long de sa nuque brûlée par le soleil et dansaient la sarabande devant ses yeux, ses épaisses boucles étaient presque devenues des dreads après ces neuf mois de périple.

Au bout d'un bon kilomètre, la chanson qui passait prit fin, et Leila en profita pour éteindre la radio et remonter un peu sa vitre.

— Alors, c'est quoi ton histoire ?

— J'ai pas d'histoire, répondit Bree, qui devait toujours plus ou moins crier pour se faire entendre avec le boucan de l'autoroute.

— On a tous une histoire, rétorqua Leila, tout en remettant une boucle brune derrière son oreille, qui en fut aussitôt chassée par un coup de vent.

Bree se sentit immédiatement sur la même longueur d'onde, à voir ses mèches danser follement.

— Eh bien, en fait, mon histoire c'est…

Elle désigna l'asphalte.

— Tu vois, c'est tout ça. Là. La route.

Leila lui jeta un long regard de biais, gardant suffisamment longtemps les yeux détachés du macadam pour inquiéter Bree.

— T'as fugué de chez toi ?

Elles dépassèrent un panneau annonçant encore soixante-quinze bornes avant Kansas City, et Bree acquiesça timidement. Elle ferma les yeux, concentra son attention sur le vent qui fouettait sa peau. Elle n'en voulait pas à Leila de lui avoir demandé ça , Bree se posait la question chaque fois qu'elle croisait une autre jeune, mais elle détestait toujours autant qu'on l'interroge. Parce qu'elle avait beau enrober le tout de plein de détails sur les raisons qui l'avaient poussée à partir, raconter les mille aventures qu'elle avait connues depuis, la vérité était simple : oui, elle avait fait une fugue. Comme trop souvent quand le silence s'installait, les pensées de sa sœur, Alexis, firent surface. Elle rouvrit les yeux.

— Et toi ? voulut-elle savoir. C'est quoi, ton histoire ?

— Le Nord, dit Leila – comme si ça expliquait tout.

— Et donc ? Ça fait pas franchement une histoire, ça.

Leila se tourna vers Bree, dardant sur elle ses yeux d'un vert si pétillant de vie que Bree en envia presque ce qu'ils pouvaient voir.

— Faut que je monte jusqu'en Alaska. J'ai une maladie orpheline très rare, je peux pas rester trop longtemps éloignée des pôles, sinon mon corps commence à se décomposer.

Bree se tortilla sur son siège, mal à l'aise. Elle ne savait pas comment réagir avec les gens malades. Elle avait dû gérer ses parents trop longtemps. Mais Leila laissa filtrer un brin de sourire et Bree se détendit.

— T'exagères. J'ai failli marcher.

Leila se pencha sur le volant, prise d'un éclat de rire magistral.

— Je pensais pas que tu pourrais avaler ça. Je mens comme un pied, en général, s'esclaffa-t-elle – puis, plus sérieusement : Non, en fait je vais en Alaska pour voir les aurores boréales. Je dois faire quelques photos pour un exposé au bahut.

Bree opina du chef et reporta son attention sur le ciel continental. Elle avait parfois le sentiment qu'il allait l'avaler tout entière. Des baffles s'échappait une musique rapide, dont le rythme énergique faisait écho à Bree et venait contredire le grand vide du paysage.

— C'est plutôt cool, comme projet. T'en as déjà vu ?

— En photo, c'est tout. Et toi ?

Bree tourna le dos à la vitre.

— Ouais, quand j'étais gamine. En Europe.

Elle en gardait un souvenir vague, dans lequel la présence de ses parents avait effacé la vision de l'aurore boréale. Elle ne se rappelait même pas si c'était en Suisse ou au Danemark qu'elle l'avait vue, ni le parfum que dégageait sa mère : arôme du café ou parfum du savon. Souvent, Bree regrettait de n'avoir pas été plus attentive avant que l'odeur de la maladie envahisse tout.

— Je ne m'en souviens pas très bien, pour tout dire.

— Hum, souffla Leila, perdue dans ses pensées.

Elle porta une main à sa bouche et se rongea distraitement la peau entre le pouce et l'index.

— Ça fait combien de temps que tu voyages ?

— Je viens de commencer. Plus l'été est avancé, plus on a de chances de voir une aurore boréale, alors je me presse pas, expliqua Leila en reposant sa main à côté de l'autre sur le volant. Et toi ?

— Hum, ça fait quelques mois déjà. C'est dur de mesurer le temps, au bout d'un moment on perd le compte. C'est ce qui me plaît, en gros.

— Comment t'expliques ça ?

— Quand tu n'as aucune raison de distinguer les jours de la semaine et le week-end, tu commences à piger que tous les jours se ressemblent. Et ça te donne la liberté d'en faire ce que tu veux. C'est plus facile, de loin, de profiter d'une journée que de profiter, mettons, d'un mardi. Tu vas te balader le mardi. Tu te fais une énième pizza le mardi. Le mardi, c'est ta série favorite à la téloche, tu vois ? Mais *la journée*... dit-elle, soulignant le mot d'un geste emphatique, *la journée* est juste la somme des heures pendant lesquelles tu es vivante. Tu es libre, fais-en ce que tu veux. L'inattendu, la folie, peut-être même une pincée d'anarchie, qui sait.

Elle guettait la réaction de Leila.

— Si tu vois ce que je veux dire.

Leila lâcha la route des yeux pour offrir un grand sourire complice à Bree.

— Ouais, je crois que je vois très bien.

Elle reporta son attention sur la route.

— Profiter d'un mardi...

Un court silence s'installa. Une nouvelle chanson démarra, un autre flot d'énergie et de vivacité. Bree fouilla dans son sac pour attraper deux barres de céréales. Elle en proposa une à Leila, qui accepta avec gratitude.

Sitôt qu'elle l'eut avalée, elle fourra l'emballage dans le sac accroché au levier de vitesses.

— Ça t'arrive de trouver ça plus facile à dire qu'à faire ? Ton histoire de profiter de la journée, là ? *Carpe diem*, c'est une philosophie que tout le monde connaît mais, si c'était si facile à mettre en pratique, on ne nous bassinerait pas avec ça tous les quatre matins.

Bree se marra.

— Ouais, t'as probablement raison.

Elle passa une main dans ses cheveux, tâchant en vain de discipliner ses boucles emmêlées en les glissant derrière son oreille. Le vent se chargea de les en déloger.

— Il faut que t'aies un truc qui te le ramène constamment à l'esprit. Je n'ai jamais besoin de me dire que je dois profiter de ma journée. Simplement, quand je le fais pas, c'est comme si je me désintégrais peu à peu, je me délite. Comme si mon esprit avait la bougeotte, et qu'il fallait que je me bouge les fesses pour que ça se calme.

— Ah ouais ? Et c'est quoi qui te sert de garde-fou ?

— La mort de mes parents, dit Bree.

Elle n'avait pas voulu plomber l'ambiance, mais c'était le seul point sur lequel elle était incapable de mentir.

— Désolée, souffla Leila.

Puis, après un temps, elle ajouta :

— Moi, j'ai cette fichue maladie dégénérative pour me servir de piqûre de rappel.

— Arrête avec ça.

— Bon, et comment tu sais que tu vis ta vie à fond ? Il y a une recette bien précise que tu pourrais me noter ?

Bree rit de nouveau, ravie désormais que la berline gris métallisé l'ait laissée au bord de la route.

— Il n'y a pas de formule magique. Soit tu le fais, soit tu le fais pas. Tout ce que je peux dire, c'est que parfois je sens que ça me démange, et parfois non. Ça, par exemple. Le fait d'avoir cette discussion. Là, maintenant, être en route pour Kansas City ou n'importe quelle putain de destination, et parler de tout ça. Si je devais mourir dans la minute, je ne serais pas complètement désemparée.

Leila médita un moment ces paroles en souriant. La musique disparut, noyée sous le bruit des roues trépidant sur l'asphalte et des bourrasques de vent jouant à déporter la voiture sur le côté. À l'extérieur, le monde se résumait à trois couleurs : le jaune des hautes herbes brûlées par un été sans pluie, le ruban sombre de la route, qui semblait grimper droit vers la haute sphère bleu cobalt du ciel.

Leila, sans rien ajouter, tendit le bras vers le bouton du volume et monta le son au maximum, tout en mettant un grand coup d'accélérateur. Son sourire s'élargit, elle avait l'air radieux et pianotait joyeusement sur le tableau de bord. Quand le refrain éclata, elle donna de la voix, vociférant les paroles comme si le monde entier devait les entendre. Bree se joignit à elle, improvisant en yaourt jusqu'à ce qu'elle se familiarise avec les paroles.

2

BREE SE RÉVEILLA EN SURSAUT : la voiture s'arrêtait dans une station-service.

— « The Trapeze Swinger », d'Iron and Wine, annonça Leila en détachant sa ceinture. Même si t'es pas fatiguée pour un sou, c'est impossible de rester éveillée pendant toute la chanson.

Bree s'étira, s'efforçant de détendre chacun de ses muscles afin de se dérouiller.

— Combien de temps j'ai roupillé ?

— Pas longtemps. Une demi-heure, peut-être.

Leila immobilisa la voiture devant une des pompes à essence.

— Désolée de t'avoir réveillée. Mais faut qu'on fasse un plein.

— C'est bon, j'émerge, répondit Bree en tâchant de chasser le sommeil de ses yeux. Je déteste dormir, de toute façon. J'ai toujours cette impression désagréable de rater quelque chose.

Leila sortit du véhicule, contre lequel elle s'appuya le temps de remplir le réservoir. Bree ouvrit sa portière et la rejoignit dehors, plissant les yeux sous le soleil au zénith. Elle observa les alentours ; la station-service ressemblait à s'y méprendre à celle de Reno, jusqu'aux arbres qui la bordaient et à la vitrine brisée du bâtiment. Avec Alexis, elles y allaient souvent pour une petite course, pour attraper un truc à grignoter avant la séance de ciné ; à l'époque, sa sœur venait d'obtenir son permis et leur père était malade – bref, c'était avant qu'Alex rencontre son fiancé Matt. Elles repartaient chaque fois avec des Skittles et un paquet de chips.

— Je vois ce que tu veux dire, souffla Leila.

Elle fit de nouveau ce geste, mordiller la peau entre le pouce et l'index.

— Tu veux que je te prenne un truc dans la boutique ?

— Je t'accompagne, répondit Bree.

Elle laissa Leila passer devant, puis attrapa son sac marin et le passa sur son épaule. Elles croisèrent un mec d'une vingtaine d'années, qui pianotait son code pour payer directement à la pompe. Il les regarda passer, et Bree devina d'instinct les phrases cliché qui s'imprimaient dans son regard, toutes plus débiles et sexistes les unes que les autres. Elle se retint de lui balancer un truc à la gueule et entra dans la boutique.

Le vendeur était un grand type à moustache. Il avait dû avoir une carrure athlétique, mais ses beaux jours étaient derrière lui. C'est tout juste s'il leur jeta un regard, puis il se replongea dans la contemplation de la petite télé derrière sa caisse.

Leila la guida jusqu'au fond du magasin, tapissé de frigos contenant des boissons. Bree croisa les bras, le temps de vérifier que le type à la caisse était toujours aussi peu intéressé par leur présence. Elle fit glisser la fermeture de son sac en moins de deux et le passa sous son bras droit, du côté de Leila. Puis elle ouvrit un des frigos et, d'un geste vif mais on ne peut plus naturel, y engouffra deux bouteilles d'eau et une canette de thé glacé king size. Elle referma la porte vitrée d'un geste précautionneux, puis recula et recroisa les bras sur sa poitrine.

Leila se rapprocha de Bree, les yeux toujours rivés sur les boissons en présentation devant elle. Bree ne put s'empêcher de remarquer qu'elle dépassait Leila d'une bonne dizaine de centimètres, au bas mot. Elle était également plus mince, après tous ces mois sur la route. Sa peau était tannée par le soleil, et probablement pas au summum de la propreté. Leila se pencha vers Bree et lui murmura avec un petit sourire malicieux :

— C'était quoi, ça ?

— Une démangeaison de mon esprit, rétorqua Bree. T'as jamais rien chouré ?

— Non, à vrai dire, je crois pas.

— Ça a l'air débile, mais c'est sacrément excitant.

Leila ne semblait pas franchement convaincue, et jetait des coups d'œil inquiets en direction de la caisse.

— Profiter de la journée, ça ne consiste pas forcément à faire des trucs grandioses, expliqua Bree, glissant une seconde canette de thé dans son sac. Parfois il s'agit juste de se lancer un petit défi idiot qui te réveille.

Leila haussa les épaules. Après tout, pourquoi pas ? semblait-elle penser. Et de fait elle vint se placer juste devant Bree, face au frigo. Elle l'ouvrit, dos tourné à la caisse, et se saisit, sans même regarder, du premier truc qui lui tomba sous la main. Elle le glissa dans le sac de Bree et roula de grands yeux extatiques.

— Tu l'as senti ? voulut savoir Bree.

Leila sourit de toutes ses dents, puis chuchota un brin trop fort :

— Allez, on en prend d'autres !

Elles piquèrent quelques sodas et une canette de Red Bull ; puis Bree prit une petite bouteille d'eau qu'elle garda en main pour se donner une contenance. Faisant leur possible pour afficher un air détaché, elles se dirigèrent vers le rayon des gâteaux, qui ne leur offrit aucune résistance. Les barres chocolatées se dissimulaient sans peine au creux des paumes, leurs emballages plastique étaient silencieux à souhait. Elles en siphonnèrent quelques poignées, que Bree planqua dans un de ses tee-shirts au fond du sac.

Elles quittèrent les confiseries et Bree faillit percuter le présentoir des chips. Ça, en revanche, c'était une autre paire de manches. Le rayon était proche de la caisse, et en plein dans la ligne de mire du type s'il venait à lever les yeux. Sans oublier le raffut que faisaient les paquets de chips quand on s'en emparait – un système d'alarme en béton armé. Et puis, en arrière-plan, le souvenir de sa frangine et elle au ciné, tentant tant bien que mal d'extraire les chips du paquet sans faire de bruit, un peu comme au *Docteur Maboule*.

Il y avait bien longtemps que le sac de Bree n'avait pas pesé si lourd sur son épaule ; la lanière, tendue sous le poids des provisions dérobées, ravivait la brûlure des coups de soleil. Leila s'agenouilla, feignant de refaire ses lacets, et enfourna prestement des paquets de viande séchée et de graines de tournesol dans le sac. Bree s'était saisie d'un paquet de bonbecs, et se passionnait pour la composition des nounours en gélatine. Un bruit la fit se retourner : le caissier avait son portable en main et faisait défiler la liste de ses contacts ou de ses textos, allez savoir, une prière silencieuse pour que quelque chose vienne le tirer de l'ennui où il était enlisé. Il regarda les deux filles, ses yeux s'attardèrent un instant sur Leila, plus précisément sur la paire de fesses pointée dans sa direction, penchée comme elle était. Bree ajusta la bandoulière de son sac, attentive à ne pas faire de mouvements inconsidérés.

— Je sors fumer une clope, lança-t-il, d'une voix rocailleuse et aiguë qui surprit Bree. Si vous n'y voyez pas d'objections, mesdemoiselles. Appelez-moi quand vous aurez fini.

— Ça marche.

Il fit le tour de la caisse, puis sortit. Elles le virent derrière la vitre, qui ouvrait un paquet de cigarettes tout neuf, le tapotait avidement contre le plat de sa main.

— Il nous facilite grave les choses, commenta Leila, un brin méfiante.

Elle jeta un œil aux caméras de surveillance derrière le comptoir.

— Les gens ont une fâcheuse tendance à faire confiance à ceux dont la tête leur revient, en dépit du bon sens, rétorqua Bree, qui, arrivée dans le coin café, était occupée à remplir un sachet en papier de beignets glacés.

Bree laissa éclater un grand rire, en plaçant les gâteaux dans son sac.

— La vache ! On a pris un max de trucs.

Puis une moue diabolique s'imprima sur son visage.

— Vas-y, on va voir combien on peut encore en mettre.

Conclusion de l'expérience : trois burritos surgelés, quelques portions de pâtes assez dégueues, un bocal de sauce chili, et même le plus petit kit couture au monde, qui était en solde pour deux dollars au milieu des bidons d'huile moteur et d'antigel. Elles prirent tout ce que le sac de Bree pouvait loger puis, juste pour la beauté du geste, elles s'emparèrent d'une dernière bricole, un paquet de réglisse à la fraise. Mais alors, impossible de remonter le zip complètement, le paquet de bonbons dépassait, curieux petit animal pointant le bout de son nez. Dehors, le fumeur contemplait, l'air morose, la bretelle d'accès à l'autoroute. Sa cigarette s'était consumée jusqu'au filtre, mais il ne semblait pas pressé de rentrer.

Bree eut soudain une idée. Elle s'avança jusqu'à la silhouette en carton d'une star qui faisait la promo des packs de douze pour une marque de soda. Elle s'en saisit, faisant bien gaffe à ne rien dégommer sur son passage.

— Qu'est-ce que tu fiches ? l'interrogea Leila.

Bree tendit la silhouette à Leila et attrapa un paquet de chewing-gums jaune citron devant la caisse.

— Le frisson est d'autant plus grand que tu exhibes sous leurs yeux ce que tu es en train de leur piquer. Allez, suis-moi, on y va. Et n'oublie pas de sourire.

Leila hésita, puis tint la porte pour laisser sortir Bree.

— Même dans mes rêves les plus fous, je n'aurais jamais imaginé que je serais un jour accro à l'adrénaline. T'as une mauvaise influence sur moi.

— C'est ce que disent tous les rabat-joie. Il y a pourtant un sacré pas entre le léger frisson de l'aventure et l'overdose d'adrénaline, rétorqua Bree.

Elle avait conscience de sortir des phrases un peu pompeuses, mais cela lui plaisait, elle en pesait – et en pensait – chaque mot. Elle sortit à son tour et cria au type :

— Je vous ai laissé un billet de dix sur le comptoir.

Elle brandissait la bouteille d'eau et les chewing-gums pour bien montrer son butin.

— Vous pouvez garder la monnaie si vous nous laissez embarquer cette pub.

Le regard absent du type passa de Bree à Leila et au carton géant entre ses bras. Elle connaissait ce regard, des types englués dans leur petite routine. Il ricana bêtement et leur lança :

— Soyez prudentes, les filles.

Elles regagnèrent la voiture sans se presser, d'un pas triomphal, et une fois les portières refermées elles partirent d'un grand rire, le genre de fou rire impossible à réfréner, qui enflait, enflait et repartait de plus belle à chaque coup d'œil : *Hé, regarde, ça aussi c'est hilarant.* Leila fit passer tant bien que mal la silhouette cartonnée à l'arrière et, toujours morte de rire, posa son front sur l'épaule de Bree. Quand elles eurent réussi à se maîtriser, Leila mit le contact et Bree réalisa alors que cela faisait un bail qu'elle n'avait pas partagé une tranche de rire avec quelqu'un. Elle s'était marrée avec des gens, bien sûr. Mais ça avait été soit des rires dus à un état second lié à une consommation quelconque, soit des rires face à un écran de télé. Des rires solitaires, dans son coin. Alors que ça – ça c'était un rire fraternel.

3

— JE CROIS QUE JE SUIS déjà venue ici, dit Bree une fois qu'elles arrivèrent en centre-ville.

Ses doigts couraient sur la grille d'aération de la clim. Elle baissa puis remonta sa vitre, dans une vaine tentative pour trouver le courant d'air idéal.

— À Kansas City ?

— Ouaip, acquiesça-t-elle, tout en scannant les environs du regard. Avec ma famille, on voyageait pas mal. Bon, cela dit, ces quartiers-là se ressemblent toujours d'une ville à une autre. Ils ont chacun leurs petites particularités, je dis pas, mais, si on te bandait les yeux pendant quelques heures et qu'on t'amenait là sans transition, à mon avis tu mettrais un moment à reconnaître où t'as atterri.

— Ça serait une expérience sociale intéressante. Bander les yeux des gens et les déposer dans une ville qu'ils ne sont pas en mesure de reconnaître à première vue.

— Moi, je crois que la plupart se recroquevilleraient sur eux-mêmes et pleureraient un bon coup.

— C'est à peu près ce que je fais avec ce voyage.

Bree leva un sourcil interrogateur :

— Te coucher par terre et chialer ?

— Non, s'esclaffa Leila. Fermer les yeux et débouler sans crier gare dans des bleds pas possibles. Je sais un peu par où je passe, mais j'imagine que ça ferait à peu près le même résultat si on me déposait au hasard. Je cherche mon chemin à tâtons, je trouve un truc à becqueter, j'observe les gens et je réfléchis à leur vie, au monde, et surtout – pour dire la vérité – je réfléchis à ma petite personne.

o o o

Elles étaient arrêtées à un feu rouge, et Leila grignotait les extrémités de ses nounours en gélatine.

Bree tendit le bras vers sa canette.

— *Pfiou*, il fait plus chaud qu'à Reno, se plaignit-elle. En temps normal, j'aurais déjà dû faire au moins deux pauses pipi, mais j'ai évacué au moins deux litres d'eau tellement je transpire.

— Ouais, désolée pour la clim. Je soupçonne le mec qui l'a réparée d'avoir saboté le boulot exprès pour que je repasse.

— Tu crois ? C'est carrément abusé.

— Non. Je déconne. C'est juste que ma bagnole est une antiquité.

Leila soupira et fit un sort au torse du nounours.

— Donc, tu viens de Reno ?

— Yes. Le trou du cul du monde.

— T'as prévu d'y retourner quand ?

Bree secoua la tête tout en mâchant un morceau de viande séchée.

— C'est pas au programme.

— Ah bon, et pourquoi ?

— Ma sœur me pourrissait la vie, expliqua Bree, étonnée de la franchise de sa réponse.

Jusque-là il n'y avait qu'une personne à qui elle en avait parlé, un garçon à San Francisco, principalement parce qu'il parlait peu et avait une bonne oreille, et que le contact de leurs peaux semblait faire jaillir les secrets d'eux-mêmes.

— Nos parents sont morts à un an d'intervalle, et depuis elle joue les grandes sœurs protectrices, mais elle s'est prise un peu trop au sérieux. Donc je me suis barrée, conclut Bree, choisissant la version abrégée.

— Vous ne vous parlez plus ?

— Non.

Bree reprit un morceau de viande séchée et observa le monospace qui se garait sur le parking en face, et le couple séduisant qui en sortait.

— On s'est pas vraiment quittées en bons termes. On s'entendait pas toujours, mais après la mort des parents, ça a été engueulade sur engueulade. Elle me faisait des crises pas possibles quand je sortais et que je m'amusais. Comment t'es censée réagir quand tu te retrouves orpheline à quinze ans ? Moi, j'avais besoin d'air et ça me rendait dingue qu'elle me couve comme si j'avais trois ans et demi. Et puis elle passait tout son temps avec son copain, Matt.

Un bip sonna quand les portes du monospace se verrouillèrent. Bree suivit du regard le couple qui s'éloignait : la femme tenait une poussette, l'homme portait une petite fille contre son épaule.

— Ça t'arrive de regretter ta vie d'avant ? demanda Leila.

Bree fit rouler une canette de limonade bien fraîche contre son front tandis que le feu passait au vert.

— Quand je suis entre deux villes, parfois. J'adore la vie nomade, mais on ne peut pas être perpétuellement en mouvement. Parfois, j'ai une envie folle de rentrer chez moi. Mais je ne peux même pas imaginer de me retrouver face à ma frangine.

— Pourquoi ?

— Elle n'a même pas pleuré aux enterrements, dit Bree calmement, comme si ça lui fendait le cœur d'y repenser.

Ce n'était pas un mensonge, mais ce n'était pas non plus tout à fait la vérité.

— Elle peut bien dire ce qu'elle veut, mais moi, au moins, j'ai eu la décence de ressentir quelque chose.

Leila se contenta d'opiner discrètement, ce que Bree préféra de loin à la plupart des réponses creuses qu'on lui sortait en général.

Elles roulèrent sans but pendant encore une bonne demi-heure. L'atmosphère était toujours aussi étouffante. Les sièges en velours étaient devenus affreusement collants. Elles décidèrent de se garer et d'aller se dégourdir les jambes. Cherchant à s'abriter de la chaleur, elles optèrent pour un coin à l'ombre, sous un arbre dont les longues branches basses tendaient vers la rue leurs bras protecteurs.

De l'autre côté de la chaussée, un mur blanc de trois mètres de haut dont on ne voyait pas la fin marquait le début du Kansas City Country Club. Le paysage alentour était immaculé, tout était d'un vert tendre et taillé au millimètre, avec des buissons parfaitement sphériques. De temps à autre, un véhicule se présentait devant le voiturier. En sortaient immanquablement des personnes bien habillées, les hommes arboraient des costumes très chic, manchettes, pochette de soie, et les femmes des bijoux clinquants et des sacs de couturier. Une grosse Mercedes dorée remonta l'allée. Le genre de bagnole qui ne se serait jamais arrêtée pour prendre Bree en stop.

— Je parie que la Merco doit avoir une clim d'enfer, railla Bree.

— Tu m'étonnes, dit Leila en essuyant la sueur de son front. Il doit y avoir une sacrée réception là-dedans.

Le soleil était encore haut dans le ciel, il restait quelques heures avant la tombée de la nuit. Bree sentait son tee-shirt lui coller dans le bas du dos.

— Ouais… souffla-t-elle dans un murmure. Tu crois que ça les embêterait si on empruntait leur caisse pour faire un tour ?

La proposition prit Leila au dépourvu.

— Ça ne serait pas désagréable de rouler un peu avec une clim digne de ce nom. Pourquoi ? T'as de nouveau la bougeotte ?

Elles observèrent le voiturier monter dans la berline. À moins d'une centaine de mètres, il s'engagea sur un parking dissimulé à leur vue. Il réapparut peu de temps après et regagna d'un pas rapide son poste, où il guetta le prochain client. Il avait raccroché les clés de la Mercedes à un crochet sur un tableau où elles côtoyaient une bonne vingtaine d'autres clés de véhicules luxueux.

— On l'emprunte juste pour une heure, proposa Bree. Ils ne s'en apercevront même pas.

— Je sais pas trop. Les riches ont un sixième sens pour tout ce qui touche à leurs affaires.

— Allez, on fait juste un aller-retour express.

— Pourquoi express ? Tu comptes avoir les flics aux fesses ?

— Non, personne ne va nous pourchasser.

— Je sais, reconnut Leila. Je te charrie parce que j'ai la trouille.

— Écoute, t'as le droit de flipper, c'est normal. Mais, une fois que t'auras résolu ton petit problème de mains moites, tu sais ce qui nous reste à faire.

— Et on dira quoi si on se fait pincer ?

— Qu'on était sur le point de crever de chaud et que c'était une question de vie ou de mort, rétorqua Bree.

Après une pause, Leila poursuivit :

— Ensuite, on revient ici et on redépose la voiture exactement là où on l'a prise ?

— Sur le même emplacement.

Un autre véhicule approchait, il allait probablement au Country Club. Les filles échangèrent un regard, un sourire de ouf sur le visage. Bree sentit les battements de son cœur s'accélérer.

Elle ouvrit sa portière.

— Allez, on va profiter que le mec gare la bagnole pour piquer les clés sur le tableau.

Leila inspira profondément, comme si elle s'apprêtait à nager une longue distance sans reprendre son souffle.

— On profite de ce mardi à fond !

Elles s'élancèrent au pas de course et se planquèrent derrière l'enceinte extérieure du club. Quand elles entendirent le véhicule passer le coin de la rue, elles bondirent de leur cachette et remontèrent l'allée en courant. Les clés étaient suspendues aux crochets, sans défense, aussi tentantes qu'une tarte refroidissant sur un rebord de fenêtre. Bree fut la première arrivée, et s'empara du trousseau dont le logo reconnaissable entre mille étincelait au soleil. C'en était presque décevant, tant c'était facile.

— Fais comme si t'étais dans ton élément, conseilla Bree à Leila tandis qu'elles se dirigeaient vers le parking. Le meilleur sésame, dans la vie, c'est un sourire et un petit geste de la main.

Sentir les clés au creux de sa paume était déjà en soi une réussite, et c'était largement plus réjouissant que le sac marin rempli à ras bord de leur butin. Bree avait hâte de s'installer au volant, de rouler au hasard des rues en feignant de ne rechercher qu'un peu d'air frais.

— Je peux vous aider, les filles ?

Le voiturier était là, quelques rangées de voitures plus loin. Il était plutôt mignon, songea Bree. Il avait l'air un peu gauche dans son veston, avec sa chemise blanche bien repassée coincée à la hâte dans son froc. Il avait une barbe peu fournie, le genre qui fait toujours un peu négligé.

— On doit juste récupérer un truc dans la voiture, dit Bree, sans ralentir.

Le voiturier les dévisagea, et remarqua les clés dans la main de Bree. Elle resserra sa prise dessus, comme s'il avait eu l'intention de les lui reprendre de force. Elle se demanda s'il arriverait à les rattraper au cas où elles prendraient la fuite.

— Oh, fit-il, venant dans leur direction. Vous… heu… Vous êtes membres du club ?

— Mes parents ont oublié un truc dans la bagnole, mentit Bree avec aplomb, désignant du doigt la Mercedes dorée.

Leila marchait au côté de Bree, mais le voiturier continuait de venir vers elles, comme s'il voulait leur barrer la route. Il avait sorti son portable de sa poche.

— OK, dit-il – mais il était évident qu'il n'avait aucune intention d'en rester là.

Merde, se dit Bree, sentant l'obstacle infranchissable. Puis elle se souvint à quel point il avait été facile de se casser avec tout ce qu'elles avaient piqué à la station-service, du regard que le type à la pompe leur avait lancé. La Mercedes n'était plus qu'à trois voitures d'elles, suffisamment près pour que le bip automatique fonctionne. Elle regarda le jeune homme droit dans les yeux, cherchant à y lire quelque chose au-delà de la méfiance.

— Je peux te demander un truc, dit-elle, s'approchant de lui.

Il grommela un « oui ». Elles étaient à côté de la Mercedes désormais. Le regard du type passait de la bagnole à Leila, à Bree, qui était maintenant à cinquante centimètres de lui.

— C'est quand la dernière fois que tu t'es senti pleinement vivant ?

— Quoi ?

Puis, sans plus de façons, Bree posa la main sur la taille du garçon et se planta juste devant lui. Elle l'embrassa avec fougue. Malgré tout ce qui lui était arrivé, Bree n'avait jamais douté du pouvoir d'un baiser passionné. Elle se dégagea et ne put s'empêcher de rire en voyant la tête ébahie que tirait le garçon.

— Ouaaah !

— Écoute, je vais être honnête avec toi, commença Bree, la main toujours sur sa taille. Cette caisse n'est pas à nous. Mais on ne compte pas la voler.

— Ah bon ?

Il dévisagea les deux filles, et Bree se demanda si ses inquiétudes avaient cédé la place à des pensées plus salaces.

— Non. Par contre on a l'intention de faire un petit emprunt.

— Non, je suis pas sûr que…

— Juste une heure, continua Bree. On l'aura ramenée avant que personne n'ait remarqué quoi que ce soit.

— Ça me semble pas une très bonne idée.

Bree l'embrassa de nouveau. Sa barbe de trois jours la piquait, mais ce n'était pas désagréable, une chatouille un peu rugueuse sur ses lèvres. Cette fois-ci, elle enroula sa langue autour de la sienne avant de se détacher de lui. Il avait un petit sourire rivé au coin de la bouche.

— Tu nous as jamais vues, d'accord ? fit Bree en reculant d'un pas, le cœur battant. On sera de retour dans une heure avec la voiture.

Bree repensa aux différents séjours que ses parents avaient effectués à l'hôpital. Aux virées avec Alex afin de se trouver un pot de crème glacée, soit pour passer le temps, soit juste parce que leur mère était incapable d'avaler quoi que ce soit d'autre.

— Ah voilà, là tu me parles, dit-elle en coupant le contact.

Tandis qu'elles claquaient les portes derrière elles, une pensée traversa l'esprit de Bree.

— Comment tu sais ça, au fait ? Qu'on ne trouve pas de glaces dignes de ce nom dans les hôpitaux ? Qui t'allais voir à l'hosto ?

Leila se détourna brusquement, prise en flagrant délit. Elle baissa les yeux et haussa les épaules.

— Ma petite sœur faisait des angines à répétition.

Elles dégotèrent un magasin pas loin. On aurait dit une de ces boutiques avec fontaines à soda super ringardes : un long comptoir bordé de tabourets et, dehors, un store rayé blanc et rouge surplombant quelques tables en inox.

— Ça ressemble tellement à cet endroit à Frisco, s'étonna Bree, tirant une chaise pour la placer face à la rue. Ils avaient un tas de parfums complètement dingos, genre ananas rôti, chocolat-piment ou basilic.

Leila lapa sa cuillerée de fraise et plaça ses pieds sur le siège devant elle.

— Ça a l'air dément, dit-elle.

— Ouais. J'avais pas les moyens d'y aller trop souvent, mais du coup c'était encore meilleur quand je m'octroyais ce petit plaisir.

— T'es restée combien de temps là-bas ?

— Quelques semaines, c'est tout, juste après avoir quitté la maison, répondit Bree, les yeux toujours rivés sur la circulation.

— J'y suis jamais allée, moi. C'était comment ?

— C'est un peu le cirque, pour dire la vérité, répondit Bree avec un petit ricanement.

Observer les gens qui crevaient de chaud au volant de leurs bagnoles la faisait pas mal marrer. Bree prenait plaisir à repérer les petits détails : les cravates desserrées et puis oubliées, les conversations beuglées dans des kits mains libres invisibles, les queues-de-cheval en désordre, comme détricotées.

— Allez, dit Leila, faisant un sort à la dernière bouchée de son cône en gaufrette, ça fait un bail que je ne me suis pas offert une petite montée d'adrénaline. On va se trouver un truc à faire.

o o o

Bree et Leila passèrent devant un parc où se jouaient tout un tas de parties de baseball junior. Sur les terrains de basket grouillait un patchwork de shorts et de jupes aux couleurs vives. Dans l'habitacle, des nuées d'insectes voletaient autour du plafonnier. Bree se gara mais laissa le moteur tourner pour la clim. Assez vite, cependant, une odeur de cigare rance parvint à ses narines et elle descendit un peu sa vitre. Un courant d'air chaud se glissa par l'interstice.

Bree songea à la courbe des températures qu'avait suivie cette journée. D'abord la brûlure du soleil le long de la route, la chaleur étouffante dans la voiture de Leila, le vent de fraîcheur de la Mercedes, et maintenant la façon miraculeuse dont l'obscurité transformait l'atmosphère.

— Les gens n'apprécient pas à sa juste valeur la rotation de la Terre, fit Bree tout en passant le doigt sur le rebord de la vitre.

Leila accueillit ce commentaire d'un éclat de rire.

— Dans la catégorie remarque de foncedé, ça se pose là.

Bree ignora d'abord la pique, savourant la caresse de l'air sur la pulpe de son doigt.

— Nan, j'ai laissé tomber tous ces délires de fumette quand j'ai quitté San Francisco. Lâcher un petit commentaire chelou, ça fait partie de mon délire de profiter de la journée. Les remarques finissent par te venir tout naturellement.

Leila baissa un peu sa vitre à son tour et sortit sa main dehors.

— Comment ça se fait que tu te sois si mal entendue avec ta frangine ? T'es une des personnes les plus cool que j'ai jamais rencontrées.

Bree fit un petit sourire à Leila.

— On s'est pris la tête. Elle était toujours hyper sérieuse, et moi… moi je suis comme je suis. Et encore, là je suis en mode posé, faut dire. Il y a quelques mois de ça, j'étais un peu plus, euh, plus radicale dans ma recherche de la déconne quotidienne.

— Et elle se prenait trop pour ta mère, c'est ça ?

— Carrément. Parfois j'avais l'impression qu'on faisait semblant. Elle se mettait en colère après moi et je lui balançais tout mon répertoire de clichés adolescents, du genre « T'es en train de me gâcher la vie », dit Bree d'une voix d'ado geignarde tout en finissant de descendre sa vitre. Chaque fois, je pensais qu'Alexis finirait par sourire ou par pleurer, bref par réagir. Mais, tout ce qui l'intéressait, c'était de me punir, et ça me mettait encore plus hors de moi. J'imagine qu'une part de moi espérait que ce que nous avions vécu allait nous rapprocher – tu vois le tableau –, que ça allait créer un pont entre nos personnalités radicalement opposées. Au lieu de quoi, elle m'a chopée en pleine action avec un étudiant en droit et, après ça, elle s'est mise à me détester encore plus.

Leila resta un moment silencieuse. Les deux filles avaient les yeux fixés sur la partie de foot en cours.

— Ils sont morts de quoi, tes parents ?

Bree posa les mains sur le cuir du volant.

— Ma mère a eu un cancer du poumon. C'est d'abord elle qui est tombée malade. J'avais quatorze ans et Alexis dix-huit.

Elle jeta un regard à Leila, puis laissa son doigt courir le long de la portière, incapable de contrôler les mouvements de ses mains.

— En moins d'un an, papa a suivi. Parfois je ne sais pas si c'est une chance ou une malédiction d'avoir déjà vécu tant de vies en une du haut de mes seize ans.

Bree soupira, puis secoua le poignet dans la moiteur du soir.

— Je ne regrette pas d'avoir mis les voiles, dit-elle en souriant à Leila. J'ai un paquet de journées qui s'offrent à moi.

— Ça a été une bonne journée, conclut Leila.

— Une très bonne journée, reprit Bree, contente que Leila passe à autre chose. Et après, c'est quoi le plan ?

— Je sais pas. Je pensais avancer un peu plus aujourd'hui. On pourrait ramener la voiture, récupérer la mienne et rouler vers le nord encore quelques heures.

— Tu dors où, d'habitude ?

— De temps en temps je me paie une chambre dans un motel, mais c'est tellement sordide toute seule, j'aime autant pioncer sur la banquette arrière.

Leila éteignit la clim et baissa complètement sa vitre. Elle passa la tête à l'extérieur pour prendre une grande goulée d'air neuf.

— T'es la bienvenue si tu veux m'accompagner, à moins que t'aies d'autres projets en vue ?

— C'est gentil. Aucun projet en vue. Je suis juste l'envie du moment.

— Alors, on continue l'aventure, lança Leila, lisant dans les pensées de Bree.

Des clameurs montèrent du terrain de foot. Bree regarda les gamins de l'équipe qui venait de marquer se jeter dans les bras les uns des autres ; les parents applaudissaient tant qu'ils pouvaient, un même masque de bonheur plaqué sur tous ces visages. Les gosses de l'autre équipe regardaient avec envie ces démonstrations de joie.

— Bon, reprit Bree, tandis qu'elle rebouclait sa ceinture avant de redémarrer, pourquoi les aurores boréales ?

— Ça fait un moment que ça me trotte dans la tête. Mon projet pour l'école serait incomplet sans ça, se justifia Leila, juste comme une patrouille de police dans leur dos laissait échapper un hoquet de sirène.

Le son cessa aussi vite qu'il avait commencé, brève quinte de toux pour interrompre poliment une discussion. Des lumières rouges et bleues traversèrent l'habitacle. Un autre véhicule de police déboula sur le parking pile derrière la Mercedes. Il se mit pleins phares et Bree dut détourner les yeux de l'éclat aveuglant dans le rétroviseur central.

— On a combien de chances que ce soit pas pour nous ? demanda Leila.

Deux hommes en uniforme sortirent de chacune des voitures, main sur la crosse de leur revolver. L'un d'eux dirigeait le faisceau de sa lampe torche sur la Mercedes, ce qui semblait un peu superflu avec les phares de la bagnole braqués sur elle. Ils vinrent se placer d'un pas lent et mesuré de chaque côté de la voiture. Bree protégea ses yeux éblouis et espéra qu'on en finisse au plus vite.

La partie de foot avait ralenti, et s'était maintenant quasi interrompue. Tous les enfants étaient captivés par la vision de la Mercedes et des voitures de flics, tandis que les adultes tentaient sans beaucoup d'entrain de leur faire reprendre le jeu, eux-mêmes à demi happés par la scène.

Bree était désolée de voir le ballon délaissé, roulant hors du terrain dans l'ignorance générale. Elle s'imagina que le ballon n'aimait rien tant que se prendre de grands coups de pied, se faire envoyer promener à l'autre bout du terrain, sentir les brins d'herbe s'écraser sous son poids. Si elle n'avait pas craint (et à juste titre) de se faire tirer dessus, elle aurait bondi hors de la voiture, parcouru le terrain d'une traite pour aller shooter de toutes ses forces dans la balle, l'envoyant voler bien au-delà des cages, bien au-delà des lignes de but, par-dessus la route, par-dessus les rangées de maisons, haut, toujours plus haut dans le ciel.

5

LA CELLULE DANS LAQUELLE on les avait placées devait faire trois mètres sur trois et était étonnamment propre. Bree était allongée sur l'étroite banquette encastrée dans le mur. Elle avait beau être collée à la paroi, son corps débordait largement. Le béton froid, peu hospitalier, lui raidissait le dos.

Non sans une certaine satisfaction, elle massa les zones endolories qu'avaient laissées les menottes sur ses poignets, regrettant presque que ça ne laisse pas de stigmates.

— C'est moi, ou cette cellule est plus confortable que ce qu'on aurait imaginé ? commenta Leila.

Elle était assise contre les jambes étendues de Bree et, courbée, observait le sol.

Bree fit courir son doigt sur le rebord du banc, puis l'examina, y cherchant des traces de saleté.

— Plus propre, aussi, ajouta-t-elle.

Leila se redressa vivement, les yeux écarquillés.

— Eh ben dis donc. C'est ma première fois en prison.

Bree se mit sur les coudes et lança à Leila d'un petit air malin :

— Moi aussi.

— Va falloir fêter ça. Voilà au moins une histoire qu'on pourra raconter à nos petits-enfants.

— T'as raison. Comment on va fêter ça ?

— Tu crois qu'on nous apporterait une glace si on le demandait gentiment ?

— Si ça ne marche pas, c'est ton tour de rouler des pelles pour parvenir à nos fins.

— Tope là, dit Leila, se levant de la banquette pour aller vers les barreaux métalliques, peints d'un joli beige. Excusez-moi, messieurs, appela-t-elle dans le couloir désert. On ne nous a pas encore offert nos deux boules de glace.

Elle attendit un peu puis ajouta :

— Je connais mes droits !

Elle se retourna vers Bree et lui fit une grimace outrée :

— J'ai pas l'impression qu'il y ait le moindre cornet à l'horizon.

Les enfoirés, jura Bree. On va devoir trouver un autre moyen de marquer le coup.

— Une idée ?

Leila reprit place sur la banquette, en tailleur, les pieds calés sous ses fesses.

— Je te proposerais bien une petite exhibition, lança Bree. J'ai jamais tenté encore, et ça pourrait être sympa de barrer un autre truc sur la liste pendant qu'on y est. Mais on est un peu à l'étroit ici. Et puis, ce serait sans doute pas malin de rajouter ça à notre casier en ce moment.

— À notre casier présumé, la corrigea Leila. Tu t'inquiètes ?

— Nan, répondit Bree, se rallongeant comme pour lui prouver qu'elle était détendue au possible. Je suis sûre qu'on s'en tirera bien. Et puis, grâce à ça, j'ai ma lettre de motivation pour la fac toute prête. Je vais en faire des tartines sur les difficultés de mes jeunes années rebelles, et je serai prise où je veux les doigts dans le nez.

Quand elle se tut, Bree réalisa qu'une infime tension était apparue au creux de son ventre. Mais ce n'était pas tellement pour elle qu'elle s'en faisait – elle était mineure et au pire elle écoperait de quelques mois en maison de redressement –, c'était pour Leila.

Le silence retomba. Bree s'étonna du calme étrange qui régnait en ces lieux. Seul leur parvenait le grésillement discret d'un néon quelque part dans le couloir. Elles ne percevaient rien de la course du monde hors de ces murs.

Leila se leva et se précipita vers la porte.

— Hé, y a quelqu'un ? Une petite glace ?

Sa voix brisa le silence et rebondit le long du couloir, sans susciter la moindre réponse.

— Connards !

Elle se laissa tomber au sol, dos aux barreaux, jambes étendues devant elle. Elle enleva ses tongs et les examina un moment.

— Tu ne trouves pas que c'est une erreur de laisser les prisonniers en cellule avec leurs chaussures ? Il est clair qu'on pourrait s'en servir comme armes. Je veux dire, les miennes sont trop légères, elles ne feraient pas trop de dégâts, mais je pourrais botter les fesses à quelqu'un.

Bree leva les jambes pour jeter un œil à ses pieds. Elle portait des baskets de skate, de solides groles noires dont le cuir en lambeaux avait viré au gris, et dont les semelles lisses témoignaient de tous les kilomètres parcourus dans sa fugue. Sur celle de droite, une grosse tache s'était formée, une plaque d'une matière dont elle n'aurait su tracer l'origine.

— Avec les miennes, ça peut faire mal. J'y suis attachée, d'une certaine manière, mais si ça doit nous permettre de devenir les premières personnes au monde à s'être évadées uniquement par la force de leurs chaussures, je les sacrifie sans problème.

— Bon, on peut pas se contenter de les brandir comme ça. Il nous faut un plan.

— Bien sûr, convint Bree, quittant le banc pour venir s'asseoir par terre près de Leila. Il nous faudrait un otage. Quand on viendra nous chercher, on pourra le ligoter avec mes lacets. J'aurai ma chaussure braquée sur sa tête pendant que tu nous ouvriras la voie à coups de tatane.

— Et une fois dehors, on fait quoi ?

— C'est là qu'on balance les pompes à donf. On profite de la confusion des tirs pour se précipiter dans une bagnole de flics. On la fait démarrer avec les fils de contact, on file vers une planque tranquille et on la repeint en rouge. Puis on vivra le reste de notre vie sur la brèche, on traversera le pays, défiant les autorités. Après on passera la frontière, et on ira aussi loin au nord que les routes canadiennes le permettent. On admirera les aurores boréales, et ensuite on repassera par les États-Unis pour descendre jusqu'en Patagonie, histoire de voir à quoi ressemble le ciel de ce côté-là de la planète.

Leila s'apprêtait à dire tout le bien qu'elle pensait de son programme quand elles entendirent des portes s'ouvrir puis se refermer, et enfin le pas lourd d'un policier dans le couloir.

— Les lois de l'État nous obligent à vous laisser passer un appel téléphonique chacune. Vous pouvez choisir d'appeler votre avocat ou un proche, récita-t-il en sortant son trousseau de sa poche.

Bree ne bougea pas d'un pouce. Leila et le flic l'observaient, guettant sa réaction. Leila demanda à l'homme de leur laisser une minute de réflexion et vint s'asseoir près de Bree, attendant qu'elle daigne la regarder.

— J'ai personne à prévenir, murmura-t-elle. Et toi ?

Bree poussa un long soupir, exagérant un peu sans doute pour bien signifier que la question lui faisait l'effet d'un coup de poing dans le bide. Elle secoua la tête.

— J'espérais que peut-être t'aurais un oncle ou une tante, dit Leila.

— Que dalle. En tout cas pas dans les environs.

Leila porta la main à sa bouche et se mit à se mordiller un ongle.

— Si peu pénible que notre séjour en prison s'avère, on va finir par se retrouver vraiment dans la merde jusqu'au cou si on n'appelle pas quelqu'un. Le genre de merde qui te suit toute ta vie. Si on avait le moindre plan B, la moindre personne à appeler, crois-moi, je te demanderais pas ça : mais, à moins que tu aies une meilleure idée, on va devoir appeler ta frangine.

— Après tout, c'est peut-être pas si grave, tenta Bree. On devrait attendre d'avoir parlé avec un policier, on sait même pas ce qu'on risque.

Elle-même ne croyait pas un mot de ce qu'elle disait, mais elle s'efforçait à tout prix de chasser de son esprit l'éventualité de cet appel à Alexis. Elles ne s'étaient pas adressé la parole depuis neuf mois. Il y avait un cauchemar qui la hantait : elle faisait du stop et toutes les bagnoles qui passaient étaient conduites par Alexis, avec Matt sur le siège passager.

— Bree, écoute, toi et moi on sait que c'est pas une bonne idée. On a passé une journée de ouf. (Leila désigna en souriant la cellule et reprit, toujours à voix basse :) Mais je crois qu'on peut dire sans risque de se tromper qu'on est dans une impasse, là. Maintenant, les conséquences de nos actes vont nous tomber dessus. Et si on n'a pas quelqu'un pour nous aider, on va morfler inutilement.

— Leila… commença Bree, mais elle ne savait pas comment continuer.

— Je sais que tu t'es barrée de chez toi parce que ça chauffait, mais on n'a pas le choix, non ?

— Tu comprends pas, rétorqua Bree, surprise de se retrouver au bord des larmes. Dire que ça chauffait, c'est un putain d'euphémisme. Je peux pas l'appeler du jour au lendemain et lui demander comme si de rien n'était de me sortir de prison.

La cellule retomba dans le silence, brisé seulement par les profondes inspirations de Bree. Elle ramena ses genoux contre sa poitrine. Elle gratta du bout du doigt la tache sur sa chaussure, qui se décolla dans un craquement écœurant.

— Tu sais, Bree, ici, tu vas pas franchement tirer profit de tes journées. T'as pas envie de lui parler, OK. Mais t'as pas le choix. Vous êtes frangines. Je suis certaine qu'elle sera soulagée d'entendre ta voix.

Bree cessa de gratter le cuir et posa la tête sur ses genoux.

— J'ai embrassé son fiancé.

Elle respira un grand coup tandis que le visage d'Alexis lui revenait en mémoire.

— Je déconnais, c'est tout. Il faut s'attendre à un peu de rébellion quand tu prends les gens pour des bébés. Elle nous a chopés. Et quand j'ai vu la tronche qu'elle tirait, j'ai fait mon sac et je me suis barrée illico.

Bree s'était imaginé que, la prochaine fois qu'elle verrait Alexis, elles seraient toutes deux adultes, que les blessures qu'elles s'étaient mutuellement infligées auraient eu le temps de se refermer. Elle se prenait parfois à rêver qu'elle tombait sur elle à l'improviste, dans une rue, quelque part – à New York, peut-être ? –, et qu'elles se souriaient en se demandant « Hé, comment vas-tu ? » puis qu'elles se retrouvaient autour d'une bonne tasse de café. Alors, tout leur passé semblerait lointain et n'aurait plus aucune importance.

— Il est hors de question que je l'appelle. Pas après ce que j'ai fait.

Une mèche de cheveux rebelle glissa devant les yeux de Bree, qu'elle essaya distraitement de démêler.

— Laisse-moi lui parler, proposa Leila au bout d'un moment.

Bree inspira longuement et ferma les yeux.

— Elle ne voudra jamais venir.

— On peut toujours essayer.

Quelque part, un téléphone sonnait.

— Tu ne veux pas tenter l'évasion à coups de tatane ? Il me semble qu'on avait un plan en béton armé, tenta Bree.

Leila se marra et pressa amicalement le bras de Bree.

— T'en fais pas, va. Je m'occupe de tout.

Elle garda la main sur son bras un moment. Elles entendaient le flic piétiner dans le couloir, il ahanait chaque fois qu'il passait d'un pied sur l'autre. Leila lui refit une pression sur le bras, puis appela l'officier de police : elle était prête.

Bree les regarda s'éloigner, le flic et elle, leurs semelles de caoutchouc résonnant de plus en plus faiblement dans le couloir.

o o o

Bree aurait été bien en peine de dire combien de temps elles avaient passé dans la cellule. Une chose était sûre, ça avait duré suffisamment longtemps pour qu'elle prenne conscience du silence. Elle commença alors à saisir à quoi tenait l'horreur d'être enfermé en prison. Avant, elle aurait trouvé ça cruel d'avoir des pendules au mur des cellules, condamnant leurs occupants à observer au sens propre le temps qui s'écoulait sans eux. Mais, désormais, elle comprenait que le fait de ne pas savoir l'heure était la pire des punitions. Une journée abstraite laissait place à une autre journée abstraite, et vous étiez planté là, immobile, au milieu de ce vide.

Une sonnerie vint mettre un terme aux divagations de Bree, et les portes battantes du couloir s'ouvrirent dans un grand bruit. Cela faisait un moment qu'elle n'avait pas vu un visage familier.

Surtout, elle fut surprise de constater qu'Alexis n'avait pas changé d'un pouce. Elle portait un sweat à capuche, un pantalon de jogging et zéro maquillage. Elle avait presque l'air plus jeune qu'avant, plus proche de l'âge de Bree. Cette dernière avait toujours trouvé sa sœur plus belle qu'elle, et cela se confirmait. Elle semblait reposée, aussi, comme si, en l'absence de Bree, elle avait enfin pu souffler.

Un flic marchait auprès d'elle. Il passait en revue son trousseau de clés, ne sachant trop laquelle dégainer. Bree resta assise, mais elle dévorait sa sœur des yeux tandis qu'ils approchaient lentement.

Leila se releva et s'éloigna de la porte. Elle adressa à Bree un sourire en signe de soutien, mais c'était un réconfort bien dérisoire. Bree avait le bide retourné, elle craignait de se mettre à vomir.

Le visage d'Alexis respirait le calme, il était presque neutre, juste un soupçon différent de ce à quoi il ressemblait l'année passée. Bree se rappelait la crispation de ses mâchoires qui annonçait chacune de ses leçons de morale.

Bree s'attendait à ce qu'une grande scène éclate. À ce qu'Alexis lui hurle dessus ou, bizarrement, la prenne dans ses bras. Mais elle n'aurait pas su dire ce qui se jouait dans la tête de son aînée.

Le flic escorta Bree et Leila dans le couloir sans un mot. Ils durent suivre deux ou trois procédures administratives, signer des papiers. Un des policiers les sermonna quelques minutes, puis conclut sur un « C'est bien compris ? ». Bree n'avait pas écouté un traître mot, alors elle se contenta d'opiner du chef. Complètement ailleurs, elle se demandait s'il y avait des vols directs de Reno à Kansas City ou si Alexis avait dû dormir sur place. Combien de temps étaient-elles restées enfermées dans cette cellule ?

Un jeune officier au guichet rendit ses clés à Leila et l'informa de l'endroit où son véhicule avait été remisé. Il tendit à Bree son sac de voyage. Tandis qu'il faisait signer à Alexis quelques documents supplémentaires, Bree sentit l'anxiété la gagner, lui comprimer la poitrine comme si elle avait eu le pouvoir de tirer sur les muscles de son cœur. Quand on les raccompagna dehors, en pleine nuit, Bree fit un pas de côté, s'éloignant de Leila pour lui épargner l'explication houleuse qui allait s'ensuivre.

Et c'est reparti pour un tour, songea Bree. *Encore un sermon. Les sentiments d'amour fraternel d'Alexis vont m'exploser en pleine figure une fois de plus.* Mais Alexis continuait à marcher droit devant elle, en direction du parking. Les rares véhicules garés là avaient la même teinte pâlichonne sous la lumière des réverbères. Les rues étaient calmes, tout le quartier dormait du sommeil du juste.

— C'est tout ? demanda Bree à sa sœur. T'as rien à me dire de plus ?

Alexis lui fit face. Un instant, Bree crut qu'elle allait lui crier dessus, mais elle se contenta de déclarer doucement :

— Non, Bree, je n'ai rien à te dire.

Elle reprit sa marche. Il fallut un temps à Bree pour réaliser que les joues de sa sœur étaient trempées de larmes.

— Je ne compte pas rentrer avec toi, tu sais, l'informa-t-elle, sa résolution quelque peu entamée par le fait qu'elle voyait sa sœur pleurer pour la première fois de sa vie.

— Super. Merci de clarifier les choses.

Bree arrêta de la suivre. Une voiture de location blanche, à sept ou huit mètres de là, clignota en réponse au bip d'ouverture commandé par Alexis.

— Ouais, c'est bien ce que je me disais. T'es trop contente d'être débarrassée de moi.

Leila fit un pas vers Bree ; elle aurait voulu la rassurer, mais ne savait comment s'y prendre.

— Ravie de voir que tu n'as pas changé. Continue comme ça. Ton immaturité est vraiment un de tes points forts, conclut Alexis, qui se tenait auprès du véhicule, côté conducteur.

Sur quoi, elle ouvrit la portière d'un geste brusque mais demeura debout, les yeux passant des clés à ses pieds, une nouvelle vague de larmes lui roulant sur les joues. Elles coulaient sans qu'Alexis manifeste d'émotion. Bree avait le sentiment que sa sœur ne pleurait pas vraiment, qu'elle avait dû choper une maladie dont les larmes auraient été le symptôme.

— C'est bien la première fois que je te vois pleurer, dit Bree.

Et là, le visage d'Alexis afficha une grimace trahissant son angoisse. Bree en fut presque soulagée – enfin une vision fidèle à la réalité.

Une poignée de secondes interminables plus tard, Alexis sanglotait à tout rompre. Bree aurait voulu lui demander où elle avait bien pu planquer ces larmes les deux années précédentes, mais les mots ne parvinrent pas à franchir ses lèvres. Leila se tortilla, mal à l'aise. Quand enfin Alexis réussit à reprendre un tant soit peu le contrôle, elle croisa le regard de Bree.

— Je débarque à Kansas City pour te sortir de taule après être restée sans nouvelles pendant neuf mois, et tu n'es pas fichue de me demander pardon ?

Alexis marqua un temps d'arrêt et se frotta vigoureusement les paupières de la paume de la main.

— Je parle pas de Matt. J'ai cru que tu étais morte, Bree. J'ai appelé tous les hôpitaux à cent bornes à la ronde. J'ai pris des abonnements internet à tous les journaux des grandes villes américaines juste pour pouvoir vérifier la rubrique nécrologique, les découvertes de cadavres non identifiés, avec toujours la peur de tomber sur une description qui te corresponde. T'as été insupportable pendant des mois après la mort de maman et papa, sans jamais penser à moi qui avais aussi perdu mes parents. Tout ce que tu savais faire, c'était me faire sentir que j'étais responsable de tes malheurs d'une façon ou d'une autre. Après tout ce qu'on avait enduré, tu m'as laissée seule avec mes inquiétudes. Tu te foutais éperdument de ce que ça pourrait bien me faire.

» Et puis, neuf mois plus tard, poursuivit Alexis, les pires mois d'une vie qui en a pourtant compté un paquet de pourris, je reçois un appel d'un commissariat à l'autre bout du pays, et ce n'est même pas ta voix au bout du fil. C'est celle d'une inconnue. Tu n'as même pas eu la décence de prendre la peine de m'appeler en personne ? Comment peux-tu être aussi égoïste et inconsciente ?

Leila croisa les bras sur sa poitrine, ultime rempart contre le monde extérieur. Elle avait les yeux rivés sur Bree, un regard à la fermeté inébranlable – tout juste si une pointe d'inquiétude se dessinait entre ses sourcils. Devant le poste de police, tout était calme, mais Bree croyait entendre le son de l'univers explosant en miettes.

— Tu n'as vraiment rien à me dire ? insista Alexis, les clés tintant dans sa main contre la vitre tandis qu'elle s'adossait à la portière. Tu planes à ce point ?

Les muscles autour de la cage thoracique de Bree se contractèrent encore un peu plus. Elle sentait le regard de Leila dardé sur elle. Elle se força à relever la tête et fixa le point le plus sombre qu'elle put trouver dans le ciel nocturne.

— Bon sang, mais de quoi tu parles ? C'est toi qui devrais me dire pardon. Pendant des mois, après la mort de papa et maman, tout ce que j'ai entendu dans ta bouche, c'étaient des plaintes. Pas une fois tu n'as dit qu'ils te manquaient, pas une fois tu n'as montré que leur absence te faisait souffrir. Tout ce qui t'intéressait, c'était de passer du temps avec Matt. Comme si tu n'avais plus du tout de famille. Jusqu'à maintenant, je ne t'avais jamais vue pleurer.

Alexis secoua la tête et respira un bon coup avant de parler :

— J'ai pleuré tous les soirs, Bree. Dès que j'étais dans mon lit, j'allumais la télé pour couvrir le bruit et j'étouffais mon visage dans l'oreiller pour pleurer tout mon soûl. C'est un miracle que Matt et moi ayons tenu le coup vu le temps que je passais à chialer quand on était tous les deux.

Cela revint à Bree, le son de la télé poussé à fond traversant la cloison, et elle qui maudissait sa frangine de passer si vite à autre chose.

— Si c'est vrai, pourquoi tu ne m'en as rien dit ?

— J'essayais de tenir, d'être forte pour toi. J'étais malheureuse. Je le suis toujours, soupira-t-elle – et sa voix se perdit entre deux hoquets. J'ai perdu mes parents, après quoi ma sœur s'est mise à rentrer bourrée à la maison, à traîner avec des junkies, à chercher toujours la bagarre. Comment voulais-tu que je me sente ?

Elle renifla et, à l'oreille, Bree, qui ne pouvait se résoudre à baisser les yeux vers sa sœur, devina qu'elle tirait un mouchoir de son sac.

— Alors, tu vois, pour te sortir de ce mauvais pas, j'ai dû faire appel à Matt, ajouta Alexis, prononçant ce prénom comme si c'était une arme dirigée contre Bree. La dernière personne à qui j'avais envie de parler, grâce à toi. Il a appelé le mec à qui appartient la voiture que vous avez volée et a réussi à le persuader de ne pas porter plainte.

Elle avait dit cette dernière phrase lentement, s'attendant sans doute à ce que Bree l'interrompe.

— Voilà, tu es à nouveau libre de n'en faire qu'à ta tête.

Avant que Bree ait pu dire quoi que ce soit, la portière d'Alexis avait claqué. Le moteur gronda, et l'habitacle s'alluma le temps que la jeune femme jette un œil dans le rétro pour s'essuyer les yeux. Puis la voiture démarra et, un instant plus tard, elle était partie.

Bree attendit qu'elle ait disparu pour se tourner vers Leila. Elle tremblait sous l'effet des larmes qui la gagnaient, comme si les pleurs d'Alexis avaient été contagieux.

— Ça s'est pas trop mal passé.

Elle attrapa son sac de voyage à ses pieds et passa la lanière sur son épaule. Le coup de soleil dans sa nuque se rappela à son souvenir, lui envoyant une décharge le long de la colonne. Chaque fois qu'elle était confrontée à une situation inédite, Bree prenait un malin plaisir à observer les environs, le nez en l'air, afin que rien ne lui échappe. Mais elle ne prêta pas attention à l'agréable atmosphère du Kansas, ni aux officiers de police qui discutaient sur le parking, les mains passées dans la ceinture ; sitôt vus sitôt oubliés, chassés de l'esprit de Bree par les mots d'Alexis. C'était comme si tout était en suspens, comme s'il n'y avait plus qu'elle et le chambardement dans son estomac. Elle avait besoin de s'asseoir mais avait trop peur de s'effondrer si elle relâchait la pression, elle n'allait plus pouvoir se retenir longtemps de pleurer.

— Tu sais, dit-elle en descendant les marches si lentement qu'on eût dit qu'elle boitait, je crois que je vais continuer mon périple de mon côté.

Leila, à sa suite, s'arrêta net.

— Pourquoi ?

Au son de sa voix, on devinait que ça l'avait blessée.

— J'ai juste besoin d'être un peu seule, dit Bree.

Parler lui demandait un effort considérable, elle avait le souffle court, la tête lui tournait devant les images qui se bousculaient : Alexis mouillant son oreiller de larmes, appelant les hôpitaux les uns après les autres, malade d'inquiétude, pendant que Bree faisait du stop, chourait des bonbecs et censurait toute pensée l'empêchant de profiter de la vie comme elle aimait à le professer.

Leila se mordit la lèvre, une ride barrant son front.

— Je comprends pas.

— Merci pour cette journée terrible, murmura Bree, haletant presque. Désolée de t'avoir entraînée au poste.

Elle ajusta la bandoulière de son sac pour la millième fois, tourna les talons et gagna la route sans un regard en arrière pour Leila, alors que le monde entier s'évanouissait, la laissant seule avec ses pensées.

6

PEU DE GENS À MISSION HILLS, KANSAS, découvrit bientôt Bree, empruntaient l'autoroute passé minuit en semaine. Après avoir quitté le commissariat, elle avait marché une bonne demi-heure pour se calmer un peu. Et, bien qu'elle ait toujours les idées embrumées, son instinct de routarde commençait à reprendre le dessus et elle tendit le pouce. Elle était plantée au feu rouge avant la bretelle d'accès depuis une heure, au bas mot, et le seul type à être passé ne l'avait même pas aperçue.

Elle laissa glisser au sol son sac marin et enfila le débardeur vert fluo sous lequel elle avait abrité sa tête du soleil plus tôt dans la journée. Des miettes tombèrent en pluie quand elle le tira de son sac. Une paire de phares s'approcha, mais tourna à quelques intersections de là. D'ordinaire, Bree trouvait une beauté folle aux rues la nuit, tout prenait une lueur orangée si paisible, les branches, les lampadaires, l'asphalte endormis respiraient le calme. Mais, cette nuit, c'est la solitude qui se dégageait du paysage urbain.

Elle repéra un tas de cailloux au bord de la route et en ramassa une poignée. Le besoin de les balancer sur une cible s'imposa à elle, et elle opta pour le feu de l'autre côté de la chaussée. Elle aurait voulu entendre sonner le *cling* du projectile heurtant le métal, mais rata tous ses tirs. À chaque jet frôlant le poteau sans un bruit, sa colère enflait. Elle en voulait aux cailloux, au feu, à elle-même. Et surtout, surtout, elle en voulait à la voix qui débitait son monologue intérieur, à son cerveau qui ressassait sans fin les mêmes mots, avec le timbre d'Alexis : *égoïste, inconsciente.*

Un caillou finit par atteindre le poteau en acier. Le son se répercuta dans la nuit. Bree leva les bras et poussa un cri de victoire. Une voiture fila en trombe sur la route en contrebas, sans qu'elle la voie. Puis la nuit replongea dans le silence, et la voix d'Alexis reprit son refrain lancinant.

Bree s'assit au bord du trottoir, coudes plantés sur les genoux, tête enfouie entre les jambes, comme quand on est trop bourré pour marcher ou qu'on se prépare à un atterrissage d'urgence.

Égoïste, inconsciente. Bree aurait voulu renvoyer les mots à sa sœur en pleine face. Qui avait commencé à être égoïste ? Bien avant que Bree se casse, Alexis avait commencé à passer ses nuits chez Matt, à annuler les déjeuners communs, jouant les autorités parentales alors que tout ce dont Bree avait besoin, c'était d'une alliée. Et tout ça pour qui ? Pour un étudiant en droit fadasse, à peine mignon ? Un type qui aspirait à potasser des contrats écrits en corps huit toute sa vie ?

Bree contempla les petits cailloux sur la chaussée, un éclat de verre brillant rescapé d'un accrochage dont les traces avaient depuis longtemps été nettoyées. Elle s'efforça de ne pas penser au nombre de nuits qu'Alexis avait dû passer seule à la maison au cours des neuf derniers mois, seule au milieu d'un monceau de mouchoirs trempés de larmes. Bree tenta de se persuader que ce n'était en rien sa faute. De se convaincre que le cœur du problème résidait dans l'insistance d'Alexis à se montrer forte plutôt que compatissante, mais elle avait beau se forcer, l'argument ne prenait pas, aussitôt chassé par la voix d'Alexis : *égoïste, inconsciente.*

C'est alors qu'elle remarqua que le petit bout de verre reflétait la lumière de phares trouant la nuit. Bree se redressa et brandit son pouce, reprenant la pose archiconnue de l'autostoppeur. Elle hésita un instant à saisir une poignée supplémentaire de cailloux pour les jeter sur la bagnole et se payer le plaisir de les entendre rebondir sur la carrosserie. Elle se retint.

C'était le genre de voiture qui semblait avoir la faveur des habitants de Mission Hills, un quatre-quatre large et luxueux aux jantes chromées. Il faillit la dépasser, mais le conducteur freina brusquement et le véhicule s'immobilisa. La vitre fut baissée, et Bree jeta un œil à l'intérieur tout en gardant un pied sur le trottoir.

L'homme assis au volant avait des poches sous les yeux qui lui semblèrent de prime abord n'être qu'une ombre. Son crâne chauve touchait presque le plafond, et c'est tout juste si son siège pouvait le contenir. Les deux premiers boutons de sa chemise étaient ouverts, laissant entrevoir une armée de poils bouclés luisants de transpiration. Il resta un instant sans rien dire, matant fixement Bree, qui ouvrit le zip de son sac et farfouilla jusqu'à tomber sur son petit couteau.

— Il faut que j'aille à la gare routière, dit Bree en tâchant de distinguer l'objet glissé dans le porte-gobelet du quatre-quatre.

— Alors, ça roule ? demanda-t-il, et il leva un bras qu'il vint placer sur le repose-tête côté passager.

Elle eut le sentiment qu'il pouvait ouvrir la portière opposée à la sienne sans lever une fesse de son siège.

Bree perçut un parfum doucement sucré, du whisky.

— À la gare routière la plus proche, répéta-t-elle, les doigts cherchant toujours sa lame parmi les fringues et les restes de bouffe. Vous pouvez me déposer ?

— Ouais, pas de souci, je te dépanne.

Sans même prendre la peine de dissimuler le fait que ses yeux couraient le long de son débardeur, il se pencha vers elle, renversant au passage la flasque de whisky qui traînait dans le porte-gobelet. Il ne parut pas s'en apercevoir.

Bree jeta un œil à la route, espérant qu'une autre voiture surgisse comme par magie. La chaussée était déserte, cela dit : juste le ruban d'asphalte sous les lampadaires, la silhouette des arbres au bord de la voie, pas la moindre maison ni le moindre magasin, même fermé, à l'horizon. Elle retira sa main de son sac et vérifia les poches extérieures.

— C'est loin ?

— Non, pas trop. Pas du tout même, ajouta-t-il. On devrait aller boire un coup, d'abord. (En disant cela, il sembla se rappeler la flasque de whisky.) Ah, merde, jura-t-il – et il se pencha pour la récupérer sous la banquette.

N'importe quelle autre nuit, dans n'importe quel autre lieu, Bree aurait fait demi-tour. Elle aurait marché la nuit durant jusqu'à tomber sur la gare routière, s'il l'avait fallu. Mais elle savait trop bien que la voix d'Alexis l'accompagnerait tout le chemin. Elle voulait que les choses bougent de nouveau.

Elle soupira et posa la main sur la poignée, sans ouvrir pour autant.

— La gare routière, ça suffira pour moi.

Il se redressa, marmonna un truc dans sa barbe, flasque en main. Il dévissa le bouchon et s'enfila une bonne rasade.

— Juste un verre, dit-il en s'essuyant les lèvres d'un revers de main. Allez, monte.

Bree se dit que, avec le couteau au creux de sa main, monter dans ce véhicule ne serait pas la chose la plus idiote qu'elle aurait faite de sa vie. Ce ne serait pas bien malin, reconnut-elle, mais ça ferait sans doute le lit de ces histoires qu'elle raconterait plus tard au sujet des imprudences de la jeunesse. Elle ouvrit grand son sac et fouilla, écartant les chips, le minikit de couture et un paquet de chewing-gums. Le couteau n'y était pas. Les flics avaient dû le garder.

Et malgré tout elle se surprit à actionner la poignée. Elle se vit dans le rétro. Elle avait l'air épuisé, à ramasser à la petite cuillère, l'éclairage orange des lampadaires environnants lui faisant un teint maladif.

Le conducteur haussa un sourcil et sourit à Bree tandis qu'elle ouvrait la portière.

— Eh ben voilà, commenta-t-il.

Juste comme Bree allait grimper sur le siège passager, un son familier lui parvint aux oreilles. Tournant la tête, elle vit une voiture s'arrêter juste derrière le pare-chocs du quatre-quatre. Elle avait les phares en plein dans les yeux et ne distinguait pas grand-chose.

Par-dessus le ronronnement des deux moteurs, de la musique s'échappait des enceintes. Le chanteur avait une voix geignarde, trop au goût de Bree, mais elle ressentait déjà le besoin impérieux de monter le volume au maximum. La musique enfla quand Leila ouvrit la portière et sortit de sa bagnole, pour venir du côté de Bree. Elle risqua un œil dans l'habitacle du quatre-quatre, et le type sourit.

— Z'êtes deux ? Moi, ça me va. Je suis suffisamment équipé pour.

Leila posa une main sur l'épaule de Bree.

— Ça fait plus d'une heure que je tourne en rond pour te trouver, dit-elle tranquillement. Je me suis dit que t'aurais besoin d'un peu de temps pour te calmer.

Pendant un instant, la voix d'Alexis se tut. Bree n'avait jamais été aussi contente de voir quelqu'un.

— Pile au bon moment, dit-elle en claquant la porte du quatre-quatre, ce qui entraîna des cris inaudibles de la part du chauffeur. Tu viens de m'éviter la pire décision de ma vie.

Quand Bree s'installa dans la voiture de Leila, elle vit la silhouette en carton à l'arrière et voulut se marrer, mais le rire resta coincé dans sa gorge. Elle boucla sa ceinture et monta le son, puis ferma les paupières et laissa la musique noyer ses pensées. Leila appuya sur l'accélérateur et elles débouchèrent sur l'autoroute.

Égoïste, inconsciente, lui chuchotait son esprit de temps en temps. Bree songea à ce qui aurait pu se passer si elle était montée dans le quatre-quatre, s'imagina l'accident qui aurait pu se produire. Elle vit Alexis répondre à un autre appel téléphonique inattendu, songeant qu'elle ressentirait – quelque part, tapie sous le chagrin – une pointe de soulagement.

Les sanglots la prirent d'un coup. Ils furent dans sa gorge avant qu'elle puisse les empêcher de grossir, la firent haleter avant même que les larmes aient atteint ses joues. Celles-ci roulèrent jusque sur le revêtement rouge des sièges de Leila, brillant lorsqu'elles passaient sous un réverbère, un éclat d'une seconde avant d'être absorbées par le tissu, sur lequel de petits points sombres témoignaient de leur présence fugitive.

Leila resta silencieuse un bon moment, mais elle baissa le volume de la radio et tendit à Bree des serviettes récupérées dans le sachet de beignets qui n'avait pas quitté la voiture.

— Je sais que tu adores ta vie de voyageuse, dit-elle, tendant le bras pour attraper la main de Bree. Mais peut-être que tu aimes plus l'idée de partir que la vie de routarde en soi.

Bree s'essuya les yeux. Elles croisèrent une voiture en sens inverse. Ses phares brillaient comme des soleils radieux à travers les gouttes accrochées aux cils de Bree. Elle se moucha dans une des serviettes en papier. Pendant quelques minutes, elle ne dit rien, toute à la sensation des larmes qui refusaient de s'arrêter de couler, du nœud dans son estomac refusant de céder, jusqu'à ce que Bree admette ce qu'elle savait être vrai. D'autres véhicules les dépassèrent, éclairant la voiture de Leila un bref instant dans leurs feux avant d'être avalés par la nuit, indifférents à ce que ressentait Bree.

— Elle avait raison, lâcha-t-elle finalement, tenant serrée une serviette roulée en boule, si fort qu'elle en garda la forme de son poing longtemps après être tombée dans le sac plastique pendant au levier de vitesses. Je suis égoïste et inconsciente. Je pensais que je menais une vie qui valait la peine d'être vécue, à fuir le quotidien. Mais j'étais surtout une sacrée conne, visiblement !

— Je dirais pas ça, rigola Leila.

— Si, j'étais conne. J'ai embrassé son mec et puis j'ai fichu le camp. J'ai laissé ma sœur croire que j'étais morte. Et je ne me suis même pas excusée pour ça. Elle essayait juste de s'occuper de moi.

La voix de Bree dérailla sous la violence de cette brusque prise de conscience.

— On se fait du mal, dit Leila d'un ton posé. Ça arrive à tout le monde. Exprès, pas exprès, à regret ou non. Ça fait partie de la nature humaine. Ce qu'il y a de beau, c'est qu'on soit capable de s'en relever et de se pardonner.

Bree laissa flotter les mots de Leila entre elles. Tout le long de son périple, elle avait vu le soir où elle avait embrassé Matt comme le meilleur exemple d'une journée librement mise à profit. Embrasser quelqu'un sur un coup de tête, en se laissant guider par la petite voix au fond de soi sans se soucier des conséquences lui avait semblé une victoire sans pareille.

Mais, aujourd'hui, ça ne lui paraissait rien d'autre qu'une impulsion égoïste. Les larmes reprirent de plus belle. Elle les sentait rouler selon leur rythme propre, sans qu'aucun sanglot les accompagne cette fois, exactement comme Alexis avait pleuré plus tôt à côté de sa voiture.

Bree se redressa dans son siège, desserrant la ceinture qui l'étranglait.

— J'ai vraiment tout foiré, dit-elle, se saisissant d'une autre serviette pour s'y moucher. Je ne sais pas comment je vais m'y prendre pour rattraper ça, mais il faut que je lui demande pardon. Il faut qu'on la trouve.

— OK, on va la trouver.

— Mais comment ? s'écria Bree. Je ne sais pas où elle est. Je ne me souviens même pas de son numéro de portable. Tu l'as, toi ?

Leila secoua la tête.

— C'est eux qui ont cherché le numéro pour moi au commissariat.

— Alors, c'est foutu.

Un sursaut de larmes vint troubler sa vision, et elle les laissa couler.

— Je crois que je sais où aller, dit soudain Leila.

Tandis que la voiture gagnait de la vitesse, Bree resta accrochée à la main de Leila, une main réconfortante, et s'autorisa les pleurs qu'elle avait si longtemps réprimés.

7

IL ÉTAIT QUATRE HEURES DU MATIN, et Bree avait perdu le compte du nombre d'hôtels qu'elles avaient visités dans l'espoir d'y trouver Alexis. Elles avaient tourné autour de l'aéroport, s'arrêtant dans tous les endroits qu'elles repéraient. Ça aurait probablement été moins difficile de les dénombrer si les bâtiments n'avaient pas tous opté pour la même palette de couleurs : les mêmes murs jaunis, les moquettes d'un vert sombre et le mobilier vermillon.

Alexis aurait choisi un hôtel près de l'aéroport, Leila en était sûre et certaine, pour prendre un vol tôt le matin suivant. Mais elles n'avaient pas réussi à mettre la main sur elle, s'étaient heurtées à une série de réceptionnistes secouant la tête après avoir consulté leur écran d'ordi et leur concédant un « Je suis désolé ». Les halls d'accueil étaient toujours déserts, les parkings on ne peut plus calmes, comme si l'Apocalypse avait eu lieu, ne laissant derrière elle que les employés d'hôtel.

— On n'est pas déjà passées ici ? interrogea Bree tandis que Leila se garait devant la porte d'un énième hôtel d'aéroport. Je ne vois pas l'intérêt de continuer. On ne la trouvera jamais.

— Allez, viens, dit Leila en détachant sa ceinture. Je le sens bien, celui-ci.

Elle donna quelques petites tapes sur la cuisse de Bree en signe d'encouragement, et elles sortirent du véhicule. Bree poussa un soupir et la suivit – pour une fois, elle serait bien allée se coucher.

Les murs de l'accueil était d'un jaune moutarde, au sol s'entrecroisaient des motifs vert amande et brun. Deux femmes tenaient la réception. La plus âgée feuilletait des papiers devant elle. Ses cheveux blonds clairsemés étaient relevés en un chignon lâche, et elle semblait trop ridée pour son âge. Un badge à son nom était accroché directement sur son chemisier, brillant mais écorné, et le *e* à la fin de *Marjorie* avait à moitié disparu.

La plus jeune, malgré des traits tirés, affichait une mine réjouie. Elle arborait la même coiffure que Marjorie, sauf que sa chevelure était rousse et chaque mèche soigneusement à sa place. Sur son badge, on lisait *En formation*. Quand elles virent approcher les jeunes filles, Marjorie chuchota quelques mots à l'oreille de sa comparse et recula de deux ou trois pas. *En formation* afficha sur son visage un air d'amabilité toute professionnelle, qu'on n'aurait cependant pas pu décemment qualifier de souriant.

— Bonjour, mesdemoiselles, les accueillit la stagiaire. En quoi puis-je vous aider ?

— Bonjour, répondit Leila, qui enchaîna sur l'explication qu'elle avait déjà servie tant de fois cette nuit-là. Nous cherchons à joindre une de vos clientes.

Elle donna le nom d'Alexis.

Marjorie tapota les cartes de visite posées sur le guichet. *Responsable de l'accueil.*

— Super, commenta Bree. Une femme aigrie en pleine ivresse du pouvoir. Pile ce qu'il nous fallait.

Elle se saisit d'une des cartes et entreprit de la déchiqueter, secouant la tête.

Leila lui lança un regard que Bree interpréta aussitôt comme : *Laisse-moi gérer ça.* Bree hocha la tête d'un air contrit sans pour autant s'arrêter de réduire en miettes le bout de carton, jusqu'à ce que le prénom et le titre de Marjorie soient devenus illisibles.

— Veuillez excuser mon amie. Elle a passé une nuit pénible, reprit-elle.

Puis, se penchant par-dessus le comptoir et regardant Marjorie droit dans les yeux :

— Vous connaissez le groupe Modest Mouse ? Ils ont écrit une chanson que j'adore, qui dit : « Le monde est vraiment merdique, du coup plus personne se lave. »

» Peut-être que vous avez passé une nuit encore plus pénible que celle de ma copine, poursuivit Leila. Vous vous êtes fait engueuler par votre boss, ou par un client malpoli. Mais je vais vous dire comment je vois les choses, il n'y a que deux façons de réagir à une nuit pourrie : soit on renvoie cette ambiance de merde aux autres, soit on se prend une bonne douche.

Bree enchaîna :

— Je vous garantis que, si je vous la racontais, mon histoire, vous vous sentiriez soulagée de n'avoir que vos petits problèmes à gérer. Je ne doute pas que vous ayez vous aussi une histoire qui mettrait mes propres soucis en perspective. Mais à quoi ça servirait, que chacun perde son temps à se lamenter sur son sort au lieu d'essayer d'évacuer toute cette rancune ?

— On a juste besoin que vous nous donniez son numéro de chambre. Juste cette minuscule bribe d'information qui rendra le monde meilleur pour cette nuit, conclut Leila, qui joignit les mains en signe d'espoir plus que de prière.

Bree leva les yeux de la pile de miettes de papier qu'elle avait rassemblée pendant que Leila parlait. La réception était plongée dans le calme après leur plaidoyer, c'était bon signe, même si les autres hôtels leur avaient opposé le même silence. Quelque chose de nouveau dans l'expression de Marjorie était apparu, cela dit. Peut-être était-ce de la gentillesse, ou peut-être simplement de la pitié.

Marjorie se racla la gorge :

— Je ne peux rien pour vous.

Elle se tourna vers la stagiaire :

— Il faut toujours s'en tenir au règlement.

Puis elle glissa sa carte de visite à Leila sur le comptoir.

— Si vous parvenez à trouver son numéro de chambre, n'hésitez pas à revenir.

Bree hocha la tête en signe d'incrédulité. Elle crut qu'elle allait lui balancer les bouts de carton à la figure, ou s'élancer au pas de charge dans les couloirs pour frapper à toutes les portes, mais elle n'en avait pas la force. Elle attrapa Leila par le bras et l'éloigna du guichet de la réception.

— Partons, décida-t-elle.

Quand elles ressortirent sur le parking, Bree fut surprise par la fraîcheur de l'air.

— Quelle salope, s'exclama Leila.

Elle avait sous les yeux la carte que lui avait tendue Marjorie.

— J'en reviens pas qu'elle soit restée aussi insensible.

— C'est clair.

Bree ne voulait pas céder à la frustration. Elle avait simplement envie d'une pause.

Elles restèrent silencieuses un moment. L'aéroport était juste devant elles, et Bree observait le ballet des taxis se dirigeant vers le terminal des départs pour déposer les premiers voyageurs. Elle se demanda si reprendre sa vie de nomade lui serait agréable, s'efforça de l'envisager avec bonheur, même si concrètement le bonheur n'était pas toujours au rendez-vous.

— Deux-un-huit ! cria Leila, brisant le silence.

— Quoi ?

— Deux-un-huit, répéta Leila, brandissant la carte de visite sous les yeux de Bree et faisant volte-face vers le bâtiment. Marjorie s'est lavée de toute cette crasse.

Bree observa le rectangle de carton et le retourna : au verso, quelqu'un avait recopié trois chiffres d'une écriture bien nette.

Son cœur bondit dans sa poitrine. Alexis était là. Bree n'avait pas la moindre idée de ce qu'elle allait pouvoir lui dire, mais tout pouvait s'arranger. Elles foncèrent vers l'entrée et filèrent droit à l'ascenseur. Tandis qu'elles quittaient le rez-de-chaussée, le cerveau de Bree tournait à cent à l'heure.

Les portes s'ouvrirent au deuxième étage, et elles se retrouvèrent dans un recoin du palier. Deux chaises y étaient disposées autour d'une console d'angle sur laquelle tranchait un bouquet de fleurs en plastique de couleur vive. Une plaque au mur dirigeait les clients dans une direction ou dans l'autre selon le numéro de leur chambre. Bree parcourut le couloir du regard, puis se tourna vers Leila. Cette dernière n'avait pas l'air trop éprouvée par les événements des dernières vingt-quatre heures, comme si rien ne pouvait chasser la vie de son regard, quels que soient les obstacles dressés sur sa route.

— Merci, Leila. De m'avoir convaincue de lui téléphoner. D'avoir su rester clairvoyante dans tout ce boxon alors que moi j'étais paumée.

— On n'en parle plus, dit Leila en lui adressant son sourire le plus chaleureux.

Sur quoi elle se carra dans un des fauteuils.

— À toi de jouer, maintenant. Je t'attends ici.

Bree hésita quelques secondes, puis acquiesça et s'élança dans le couloir. Devant la chambre 218, elle ne prit pas la peine d'inspirer profondément, elle préféra ne pas réfléchir et frappa vigoureusement à la porte. Si sa sœur devait ne jamais lui pardonner, il fallait qu'elle le sache sans attendre.

Alexis apparut sur le seuil dans les mêmes pantalon de jogging et sweat qu'elle portait au poste de police. Dans la lumière crue du couloir, son visage avait pris un sacré coup de vieux par rapport à quelques heures plus tôt. Elle arborait une drôle d'expression, comme si elle s'attendait à un petit numéro divertissant. *Allez, lance-toi, j'attends,* semblaient lui dire ses yeux rougis.

— J'aurais jamais dû me barrer, dit Bree, c'était égoïste et inconscient de ma part – tu as mille fois raison. Par ma faute, on s'est rendu la vie encore plus difficile.

Pas un bruit ne provenait du couloir. Alexis se tenait dans l'encadrement de la porte, les mains plongés dans la poche ventrale de son sweat. Elle semblait complètement indifférente aux propos de Bree. Mais celle-ci ne pouvait plus s'arrêter :

— Je suis désolée de ne jamais m'être souciée de comment tu allais. J'étais persuadée de savoir comment tu vivais les choses, et j'avais tort. Désolée d'avoir embrassé Matt. C'était complètement naze de ma part. Je regrette de t'avoir fait endurer tout ça. De nous avoir fait endurer tout ça. La vie était déjà suffisamment dure sans que j'en rajoute avec mes conneries. (Elle s'essuya le nez du revers de la main.) Si ça peut t'aider, sache que je t'aime. Je sais qu'on s'est pas toujours bien entendues mais, pendant ces neuf mois passés loin de toi, j'ai compris à quel point tu me manquais. J'ai besoin de toi dans ma vie. Je comprendrai si tu veux jamais plus me revoir, mais je voulais que tu entendes ces excuses.

Alexis était toujours aussi impassible. Bree fit volte-face, s'apprêtant à partir.

Sitôt qu'elle eut tourné le dos, Alexis l'agrippa par le bras et la serra fort contre elle, la replongeant dans le passé – une sensation reconnaissable entre toutes. Elle respirait le parfum sucré d'Alexis, la même marque qu'elles avaient utilisée pendant des années. Bree pressa sa joue contre celle de sa sœur, sentit leurs larmes se mêler et leur couler dans le cou. Elles s'étaient si souvent prises dans les bras de la sorte quand leurs parents étaient malades.

— Je suis tellement désolée, souffla Bree, la tête sur l'épaule de sa sœur.

— Je me suis fait tellement de souci pour toi. Ma petite sœur, ma toute petite sœur seule dans un monde hostile. (Elle resserra son étreinte.) C'est bon. Tout est pardonné. Mais ne me refais jamais un coup pareil, tu entends ? (Elle renifla puis laissa échapper un petit rire.) Bien sûr que j'ai toujours envie de te voir, tête de pioche.

Bree rigola elle aussi, sentant les larmes dégoutter le long de son nez. Elle se moucha sans plus de cérémonie dans le sweat d'Alexis. Les deux sœurs se dégagèrent et restèrent un moment sans bouger, sur le seuil de la chambre, à savourer leur bonheur.

o o o

Bree eut toutes les difficultés du monde à s'arracher à Alexis, même pour quelques minutes. Elle se blottit de nouveau dans ses bras avant d'aller rejoindre Leila devant les ascenseurs.

— Alors, ça s'est passé comment ? demanda celle-ci.

Le sourire radieux qu'affichait Bree ne laissait pas place au doute.

— Tant mieux, dit Leila en lui rendant son sourire.

Puis, quittant son siège, elle alla appuyer sur le bouton de l'ascenseur.

— Tu m'accompagnes à ma voiture ?

— Bien sûr ! s'exclama Bree, toujours aux anges.

Elles parcoururent le hall, saluant de la tête Marjorie au passage. Bree lui fit un timide geste de remerciement, mais la réceptionniste ne leva pas les yeux et ne parut pas le remarquer.

Bree ouvrit les portes donnant sur le parking, et la fraîcheur matinale les cueillit. Le soleil dardait ses premiers rayons à l'horizon. Bree avait appris l'art de la fuite, mais les adieux, c'était une autre paire de manches – celui-là plus que tout autre.

Leila avançait lentement, tâchant de faire durer le trajet jusqu'à sa voiture.

— Alexis veut que je rentre à la maison avec elle.

— C'est génial, commenta Leila, l'air sincèrement ravi.

Elle pressa le bras de Bree et ajouta :

— C'est ce que tu voulais, n'est-ce pas ?

— Pour être honnête, je n'avais même pas réfléchi à ce qui se passerait après. Elle m'a demandé de repartir avec elle.

— Et tu vas le faire ?

— Je lui ai dit que je voulais qu'on rentre ensemble, mais à ma manière. Qu'on se fasse un périple jusqu'à Reno, sans itinéraire fixe, sans programme, sans se presser, bref, en roue libre. Juste partager une aventure elle et moi.

— Fais bien gaffe à ce qu'ils te refilent une bagnole avec la clim.

La blague fit rire Bree jusqu'à ce qu'elles atteignent la portière de Leila. Plus que tout, c'est la facilité avec laquelle ce rire jaillissait qui allait manquer à Bree. Elle suivit du doigt le contour du capot, laissant une trace sur la carrosserie poussiéreuse.

— On peut dire ce qu'on veut à ton sujet, Leila, mais une chose est sûre : avec toi, on s'ennuie jamais.

— Et, avec toi, on est sûr de transgresser une loi ou deux.

— Je fais de mon mieux, commenta Bree. T'es sûre que tu veux pas monter te reposer quelques heures avec nous ? On peut démarrer ensemble demain matin.

Leila y réfléchit un instant, jouant avec les clés dans sa paume.

— Non, dit-elle, je crois que je vais me remettre en route. L'aurore m'appelle.

Bree opina du chef, se battant pour refouler les larmes qu'elle sentait monter. Elle attira Leila contre elle et la serra contre sa poitrine.

— Peut-être qu'on se croisera de nouveau un de ces quatre.

— Ouais, peut-être bien, dit Leila en lui rendant son accolade avant de se dégager.

Leila déverrouilla les portes et tendit son sac à Bree. Celle-ci passa la bandoulière sur son épaule et jeta un œil dans l'habitacle.

— Qu'est-ce que tu vas bien pouvoir fiche de ce bonhomme en carton ?

Leila se marra – elle avait oublié son existence – puis haussa les épaules.

— Ça me fera de la compagnie, et puis je suis pas contre un petit câlin les soirs de grande solitude.

Ça fit rire Bree, qui serra une dernière fois Leila dans ses bras avant de lancer :

— Allez, fais gaffe à toi, Leila.

— Toi aussi, répondit-elle en s'installant au volant.

Elle claqua la portière, mit le contact et baissa sa vitre :

— Si jamais t'as besoin de quelqu'un pour te faire évader de prison avec des tongs aux pieds, tu sais qui appeler.

Puis elle quitta sa place en marche arrière, passa en marche avant et disparut avec un dernier salut de la main. Bree lui rendit son geste – elle était pourtant sûre que Leila ne pouvait déjà plus la voir. Alors elle regagna l'hôtel où sa sœur l'attendait, anticipant déjà tous les endroits qu'elles allaient découvrir ensemble.

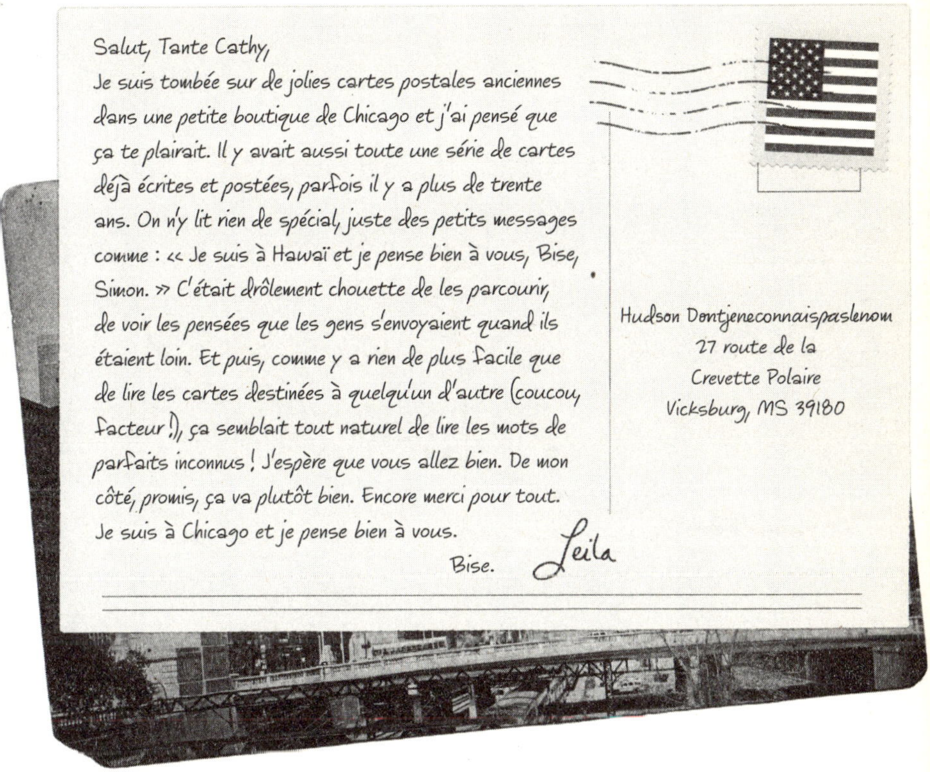

Salut, Tante Cathy,

Je suis tombée sur de jolies cartes postales anciennes dans une petite boutique de Chicago et j'ai pensé que ça te plairait. Il y avait aussi toute une série de cartes déjà écrites et postées, parfois il y a plus de trente ans. On n'y lit rien de spécial, juste des petits messages comme : « Je suis à Hawaï et je pense bien à vous, Bise, Simon. » C'était drôlement chouette de les parcourir, de voir les pensées que les gens s'envoyaient quand ils étaient loin. Et puis, comme y a rien de plus facile que de lire les cartes destinées à quelqu'un d'autre (coucou, facteur !), ça semblait tout naturel de lire les mots de parfaits inconnus ! J'espère que vous allez bien. De mon côté, promis, ça va plutôt bien. Encore merci pour tout. Je suis à Chicago et je pense bien à vous.

Bise. Leila

Hudson Dontjeneconnaispaslenom
27 route de la
Crevette Polaire
Vicksburg, MS 39180

ELLIOT

1

— ELLIOT, DIT MARIBEL en tendant le bras pour lui toucher doucement le poignet.

Une légère caresse sur le poignet, voilà comment toutes les grandes histoires d'amour commençaient. Il savait qu'il se souviendrait toute sa vie de cet instant et que, un jour, dans longtemps, il serait capable de le lui en rappeler le moindre détail : à quel point elle était belle, la façon dont elle avait tendu le bras pour le toucher, un bras sur lequel était épinglé le petit bouquet qu'il lui avait confectionné, parfaitement assorti à l'orchidée à sa boutonnière. Il saurait lui réciter chaque mot de sa réponse à la déclaration d'amour qu'il avait tant attendu de lui faire.

Il se prépara à graver dans sa mémoire cet instant, réfrénant – pour la dernière fois, espéra-t-il – l'envie de l'embrasser.

— Ton amitié est pour moi une chose très précieuse. Je t'assure. Et je ne voudrais surtout pas risquer de perdre ça. (Puis, se penchant pour lui déposer un baiser sur la joue :) Alors évitons de tout compliquer, d'accord ? Je préfère qu'on ne change rien.

Je me suis trompé de film, songea aussitôt Elliot. *Elle n'est pas censée dire ça.* C'était le bal de fin d'année, et son meilleur ami de toujours venait de lui avouer longuement ses sentiments. Tout un été de romance leur tendait les bras. Après la douce caresse sur le poignet, elle était censée poser ses lèvres sur les siennes. Elle était censée lui souffler dans un murmure : « Je sais. » Et ajouter : « Moi aussi je t'aime. »

Le scénario ne prévoyait pas – dans aucune des versions envisagées pour cette soirée – qu'elle lui sorte un de ces sourires qui l'avaient rendu dingue d'elle avant de s'en aller. Mais c'est pourtant exactement ce qu'elle fit.

○ ○ ○

Le monde entier, tout semblait pesant à Elliot : ses pieds le traînant le long du trottoir, la bouteille dans sa main, le bourbon sur sa langue. Son smoking était lourd sur ses épaules, comme s'il n'était pas juste un costume mais bien un rappel concret que ce n'était pas ce soir-là qu'il allait se libérer du poids qui oppressait sa poitrine, bien au contraire.

Après s'être procuré une bouteille de bourbon et en avoir sifflé quelques gorgées, Elliot avait quitté l'hôtel de Minneapolis où avait lieu le bal et attaqué les vingt-cinq bornes qu'il allait lui falloir parcourir pour rentrer chez lui, à Burnsville. Il fit deux kilomètres en centre-ville, évitant les regards entendus d'adultes clairement plus accoutumés que lui à marcher sous l'emprise de l'alcool, il tâcha de se ressaisir et s'arrêta contre un immeuble. Il ferma les yeux un court instant, mais le visage de Maribel et son expression indifférente s'imprimèrent sur ses paupières closes. Une vague de nausée monta en lui, il rouvrit les yeux et inspira profondément. Si la vie était un tant soit peu comme dans les films, la pluie se serait mise à tomber. Mais le ciel de Minneapolis était on ne peut plus clair, quelques étoiles osaient même pointer le bout de leur nez entre les gratte-ciel. Des éclats de rire lui parvenaient, échappés des flots de gens sortant des bars sur First Avenue. La ville semblait lui rire au nez ou, pire, se ficher éperdument de son chagrin d'amour. « Elles ne disent jamais oui quand t'en as envie, chantait la musique sortant d'un des bars. Pourquoi tu crois qu'on est tous là à picoler ? »

Un truc lui chatouillait le menton, et il referma la main sur l'orchidée accrochée au revers de son veston, en écho au petit bouquet de Maribel. Il arracha la fleur de son smoking et, avant de réaliser ce qu'il allait faire, la jeta sous les roues d'une voiture. Elle vola sans grâce, ses fins pétales blancs battant l'air comme des ailes brisées. Évitant de justesse le pare-chocs d'un camion qui approchait, elle atterrit sans dommage sur le macadam. Elliot garda les yeux rivés sur la fleur, le velours mauve au creux des pétales taché de cramoisi, comme si elle avait pris des coups. Il ne fallut pas longtemps pour qu'un pneu vienne aplatir la fleur sur le bitume. L'appareil photo imaginaire d'Elliot zooma sur la fleur broyée, resta un instant fixé sur ce point, laissant le son du flot de la circulation se mêler à la complainte des premières notes d'une chanson. Les pétales étaient déchiquetés, le bulbe de la fleur écrasé sur le sol sans pitié. Il songea qu'il savait exactement quel effet cela faisait.

Oubliant sa nausée, Elliot déboucha la bouteille de bourbon et en reprit une lampée, en en renversant un peu sur le revers de sa veste. Ensuite, abandonnant son projet de rentrer chez lui, il opta pour un autre programme. Il se représentait une scène d'*Un monde pour nous* coupée au montage dans laquelle Lloyd Dobler s'allonge au beau milieu de la chaussée, laissant la pluie le laver de tous ses malheurs. Si encore il avait plu.

Il revissa le bouchon et s'écarta de l'immeuble auquel il était adossé, titubant vers la rue. Il compara sa traversée du trottoir à ses mouvements d'approche pendant le bal de promo, et convint sans problème que cette partie était la plus aisée. La conclusion était nettement plus prévisible, et la souffrance serait bien moindre.

Arrivé au bord du trottoir, il n'hésita pas une seconde. Il posa le pied sur l'asphalte, sans que son pas alcoolisé tremble le moins du monde. Il avança encore et se retrouva au beau milieu de la chaussée.

Les phares qui approchaient ne renseignaient guère Elliot sur leur propriétaire, mais une chose était sûre : ils fondaient sur lui. Il attendit que sa vie défile sous ses yeux, mais il ne vit que Maribel, la merveilleuse Maribel s'éloignant dans la salle de bal. Elle portait une robe violette qui faisait écho aux frêles pétales dissimulés au cœur de l'orchidée. Elle s'était relevé les cheveux, quelques mèches blondes ondulées s'échappaient, rayons de soleil trouant les bois.

Peut-être parce que le smoking était noir, ou parce que tout autour d'Elliot était noir : ses cheveux, sa peau à la teinte vaguement orientale, ses yeux sombres. Ou peut-être Elliot était-il simplement trop efflanqué pour qu'on le remarque. Le conducteur ne semblait pas avoir conscience de sa présence, il fonçait droit sur lui à toute vitesse. Elliot réagit – l'instinct ? le manque de conviction des ivrognes ? –, il fit une embardée et sauta sur le trottoir. Le conducteur dut le voir, car les freins gémirent avec force.

Tandis que la voiture dépassait Elliot, un concert de klaxons se joignit au crissement des pneus, si tonitruant qu'il n'entendit pas le bruit de verre brisé. Son cœur battait à tout rompre, mais Elliot ne songea pas plus d'un instant à sa propre survie. Il releva les yeux, abasourdi, tandis que le véhicule s'immobilisait enfin.

Il fallut une seconde pour que le garçon réalise que le bris de glace provenait du rétro latéral, qui avait implosé sous le choc de la bouteille de bourbon qu'il tenait à la main, et qu'il ne s'en sortait pas tout à fait indemne, au final. Il baissa le regard et sentit aussitôt un flot de sang lui couler entre les doigts, bien avant la brûlure de l'alcool s'immisçant dans la plaie. Il porta la main à ses yeux. Sous la faible lueur de l'éclairage public, difficile de dire d'où venait le sang, il savait seulement qu'il coulait à gros bouillons. Sa main tremblait, des éclats de verre reflétaient chacun son tour la lumière des lampadaires, comme autant de clins d'œil d'étoiles dans un dessin d'enfant.

Il détourna le regard de sa blessure et le reporta sur le véhicule qui avait presque réussi à l'éviter. Il n'arrivait pas à en discerner autre chose que l'éclat rouge des feux de stop. Puis la portière s'ouvrit et une personne en sortit précipitamment, une main plaquée sur la bouche, incrédule, tandis que de l'autre elle remontait son haut sans bretelles. Elle courut vers lui.

— Putain de merde ! Ça va, t'es pas blessé ?

Elliot hocha la tête, comme pour lui montrer d'un rapide examen que, globalement, il s'en tirait bien.

— J'ai failli te tuer, balbutia la fille, la main toujours collée à la bouche. Je suis désolée.

Les voitures klaxonnaient furieusement ces deux ados qui se tenaient au milieu de la chaussée, les forçant à faire une embardée de dernière minute.

— Je saigne un peu, dit-il.

— Oh mon Dieu ! s'écria-t-elle.

Elle saisit Elliot par l'avant-bras et lui examina la main.

— Je t'ai même pas vu.

Elle se précipita à sa voiture et en revint avec un tas de serviettes en papier arborant les logos de toutes les chaînes de fast-foods imaginables. Elle colla le paquet de serviettes dans la paume de sa main valide et entreprit de lui tamponner l'autre. Elliot l'observa, comme s'il était loin de la scène, mettre un soin appliqué dans ses gestes ; on eût dit une archéologue s'apprêtant à exhumer une pièce fragile.

— J'arrive pas à croire que j'ai failli te renverser, dit-elle d'une voix où perçait la peur.

Elle ne lui demanda pas ce qu'il fichait au beau milieu de la chaussée.

Elliot aurait été bien en peine de dire s'il se sentait à l'ouest à cause de ce qu'il avait bu ou à cause de l'hémorragie.

— Je crois que je ne suis pas blessé, dit-il.

Dans l'éclat furtif des feux d'une voiture, il vit le visage de la fille, et surtout son expression de panique.

— Évidemment que si, t'es blessé. Y a une abrutie qui vient de te foncer dessus avec sa bagnole. (Elle jeta une serviette ensanglantée et en attrapa une nouvelle.) Tu saignes beaucoup.

— Y a peut-être un peu de bourbon aussi, dit-il. C'est probablement pas aussi méchant que ça en a l'air.

La fille regarda Elliot dans les yeux, inquiète, puis se remit à nettoyer tant bien que mal la plaie. C'étaient des serviettes bon marché, en papier rêche, et, si elle n'avait pas eu des gestes aussi délicats et lui un taux d'alcoolémie aussi élevé, il aurait souffert le martyre.

— Il faut qu'on t'emmène à l'hôpital.

Il sentit le sang couler le long de son bras, sa chemise s'imbibait et une chaleur moite remontait jusqu'à son épaule. On pouvait désormais apercevoir la blessure sous l'afflux de sang, une profonde entaille partageant sa paume et quelques coupures de moindre importance sur ses doigts.

— Ça va aller, je te dis. Je finirai de nettoyer une fois chez moi, et ça ira.

Des coups de klaxon retendirent encore. Quelqu'un leur cria par la vitre baissée de regagner le trottoir.

— Quel conseil avisé, lui cria la fille. Très utile, merci !

Elliot rigola et cessa aussitôt, de peur de vomir.

— Abruti, jura la fille. Mais il a raison. Allez, on va à l'hosto. Ils sauront mieux que moi quoi faire de cette main.

Il eut un bref aperçu de Maribel venant lui rendre visite dans sa chambre d'hôpital, tremblant à l'idée des risques qu'il avait pris.

— Ça va arrêter de saigner dans pas longtemps, dit Elliot. (Il posa les serviettes restantes sur la plaie.) Je vais juste appuyer un peu et…

Il grimaça en voyant le flot de sang s'échapper de ses chairs.

— C'est ma faute, dit la fille, laisse-moi te raccompagner chez toi.

— Non, ça va aller.

Mais elle le guidait déjà vers son véhicule. Il se concentra sur la marche, tâchant de suivre une ligne droite. Ses pieds trébuchaient sur le trottoir, entraînant derrière eux les micro-éclats de verre de sa bouteille. Ils arrivèrent à la voiture, et la fille aida Elliot à s'asseoir sur le siège passager.

— Fais un point de compression sur la blessure, lui conseilla-t-elle.

— Je vais essayer de ne pas en mettre partout, la rassura-t-il.

Puis il inspecta l'habitacle, cherchant à déterminer ce qu'il fallait absolument éviter de tacher en priorité.

— Désolé. Je crois que c'est trop tard.

Ça la fit marrer.

— Non, c'est juste la couleur du tissu.

— Oh.

Il leva les yeux sur elle, réalisant seulement qu'elle avait les cheveux plus courts que ceux de Maribel. Il lui fallut un moment pour se rappeler d'où elle sortait.

— Je m'appelle Elliot.

Elle sourit

— Enchantée, Elliot. Moi, c'est Leila.

Elliot acquiesça et inclina la nuque en arrière sur l'appuie-tête, ferma les yeux. Il entendit la portière claquer, et une seconde plus tard Leila s'installait au volant à ses côtés.

— Faut pas que tu t'endormes pour le moment, dit-elle. Où est-ce que je t'emmène ?

— À Burnsville.

La tête lui tournait désormais, et sa main le lançait. Ce n'était vraiment pas comme ça que la soirée aurait dû se dérouler. Il respira doucement, tâchant de contrôler ses entrailles.

Il y eut encore quelques coups de klaxon. Leila rugit par sa vitre baissée :

— Ouais, ouais, c'est bon, j'y vais.

Elle démarra et l'accélération fit tourner la tête à Elliot ; il se pencha vers l'extérieur, pour une gorgée d'air frais. La vitre n'étant qu'entrouverte, il tâtonna à la recherche du bouton du mieux qu'il put avec sa main valide avant de se rendre compte que la commande était manuelle. Il parvint au prix de coûteux efforts à la descendre entièrement. Des serviettes ensanglantées s'envolèrent dans leur sillage.

— Elliot ? Reste éveillé, OK ?

— Hummm, grommela-t-il pour toute réponse.

Il aurait voulu laisser le sommeil l'emporter. Oublier Maribel et la soirée de fin d'année, et que son corps oublie le bourbon.

Son estomac se tordit soudain. Il tenta de prévenir Leila pour qu'elle s'arrête, mais avant qu'il ait pu dire un mot, une gerbe de vomi vint s'écraser à ses pieds, laissant des grumeaux sur ses jambes, dessinant un arc depuis le tableau de bord et les grilles de ventilation, arrosant généreusement la portière, pour finir, enjambant le rebord de la vitre, par une trace en pointillé sur l'asphalte.

Dès qu'il eut fini de dégueuler, Elliot releva la tête.

— Je suis désolé.

Ces mots s'adressaient à Leila, mais aussi à Maribel, et à lui-même. Puis il ferma les paupières et sombra dans le sommeil.

2

LES PREMIÈRES CHOSES QUE VIT ELLIOT en se réveillant, ce furent les lumières clignotant en silence au-dessus de l'ambulance, sans sirène en toile de fond.

Il tourna la tête pour observer le trou paumé où il habitait, les arbres au tronc épais qui entouraient sa ville natale de Burnsville. En voyant les lumières qui dansaient sans un bruit sur les arbres, il songea qu'il était peut-être devenu sourd. Puis des bruits de pas lui parvinrent, et le visage de Leila apparut à la vitre. Elle avait garé la voiture et venait de son côté pour l'aider.

— Allez, dit-elle en ouvrant la portière. On va te soigner.

— On est où ?

— À l'hôpital. Tu t'es évanoui avant de m'avoir donné ton adresse, et ta main continue de pisser le sang.

— Je suis désolé pour ta voiture.

— C'est bon.

Elle se pencha pour l'aider à déboucler sa ceinture.

— C'est pas comme si tu l'avais fait exprès.

Elle sentait drôlement bon, et Elliot eut honte de l'haleine qu'il devait probablement dégager.

Leila l'aida à s'extraire de son siège. Puis elle plaça sa main valide sur son épaule, son bras à elle vint s'enrouler autour de sa taille, et elle lui enjoignit de garder le bras blessé bien haut. Ils traversèrent le parking clopin-clopant, Elliot tâchant tant bien que mal de dissimuler son ébriété.

Les urgences étaient vides, à l'exception d'une femme qui essayait de calmer un jeune enfant en pleurs et de l'infirmière à l'accueil. Leila installa Elliot sur un siège et se présenta au guichet, dont elle revint avec un formulaire à remplir. Tandis qu'elle l'interrogeait, Elliot, lui, ne pouvait détacher les yeux du gamin qui hurlait, espérant que l'absence de blessures visibles signifiait que le petit allait bien, était juste un peu malade, et que sa mère en faisait un peu trop dans le genre maman poule.

— « Motif de votre venue » ?

— Tu déconnes ? ricana Elliot en regardant Leila.

Il maintenait la main en l'air, s'efforçant de se tourner pour la dissimuler aux yeux de l'enfant, afin de ne pas ajouter à l'angoisse ambiante.

— Je vais juste mettre « ivre ».

— Ça marche, dit Elliot.

Il se laissa glisser sur sa chaise afin de reposer sa nuque contre le plastique. Moins la tête lui tournait, plus sa main le faisait souffrir.

Leila rapporta le formulaire à l'accueil, où on lui assura qu'ils seraient pris en charge sous peu. Leila en profita pour s'éclipser : sa voiture avait besoin d'un peu de nettoyage. Après une minute ou deux, la mère et son fils disparurent à leur tour derrière des portes battantes. Les cris de l'enfant s'estompèrent, comme une sirène d'ambulance s'éloignant dans le flot de la circulation.

— Alors, attaqua Leila quand elle fut de retour, c'est quoi ton histoire ?

Face à elle, Elliot offrait un piteux tableau : son costume taché par le trio fatal – sang-vomi-alcool –, sa main sanguinolente.

— Ce n'est pas le genre d'histoire que t'as envie qu'on te raconte, grommela-t-il, évitant son regard.

— Sauf que, si tu dois te vider de ton sang et rendre ton dernier soupir, il faut au moins que je puisse dire deux ou trois choses aux gens à ton sujet.

Elliot s'esclaffa, il raffermit son point de compression sur sa main, ce qui lui tira un cri de douleur.

— Allez. Je t'ai emmené à l'hôpital, pourtant je déteste ça, les hostos. T'as vomi partout dans ma caisse. Tu me dois bien une petite histoire.

— Tu m'as dit que ce n'était pas grave, tout à l'heure.

— Non, ce n'est pas grave. Mais ma ligne de conduite, quand je manque de percuter quelqu'un en bagnole, c'est d'essayer d'en apprendre un peu plus sur lui.

— Tu le prends drôlement à la légère, de te retrouver aux urgences avec un parfait inconnu complètement bourré.

— J'ai failli te tuer. Si je n'en plaisantais pas, je devrais me coltiner un sentiment de culpabilité.

Leila lui donna une petite tape sur le mauvais bras, et il se rencogna dans son siège.

— Sois pas timide. On n'a pas mieux à faire, dans cette salle d'attente, de toute façon.

Voyant qu'Elliot ne desserrait pas les lèvres, sa voix se fit plus douce :

— C'est à cause d'une fille ?

Elliot bondit.

— Comment tu sais ?

— Tu te trimballais ivre mort en smoking sur la chaussée et c'est la saison des bals de fin d'année. Ce n'était pas un pari très risqué.

S'affalant encore un peu plus profondément sur sa chaise, Elliot ferma les yeux. Une douleur résonnait en lui, qui n'avait rien à voir avec sa main ni avec l'alcool.

— J'avais tout prévu, tout, dans les moindres détails. Du niveau de Lloyd Dobler brandissant ses enceintes pour une sérénade à la fenêtre de sa dulcinée. Ça aurait dû se passer à la perfection.

— C'est qui, Lloyd Dobler ?

— T'as jamais vu *Un monde pour nous* ?

— Jamais entendu parler.

— *La Folle Journée de Ferris Bueller* ? *The Breakfast Club* ?

Leila fit signe que non.

— Tu sais pas ce que tu rates. Les films des années 80, c'est le top. Quand mes parents ont débarqué aux États-Unis, ils avaient peur que je sois largué en culture populaire. Ils ont acheté tous les films qu'ils ont trouvés et on les a regardés en boucle afin que je m'habitue à l'argot. Chez moi, c'est plein de cassettes vidéo, aujourd'hui encore. J'ai grandi avec ces films. Ça n'a rien à voir avec le cinéma des années 2000. Pas besoin d'un budget de deux cents millions de dollars pour montrer un gars qui drague une fille.

— Mais toi, la fille t'a planté ?

Elliot rouvrit les yeux. La femme à l'accueil avait quitté la salle, il n'y avait que Leila et lui, les néons fluorescents de la salle d'attente projetant leur lueur glauque sur tout ce qu'ils touchaient, les murs vert pâle, les sièges en plastique gris, les présentoirs débordant de dépliants d'information avec des graphiques et des listes de symptômes.

— Allez, insista Leila, tes soucis ne vont pas se dissoudre dans l'alcool. C'est à toi de les sortir.

Elle lui sourit et l'encouragea d'un petit coup de coude.

— Parle-moi de cette fille.

Il se redressa sur son siège, attentif à ne pas trop bouger sa main. La nausée avait à peu près disparu, mais il sentait toujours pulser l'alcool dans ses veines, qui assombrissait ses pensées.

— J'ai plutôt mauvaise mémoire, commença-t-il, mais elle, tout ce qu'elle dit, ça s'imprime dans mon cerveau. Je me souviens de la couleur de son serre-tête le jour où on s'est rencontrés en CM2. Je me souviens qu'elle adore les orchidées pour leur apparence fragile, alors que ce sont des fleurs si robustes. Depuis la première carte qu'elle m'a envoyée en vacances il y a deux étés de ça, je me souviens de ce à quoi ressemble son écriture.

— Comment elle s'appelle ?

— Maribel.

Il adorait dire son prénom à haute voix, jusqu'aux mouvements de ses lèvres pour prononcer chacune de ses syllabes.

— Je suis amoureux d'elle depuis tellement longtemps. On est amis, on l'est depuis la primaire. Mais il ne s'est jamais rien passé de plus entre nous, cela dit.

Son regard se promena vers Leila. Elle était assise en tailleur sur sa chaise, ses doigts jouant distraitement avec l'ourlet de sa robe d'été.

— Et, jusqu'à ce soir, tu ne lui avais jamais parlé de ce que tu ressentais pour elle ?

— J'arrivais pas à trouver le bon moment, expliqua Elliot, reportant les yeux sur la blessure à sa main.

— T'as jamais pensé à dire juste : « Salut, toi. Je t'aime. Si on sortait ensemble ? » Ça marche à tous les coups.

— J'y ai pensé, pour tout t'avouer. J'ai passé en revue toutes les façons possibles et imaginables de déclarer sa flamme. Mais pas moyen de savoir ce que je préférais : juste lui sortir ça en face sans prévenir, ou lui écrire une lettre, ou faire une grande déclaration, ou mettre au point un plan hyper détaillé comme font les types machiavéliques dans les films d'ados quand ils veulent que la fille tombe amoureuse d'eux. Tu veux savoir combien ça coûte de louer un de ces avions qui écrivent ton nom en lettres de fumée blanche dans le ciel ? Parce que, même ça, j'y ai pensé.

— Si ça coûte plus cher qu'un bon homard, ça n'en vaut pas la peine. Emmène-la au resto, offre-lui du homard et trace son nom sur la nappe avec du beurre. Moi, je résisterais pas.

Elliot lui jeta un petit regard en coin, il rit.

— Je parie que tu n'avais pas imaginé cette façon de dire *je t'aime*.

— Presque, mais j'avais plutôt en tête les pinces de crabe.

— Ça aurait été une erreur, dit Leila en repliant ses jambes sous elle. Alors, dis-moi, pourquoi ce soir ?

Elliot inspira un bon coup, et l'arrière-goût de vomi dans sa gorge le fit détourner la tête avant de souffler, gêné :

— Je savais que je voulais le lui dire avant qu'on quitte le lycée. Du coup, j'ai résolu de lui faire ma déclaration le soir du bal de fin d'année, devant tout le monde. Il n'y a rien de plus romantique qu'un mec qui n'a pas peur de crier son amour au monde entier. J'avais déjà répété cette scène dans ma tête, et ça semblait être le summum du romantisme, une vraie scène de film. J'imaginais forcément que ça se terminait bien. Je sentais toujours le baiser arriver.

Une infirmière vint interrompre le récit d'Elliot. Ils suivirent la femme dans le couloir jusqu'à une petite salle d'examen, où un médecin était en train de se laver scrupuleusement les mains. L'homme nettoya la plaie, s'appliqua à extraire les éclats de verre puis fit quelques points – le tout sans prononcer un mot. Il affichait un air peu amène, et semblait ignorer qu'il y avait un être humain au bout du bras qu'il soignait. Elliot fit de son mieux pour rester impassible, mais ça ne devait pas être une réussite, car Leila lui offrit sa main pour qu'il la serre. Quand le médecin eut terminé le pansement, il trouva une veine sur son bras valide, y planta une perfusion et lui ordonna de ne pas bouger avant une vingtaine de minutes. Puis il appela l'infirmière.

— Voilà qui te fera dessoûler, conclut-il.

Le jugement était sans appel.

Dès qu'il eut quitté la pièce, Leila grimpa sur la table d'examen à côté d'Elliot, froissant le large ruban de papier qui la recouvrait.

— J'aimerais entendre ton petit discours, celui que tu avais préparé pour Machinette.

— Maribel, la corrigea-t-il – il n'allait pas perdre une seule occasion de savourer ce mot dans sa bouche. Visiblement, j'ai foiré mon coup. Il n'y a pas d'ils-vécurent-heureux-et-eurent-beaucoup-d'enfants à la fin de mon histoire.

— Fais-moi quand même ton discours.

Elliot soutint son regard et réalisa pour la première fois, dans un éclair de lucidité, qu'elle était jolie. Pas autant que Maribel, mais jolie. Il baissa les yeux vers ses pieds qui pendaient.

— Je crois que je ne me sens pas encore prêt à revivre cette scène.

— Je comprends, dit-elle.

Puis le silence retomba. Pour autant, Elliot se savait observé.

— Ça va aller, d'ailleurs ?

Elliot brandit sa main bandée.

— Comme neuf.

— Je ne pensais pas à ca.

— Ouais, j'avais pigé, souffla-t-il, accompagnant ses paroles d'un haussement d'épaules.

— Écoute, je sais qu'on vient juste de se rencontrer…

Leila se tut avant d'avoir fini d'exprimer sa pensée. Des voix fortes leur parvenaient depuis le couloir et, avant d'avoir distingué le moindre mot, Elliot sut à qui elles appartenaient.

— Oh oh.

— Je savais bien qu'un de ces quatre tu finirais par atterrir à l'hôpital, clama sa mère, qui n'avait pas encore franchi le seuil.

Les portes s'ouvrirent à la volée, laissant passer un couple de quinquagénaires avec une sacrée touffe crépue sur la tête. Son père était en pantalon de jogging et en pantoufles, avec un tee-shirt maculé de taches qui lui vaudrait une volée de bois vert sitôt que la mère d'Elliot s'en apercevrait. D'instinct, Elliot cacha les pansements sous sa main valide, mais soit il fut trop lent à la détente, soit elle avait quoi qu'il en soit prévu de pousser un hurlement de mère juive d'entrée de jeu, et rien n'aurait pu l'en empêcher :

— Mon bébéééé !

— Mon Dieu, c'est parti… soupira Elliot.

— Commence pas avec les *mon Dieu*, le doucha sa mère aussi sec, puis elle inspecta sa main, déjà convaincue que le médecin n'avait pas travaillé avec suffisamment d'application. Qu'est-ce que t'as encore fait ?

— C'est quoi, ça, sur ton smoking ?

Le père d'Elliot s'était avancé lui aussi, et tâchait de reconstituer l'origine des diverses taches.

— Vous voulez bien vous calmer un peu, s'il vous plaît ? demanda Elliot en jetant un regard embarrassé à Leila.

Ses parents n'avaient visiblement pas enregistré sa présence dans la pièce.

— Me calmer ? Je retrouve mon fils en sang au milieu de la nuit et je suis censée me calmer ?

— Je ne suis pas en sang, *Ima*. Ça va.

— J'espère que, le jour où tu auras des enfants, tu n'auras jamais à connaître l'angoisse d'être tiré de ton lit par un appel des urgences. C'est déjà beau qu'aucun de nous deux n'ait eu de crise cardiaque en te voyant là, branché à une machine.

Sa mère rajusta la fermeture de son sac à main.

— OK, donc, *mamzer*. Si tout va si bien, explique-moi un peu ce que tu fiches à l'hôpital.

— Est-ce que l'un d'entre vous se rappelle quelles étaient les conditions de retour en cas de taches pour un costume de location ?

Le père d'Elliot tenait le tissu entre les doigts et l'inspectait minutieusement, lunettes perchées sur le bout du nez.

— C'est rien, dit Elliot. Je vais bien.

— Non, tu ne vas pas bien. Tu sens le vieux clochard. Et ça, c'est pour quoi ?

Elle désignait la perf.

— Raconte-moi ce qui s'est passé, ou je rappelle le docteur pour qu'il t'arrache tes points de suture. Et t'as intérêt à ce qu'il soit d'accord, sinon je les arracherai moi-même avec les dents.

— Sharon, il me semble qu'il a bu, intervint le père d'Elliot en humant le veston.

— Tais-toi, vieux *schmock*, répliqua-t-elle, mon fils ne boit jamais.

Elle fusilla du regard son mari puis, à Elliot :

— Tu ne bois pas.

Elliot reprit le tissu des mains de son père.

— Papa, s'te plaît, arrête de me sentir. Maman, tu peux juste te calmer une seconde ?

Il regarda Leila, qui s'efforçait, non sans mal, de réprimer son envie de rire, affichant un air de sérieux peu convaincant.

— Alors, j'attends.

— Le truc, c'est que… attaqua-t-il, sans savoir le moins du monde ce qu'était le truc ni surtout comment expliquer ça à ses parents.

Par chance, une infirmière choisit cet instant pour faire son apparition. Si elle avait su ce qui l'attendait dans la pièce, probablement aurait-elle laissé Elliot quelques instants de plus avec sa perf aux frais de la princesse. La mère du garçon lui tomba dessus aussitôt avec une tonne de questions sur l'état d'Elliot, le pronostic et les suites du traitement à la maison.

— Est-ce qu'il y a une pharmacie de garde dans l'établissement ? Quel type de bandage me conseillez-vous ? Quelle dose d'antidouleur peut-on lui administrer sans risque ? Regardez comme il souffre, vous ne pouvez pas lui en donner davantage ?

La femme expliqua sans perdre de temps comment aller à la pharmacie.

— Allez… (La mère d'Elliot faisait signe à son mari de la suivre.)… avant que ça ferme.

À aucun moment l'infirmière n'avait évoqué une possible fermeture.

— Toi, dit sa mère à Elliot depuis le seuil, tu ne perds rien pour attendre.

Sur quoi elle disparut dans le couloir, emportant dans son sillage l'écho de ses paroles.

L'infirmière secoua la tête tout en retirant l'aiguille du bras d'Elliot. Elle appliqua un coton sur la goutte de sang qui perla.

— Eh ben… dit Leila.

— M'en parle pas.

Elliot leva le bras, lui signifiant qu'il était à cent pour cent raccord avec ce qu'elle pouvait penser de ses parents.

— Pfff… la nuit va être longue, pour tout un tas de raisons pouraves, souffla-t-il dans sa main avant de se frotter le visage, dépité.

La perf l'avait quelque peu dégrisé, mais le monde environnant semblait bien décidé à tout faire pour le maintenir dans un état d'hébétude.

Quand il regarda de nouveau autour de lui, l'infirmière avait quitté la pièce et Leila se tenait près de la porte, surveillant le couloir. Elle revint vers lui et l'aida à se lever.

— Allez, on décolle.

— Quoi ? Où ça ?

Le papier sur la table d'examen se déchira quand ses fesses glissèrent le long du bord. Il suivit Leila au-dehors. Ils dépassèrent une vieille dame poussant un chariot vide et un homme qui parlait à voix basse dans son téléphone.

— Écoute, dans toutes les comédies romantiques, il y a toujours une scène où on est persuadé que le mec a joué sa dernière carte, et ensuite il réussit à la récupérer.

Elle le tenait fermement par sa main valide et l'entraînait vers sa voiture.

— On y est, c'est maintenant. T'es persuadé de l'avoir perdue. Mais pas encore. Pas si j'ai mon mot à dire dans l'affaire.

Elle lui ouvrit la portière côté passager, comme s'il était encore ivre mort, la main en sang.

— Quelque chose me dit que c'est précisément pour ça que nos… pardonne le mot que je vais employer… nos trajectoires se sont croisées. Je vais t'aider à conquérir Maribel.

— C'est drôlement gentil de ta part de me proposer ça, mais je crois que je ferais mieux de retourner là-dedans et de gérer mes parents.

— Non. Tes parents, tu pourras t'en occuper demain matin. C'est la nuit du bal de fin d'année. Ce que tu dois faire, c'est conquérir ta dulcinée.

— T'arrêtes pas de dire ça, répliqua Elliot.

Il avait beau secouer la tête, les paroles de Leila réveillaient en lui – malgré lui – un brin d'espoir.

— Mais la réalité, c'est pas comme dans les films. J'ai essayé de mettre un peu de romance dans ma vie et regarde où ça m'a mené, une main en charpie et un cœur brisé.

— On dirait franchement une réplique de film, fut tout ce qu'elle trouva à dire.

Elle fit le tour de la voiture. La main sur la portière, elle le dévisagea gravement.

— Que ferait Lloyd Dobler, selon toi ?

— Je ne suis pas Lloyd Dobler.

Il avait envie de hurler, mais les mots résonnaient tristement, vaincus. Leila ignora sa remarque et se glissa derrière le volant, obligeant Elliot à prendre place à son tour dans la voiture pour poursuivre leur conversation.

— Je suis plutôt du genre Duckie dans *Rose bonbon*, cantonné au rôle de l'éternel bon copain – faut croire qu'il est temps que je l'accepte. Maribel a dit non. Mieux vaut que je lâche l'affaire.

Leila se pencha par-dessus l'accoudoir central pour boucler la ceinture d'Elliot dans un *clic* qui ne laissait aucune place au doute.

— Rien ne t'oblige à jouer le rôle de ce… ce Duckie. Tu dois pas laisser tomber. Lloyd, lui, sûr qu'il ne laisserait pas tomber.

Sans doute, là où il lisait de l'enthousiasme dans les yeux de Leila, y avait-il une pointe de folie. Sans doute le délire avait-il pris le pas sur la raison. Mais, tandis qu'elle tournait la clé dans le démarreur et que le moteur s'éveillait, Elliot ne put s'empêcher de se dire que peut-être, peut-être il restait une chance que ça se passe comme dans les films. Avec l'aide de cette nana, il y avait encore un espoir qu'il parvienne à l'apothéose du baiser final.

— Allez, on va récupérer ta dulcinée.

3

LES DERNIERS TUBES POP à la mode résonnaient dans la salle obscure où la soirée battait toujours son plein. Des projecteurs balayaient les murs de leurs tons acidulés sur un rythme de fou. Une scène avait été dressée dans un coin de la salle pour le groupe qui se produisait, devant une piste de danse assez vaste. Tous les couples se déhanchaient en une foule compacte, ce qui compliquait la tâche des chaperons chargés de vérifier qui se pressait contre qui.

Elliot et Leila étaient dans les toilettes des hommes. Elliot s'était excusé pour aller se nettoyer, et Leila l'avait tout bonnement suivi, cherchant un coin sec entre deux lavabos avant d'y hisser ses fesses.

— Alors, c'est quoi l'idée ?

Elle avait dû parler assez fort, et pour cause : les murs vibraient à l'unisson des baffles de la salle de bal. Les lampes en vitrail au-dessus des miroirs tressautaient comme des caisses claires.

Elliot retira sa veste et entreprit d'humidifier des morceaux de serviette en papier.

— Euh, je sais pas trop, en fait. Puisque la stratégie de la déclaration-d'amour-qui-tue a foiré, il va falloir que j'opte pour un autre angle d'attaque. Un truc plus…

Il balaya l'air du bras, cherchant sans doute à faire éclore les mots suivants dans l'espace.

— Je sais pas. Un truc plus efficace, j'espère.

Il réprima un haut-le-cœur en frottant les traces de vomi séchées sur sa veste.

— Un truc plus ambitieux, compléta Leila.

Puis, mettant la main dans la poche de sa robe, elle en tira un paquet de chewing-gums qu'elle tendit à Elliot.

— Plus ambitieux, et peut-être un poil plus mentholé. Te vexe pas.

Il accepta l'offre et se cala deux dragées dans la bouche, gêné mais reconnaissant.

— T'as raison. Plus ambitieux, ça suffirait pas.

Il mit un peu de savon sur le tissu, espérant à demi que sa veste en sortirait miraculeusement immaculée.

— Un truc plus cinématographique.

Ils se turent un instant, écoutant la musique qui leur parvenait à travers les cloisons tandis qu'Elliot faisait son possible pour rendre à son smoking une allure présentable. Puis les cris et les applaudissements fusèrent : le groupe avait arrêté de jouer.

— On fait une petite pause et on revient pour le dernier set de la soirée.

Une autre salve de cris.

Peu après, trois des musiciens entrèrent dans les toilettes, se félicitant du bon déroulement de la soirée. Elliot les connaissait tous du lycée. Deux étaient en terminale, comme lui, dont Kurt, le batteur, qui était en anglais avec lui. Le troisième type était un étudiant de deuxième année célèbre pour ses riffs de guitare. On disait que le groupe avait des concerts prévus sur toute la côte Est pendant l'été, principalement grâce à lui. Ils s'arrêtèrent net quand ils aperçurent Leila assise près des lavabos.

— Vous êtes au bon endroit, leur lança-t-elle.

Ils jetèrent un œil à Elliot, qui haussa les épaules. Ils hésitèrent un instant, puis choisirent à leur tour de ne pas y prêter attention et se dirigèrent vers les urinoirs. Kurt salua Elliot au passage.

— Qu'est-ce qui t'est arrivé, mec ? demanda-t-il, les yeux baissés sur le costard en ruine et la main pansée.

— C'est une longue histoire, dit Elliot, qui frottait son pantalon, tâchant de ne pas trop le mouiller pour qu'on n'ait pas l'impression qu'il avait également pissé dans son froc – c'était le seul fluide corporel qu'il avait réussi à contrôler jusque-là.

— Je lui ai foncé dessus en bagnole et il a vomi ses tripes, expliqua Leila.

— OK, c'était pas si long comme histoire, ricana Kurt. Je croyais que t'étais resté ici pendant tout ce temps.

— Je suis parti un moment, résuma Elliot, peu désireux de rentrer dans les détails.

Leila, elle, semblait partante pour une flopée de détails.

— Maribel l'a envoyé bouler.

Elliot lui jeta un regard incrédule.

— Quoi ? T'es pas James Bond, se justifia Leila. Y a aucune raison de garder ça secret. Si tu aimes cette fille, tu dois le dire au monde entier. C'est aussi simple que ça.

Kurt remonta sa braguette et vint se laver les mains.

— Tout le monde est plus ou moins au courant, déjà. Et donc, elle t'a fait le coup du « restons amis » ?

Les deux autres membres du groupe, ignorant la conversation, discutait de ce qu'ils allaient jouer ensuite. Ils tirèrent la chasse et s'approchèrent à leur tour des lavabos. Elliot se décala un peu pour les laisser passer devant le robinet.

— Non, dit-il. C'est pas comme ça que ça s'est passé. Rester amis, ce serait déjà moins douloureux. Il faut voir les choses en face : la fille que j'aime m'a jeté.

— Jeté provisoirement, corrigea Leila. Il va la reconquérir.

Kurt passa les mains sous le séchoir quelques secondes, puis se les essuya sur le pantalon.

— Ah ouais ? Comment t'as prévu ton coup ?

— On n'a pas encore vraiment de plan, lui avoua Leila. Tout ce qu'on sait, c'est que ça va être ambitieux.

Elliot posa sa veste sur la faïence ; il avait lâché l'affaire pour les taches et s'efforçait juste de tamponner avec du papier les endroits qui étaient encore humides. Son regard passa de Leila à Kurt, puis aux deux autres garçons.

— Il nous reste encore cinq minutes à tuer, disait le guitariste quand le séchoir se tut. Je peux meubler, sinon on pourrait modifier un peu notre programme et interpréter d'autres titres : ce serait peut-être marrant de jouer « Don't You Forget About Me ». Tu sais, ce serait bien ironique de dire « ne m'oublie pas », un soir comme ça.

— On n'a jamais répété ce morceau, répliqua le chanteur, les yeux traînant du côté de là où Leila était assise.

— Et qu'est-ce que tu dirais d'une chanson de Weird Al ?

— Attends, t'abuses, faut un truc qu'on ait déjà répété, au moins.

— Fais chier, excuse-moi d'essayer de trouver des idées. Je t'entends pas faire des masses de propositions, râla le guitariste.

— Ça sert à rien de brasser du vent. Il nous faut un morceau de plus pour le set, et on en connaît deux qu'on n'a pas encore faits. Soit on joue « All That She Wants » d'Ace of Base, soit c'est « 99 Problems » de Jay-Z. Alors, on choisit quoi ?

La scène commençait de se dessiner dans l'esprit d'Elliot. Les angles de prise de vues, les visions intercalées de la foule reprenant les paroles en chœur alternant avec des gros plans sur le visage extatique de Maribel, le genre d'énergie qui vous laissait pantelant.

— Je crois que j'ai une idée, dit-il.

○ ○ ○

Il se laissa porter un moment par ce mélange d'excitation et de confiance en lui, puis il prit conscience qu'il allait lui falloir monter sur scène et chanter. Et pas n'importe quoi, mais *All That She Wants*, une chanson qui parle d'une femme si seule qu'elle pourchasse les hommes afin de tomber enceinte. Pas idéal, mais il se trouvait qu'il connaissait par cœur les paroles de toutes les chansons d'Ace of Base, grâce à l'obsession de son père pour ce groupe.

Il espérait que le simple fait de dire sur scène « Je te dédie cette chanson, Maribel » suffirait. Si les films lui avaient bien appris un truc, c'est que le ridicule, dans les histoires d'amour, débouchait toujours sur des choses positives.

Ils quittèrent les toilettes tous ensemble, dissimulant Leila au centre du groupe afin que l'adulte responsable de la surveillance ne la repère pas.

— On sera de retour sur scène dans cinq minutes environ. On va d'abord faire le reste du set pour te chauffer la salle, puis on te fera monter, dit Kurt.

Et c'est à peu près à ce moment qu'il réalisa ce qui l'attendait. Il se mit à transpirer. Du coup, sous le pansement, sa main le démangeait atrocement. Il passa en revue le public, tâchant de repérer Maribel. Il n'y avait plus autant de monde que quand il était parti, mais la salle était encore bien pleine. Près du buffet, des ados s'envoyaient des lampées discrètes des flasques dissimulées dans leur poche de poitrine, des couples s'embrassaient contre les murs, les célibataires papotaient en petits cercles de-ci de-là.

— Où est-elle ? Montre-la-moi, dit Leila.

— Leila, je crois que je vais pas y arriver.

Son ventre gargouilla à l'unisson. Il se demanda s'ils n'auraient pas mieux fait de lui infliger un lavage d'estomac, aux urgences, même si c'était à peu près ce qu'il avait subi spontanément dans la voiture.

— Je chante comme un pied. Même le karaoké, j'ai jamais osé.

Sa respiration se fit haletante.

— Oh, mon Dieu, dans quoi je me suis fourré ?

Leila vint se placer pile en face de lui et posa les mains sur ses épaules.

— Hé, écoute-moi.

Elle ne le lâcha pas du regard jusqu'à ce qu'il lève les yeux.

— Ça va aller. Ça fiche toujours un peu la frousse de se battre pour obtenir quelque chose. Mais elle va voir de quoi tu es capable pour la conquérir, et elle va adorer ça. Tu peux y arriver.

— Non, sérieux, je sais pas chanter. Je sais pas combien on est censé avoir de cordes vocales, mais moi j'en ai moitié moins. Quand j'essaie de chanter sous la douche, l'eau gèle illico presto, je te jure, comme pour me dire d'arrêter le massacre.

— Elliot, le recadra Leila, pourquoi on est là ?

— Pour faire une crise de panique ?

— Dis-le, l'exhorta-t-elle en le secouant légèrement.

Elliot scanna la foule du regard. Il voyait quelques-uns de ses potes à l'autre bout de la salle : ils avaient l'air un peu bourrés mais surtout désœuvrés. Une fille de son cours d'algèbre était assise à une table, seule, les doigts tapant furieusement des textos. Deux profs surveillaient l'issue de secours, pas vraiment là pour les chaperonner, mais faisant comme si. Elliot aurait voulu apercevoir Maribel dans sa robe violette, mais il était aussi terrifié par la douleur que ça pourrait lui occasionner.

— Dis-le, répéta Leila.

Elliot réussit à murmurer un truc en réponse, que lui-même ne parvint pas à démêler. La foule poussa quelques cris enthousiastes quand le groupe remonta sur scène.

— OK, voilà ce qu'on va faire.

Leila lui prit la main et l'emmena vers des chaises à proximité. Elle le fit asseoir et tira un siège en face de lui.

— Je veux que tu fermes les yeux et que tu t'imagines en train d'embrasser Maribel. Devant tout le monde, ou dans un endroit privé, ou n'importe où.

Elliot obéit. La pensée lui vint naturellement, ça faisait si longtemps qu'il visualisait la scène. Il sentit un frisson de bonheur lui courir le long de la colonne au moment où il imaginait leurs lèvres se toucher. Dans son esprit, les images défilaient à cent à l'heure : il l'embrassait en plein champ lors d'un pique-nique, sur son lit, avec ses trente-six mille oreillers ; l'air de rien, dans une salle de cinéma avant que les lumières s'éteignent – comme s'il le faisait depuis des années.

— Si tu n'y vas pas, tu n'auras probablement plus jamais la chance d'embrasser Maribel. Ja-mais. Donc, c'est assez simple. Vas-y et chante. Bien ou mal, ça n'a pas d'importance, donne tout ce que tu as, putain ! fit Leila en élevant la voix pour couvrir la musique, le groupe ayant recommencé à jouer.

Bien qu'il soit toujours aussi tendu, Elliot hocha docilement la tête.

— Je sais pas comment interpréter le fait qu'il a fallu que je me fasse quasiment percuter par la seule personne de tout le Minnesota capable de me sortir un discours pareil.

Difficile d'en être sûr vu l'éclairage pourri, mais il lui sembla que Leila avait un peu rougi.

— Que puis-je dire pour ma défense ? Mon romantisme n'a pas de limites. Peut-être qu'un jour tu auras l'occasion de me rendre la pareille ?

Les musiciens avaient fini leur interprétation parodique d'un morceau de rap populaire, et, quand la salve d'applaudissements se tut, Kurt attrapa le micro posé près de sa batterie :

— Et maintenant, mesdames et messieurs, nous vous proposons un invité très spécial, ce soir. Veuillez faire un accueil digne de ce nom – le nom de l'amour – au style musical inimitable d'Elliot Pinnik !

Quelques personnes applaudirent, et quelqu'un siffla. Elliot bondit pratiquement de sa chaise et entreprit de traverser la salle de bal au pas de course, ne se laissant pas le temps de changer d'avis. Une fille bien pompette qu'il ne connaissait pas lâcha un énorme : « Vas-yyyyy, Elliot ! » Il passa près de ses copains, qui avaient l'air de se demander d'où il sortait et ce qu'il allait faire sur l'estrade.

Il rejoignit d'un pas mal assuré l'escalier sur le côté de la scène, et, évitant de regarder les gens massés dans la salle, se dirigea droit vers le chanteur. Quand il saisit le micro et se tourna vers le public, il ne vit qu'une masse noire et compacte. Les projecteurs dirigés droit sur lui l'empêchaient de distinguer plus que des vagues silhouettes, et le nœud qui lui tordait l'estomac se relâcha un peu. Il y eut encore quelques cris d'encouragement.

— Maribel, dit-il – et sa voix dans les enceintes lui sembla étrangère –, cette chanson est pour toi.

Il plaça le micro sur son pied, puis se planta devant. Kurt entrechoqua ses baguettes, « un deux trois quatre », et la musique explosa autour d'Elliot.

Il se laissa embarquer, se laissa envelopper par la musique. Sa main valide battait la mesure sur sa cuisse, sa tête accompagnait le tempo. Avant de s'en rendre compte, il dansait avec le pied de micro en main, attendant la mesure qui lui donnerait le signal de départ.

Quand il chanta les premiers mots, ce fut comme si le son ne venait pas de lui.

— *She leads a lonely life*, beugla-t-il dans le micro.

Il entendait le brouhaha du public entre les notes. Ça lui rappelait cette scène dans *La Folle Journée de Ferris Bueller* lors du défilé, quand Matthew Broderick chante « Twist and Shout ». Libérant le Ferris qui sommeillait en lui, Elliot se mit à bondir comme un cabri, fermant les yeux tandis qu'il vociférait *All that she wants is another baby*. Il rejoignit Kurt sur la plateforme surélevée sur laquelle reposait sa batterie, puis en redescendit d'un bond et se lança dans un numéro d'*air guitar*, ses doigts courant sur un manche imaginaire, à côté de l'étudiant guitariste. Il avait toujours entendu dire qu'il fallait danser comme si personne ne vous regardait, mais jusqu'à ce soir, il n'avait jamais vraiment compris ce que ça signifiait. Un truc venait de se libérer en lui, et c'était une sensation grandiose.

En un instant ce fut fini, et, quand le dernier instrument se tut et que le silence du public prit le dessus, Elliot se sentait dans la peau de Ferris Bueller. Il était prêt à se jeter de la scène pour aller embrasser Maribel. Il s'imaginait la foule s'écartant pour le laisser passer, les éléments étaient avec lui.

Et, de fait, il s'élança. Il plongea dans la fosse, fouillant le public des yeux en quête de Maribel avant même d'avoir posé le pied au sol. Mais la foule, au lieu de lui ouvrir un passage, se referma sur lui. On lui tapait dans le dos, on lui brandissait des mains pour toper là.

— T'as déchiré ! lui balança un des joueurs de l'équipe de foot à qui il n'avait jamais adressé la parole.

Il tentait de se frayer un chemin, cherchant Maribel sans relâche, il cria même plusieurs fois son nom, mais personne ne prêtait attention à ce qu'il pouvait bien dire – ils étaient tous trop occupés à le féliciter.

Au bout d'un moment, la sono se remit en marche, un morceau préenregistré résonna et la foule se fit moins dense autour de lui. Il repéra ses potes et, passablement essoufflé, entreprit de les rejoindre.

— Putain, mec ! C'était complètement incroyable, j'en reviens pas, de ce que tu viens de faire.

Mario était le meilleur copain d'Elliot depuis des années, et ce n'était pas le genre à lâcher facilement des compliments.

— Merci, dit Elliot, tandis que les autres le félicitaient à leur tour. Dites, les gars, vous savez où je peux trouver Maribel ? Je l'ai vue nulle part.

— Oh, elle est partie, dit Mario.

— Quoi ?

— Ouais. Il y a, quoi ? au moins une heure.

— Même plus, je dirais, intervint Damon.

— Merde, dit Elliot.

— Ouais, ça te casse un peu ton effet, reconnut Mario.

Il tira une flasque de sa poche intérieure, en but une gorgée, puis fit tourner.

— Elle s'est tirée à une after, chez ce mec, là... Bobby, il s'appelle. On s'apprêtait à y aller nous aussi. C'est trop dommage. T'as vraiment cartonné, mec. Je savais pas que t'avais ça en toi.

Il donna un coup de poing amical dans l'épaule d'Elliot, qui le sentit à peine. Comme ça avait été le cas pendant presque toute cette nuit, toutes ses sensations étaient concentrées sur son estomac, qui semblait lui dire, à sa manière gargouillante et grondante : *Putain, la vache.* Soudain, plus trace d'adrénaline dans ses veines. Il imagina Maribel à la soirée, un gobelet à la main, parlant à ses amis, ignorant tout de son petit numéro.

Leila entra dans le cercle. Ses yeux trahissaient son excitation.

— Alors, ça a marché ? Où elle est ?

— Elle n'est plus là.

4

LEILA NE LAISSA PAS À ELLIOT le loisir de faire la tronche. Elle fila droit vers la sortie en le tirant par le bras.

— Il y a toujours une fête chez quelqu'un après, dans les films, dit-elle. J'ai l'impression qu'on se dirige vers un happy end à l'américaine.

Elliot ne commenta pas. Il grimpa dans la voiture, remarquant pour la première fois la silhouette en carton bizarre sur la banquette arrière.

— Oh ça ? C'est un petit remède à la solitude quand je suis sur la route, expliqua Leila.

Il se tourna vers elle :

— Comment ça, sur la route ?

— Je ne suis pas vraiment d'ici. Je me suis baladée quelques jours dans les Twin Cities, histoire de visiter un peu Saint Paul et Minneapolis. J'avais décidé de partir, pour tout te dire, jusqu'à ce que cet ado ivre mort se jette quasiment sous mes roues.

— Non ! Quel connard, dit Elliot, un sourire aux lèvres. Et tu vas dans quel coin ?

— En Alaska.

— Cool. T'as une raison en particulier d'aller là-haut ?

— Je vais voir les aurores boréales. Il en avait trop envie, ajouta-t-elle en désignant le siège arrière. Je peux rien lui refuser.

Il rit, mais, sous l'humour, il sentait que quelque chose achoppait.

— C'est vraiment pour ça que tu vas là-bas ? Juste pour voir une aurore polaire ?

— Ça te semble pas une raison valable ? Les gens vont bien s'enterrer à Buffalo juste pour voir les chutes du Niagara.

— Et donc, pourquoi les aurores polaires et pas les chutes du Niagara ?

— Un miracle céleste au beau milieu d'une nature en furie dans le Grand Nord me semble mille fois plus attirant que des litres de flotte à Buffalo. Et puis… (Elle démarra.)… j'ai promis à ma grand-mère d'aller voir une aurore boréale en personne, puisqu'elle n'a jamais eu cette chance.

Elliot observa Leila. Ses doigts menus – pas la moindre trace de vernis ou la plus petite bague – étaient posés lâchement sur le volant. Elle jeta un œil à la rue – impossible de lire quoi que ce soit sur son visage.

— Par où je passe ?

Elliot désigna la droite, sans quitter le profil de Leila des yeux. Après quelques indications supplémentaires, elle se tourna vers lui – un coup d'œil rapide, comme pour vérifier un truc dans le rétro.

— Et cette fois, alors, on prévoit quoi ? On la joue toujours ambitieux et cinématographique ?

— Je ne suis pas sûr d'avoir les nerfs pour une deuxième performance de ce genre.

Elliot jouait avec la manivelle de la fenêtre.

— Je vais retenter la déclaration d'amour. La première fois, pour être tout à fait honnête, ce n'était pas franchement une réussite. Je bégayais à moitié, et elle m'a coupé avant que je puisse finir. Et pas à la *Jerry Maguire*, tu sais, le plan « Un seul mot a suffi pour me séduire ». Elle m'a interrompu et s'est barrée.

— Bon, elle va pouvoir te fuir indéfiniment.

Il avait beau se sentir vaguement honteux à la pensée de sa première tentative pour déclarer sa flamme, il se marra. Il aurait voulu repartir de zéro, se décaper un bon coup pour chasser cette sensation qui lui collait littéralement à la peau.

— En l'occurrence, tu ne pouvais pas dire pire.

— Ah bon, ça collait pas ? Ça m'a paru être une bonne réplique de film.

— Oui, ça l'est. Mais, en règle générale, c'est le sale type qui dit ça au héros. Ou le contraire. C'est plutôt un cliché de film d'action. Pas un truc de comédie romantique.

— Ah oui ? dit Leila. Bon, ben laisse tomber alors, oublie... Mince alors. J'aurais dû arrêter de parler après ce speech. J'aurais laissé flotter une aura de mystère et de sagesse.

— Leila, tu m'as foncé dessus à toute blinde en pleine nuit, et, malgré le fait qu'on ne se connaissait ni d'Ève ni d'Adam, tu as résolu de t'occuper de ma vie sentimentale. Crois-moi, pour ce qui est du halo de mystère, tu l'as.

Quand ils débarquèrent à la fête, Elliot pensait tomber sur la pagaille inhérente aux soirées de fin d'année, comme dans les films : des gens bourrés vomissant dans les buissons, des couples se galochant dans les moindres recoins, un type avec un déguisement improbable se barrant en courant. Au lieu de quoi ils avaient atterri dans une petite rue paisible, il y avait plein de place pour se garer et une grande baraque avec les lumières allumées. On entendait un vague écho de musique, et des voix au loin.

Elliot et Leila remontèrent l'allée menant à la porte principale, à travers une pelouse impeccable. Dans un large bassin, un angelot laissait couler un mince filet d'eau. Sur la porte, on pouvait lire : INUTILE DE SONNER – Y A TROP DE BRUIT. VOUS INQUIÉTEZ PAS. ON A ACHETÉ LE SILENCE DES VOISINS. PERSONNE NE VA APPELER LES FLICS. VENEZ BOIRE UN COUP. LA TIREUSE À BIÈRE EST DANS LE JARDIN.

Ils poussèrent la porte, et les bruits de la fête leur parvinrent plus distinctement. Deux chansons semblaient se télescoper, ou alors Elliot était vraiment largué en musique électro. À moins que ce ne soit le brouhaha et les cris qui ressemblent à une ligne de basse ? Quelques ados traînaient dans l'entrée, adossés aux murs, buvant de petites gorgées dans leurs gobelets rouge vif, un œil sur leur montre.

Leila et Elliot entrèrent, traversèrent le couloir menant à la cuisine. Des flèches avaient été scotchées partout dans la maison pour que chacun sache où pisser, où se servir un verre, et où était – pur cliché de film pour ados – le baisodrome.

— Oups, j'espère qu'elle n'a pas suivi cette flèche-là, dit Elliot.

— Elle est habillée comment ? l'interrogea Leila.

Dressée sur la pointe des pieds, elle tentait en vain de voir par-dessus les têtes. La plupart des invités étaient encore en costard ou en robe de soirée, ce qui rendait d'autant plus incongrue la robe d'été jaune poussin de Leila.

— Une robe violette, avec un petit bouquet d'orchidées assorti.

La cuisine était pleine à craquer.

— J'avais trop peur qu'elle se trouve un cavalier pour le bal de fin d'année, et que ce soit lui qui lui offre son bouquet, dit Elliot en lui criant dans les oreilles pour se faire entendre par-dessus la sono. Mais, aves ses copines, elles ont décrété qu'elles n'avaient pas besoin d'être pendues au bras d'un mec pour passer une super soirée. Donc, j'ai pu donner à Maribel le bouquet que je lui avais préparé.

— Tu le lui as préparé toi-même ?

— Oui, expliqua-t-il, sentant le rouge lui monter aux joues, j'ai regardé sur internet comment faire.

— C'est chou, sourit Leila. Et elle l'a mis à son poignet ?

— Ouais. Pfff... souffla-t-il. La plupart des gens ont du mal à capter, mais on est vraiment très amis.

Ils restèrent un moment à contempler le stock d'alcool à disposition dans la cuisine, espérant que Maribel ou une de ses potes viendrait chercher un verre. Près d'eux, un gars arborant un sweat des

Vikings semblait attendre que le barman prenne sa commande. Elliot le reconnut, il était en arts plastiques avec lui en troisième.

— Hé, Victor ? le salua Elliot, ayant finalement retrouvé son nom. Tu me remets ?

— Non, rétorqua ce dernier sans bouger d'un pouce.

— Ah.

Elliot tira la gueule, avant de réaliser qu'au fond il n'était pas vexé.

— T'as pas vu Maribel dans les environs ? Maribel Palacios ?

— Elle est juste à côté de toi, mon vieux.

Victor avait sans hésitation pointé le doigt sur Leila.

— OK. Merci.

— Bien utile, ce mec, commenta Leila, avant de se tourner vers un groupe de filles à l'autre bout du plan de travail pour leur demander si elles avaient aperçu Maribel.

Maribel n'était pas à proprement parler une fille populaire, mais elle était au conseil des élèves, jouait souvent dans les pièces qui se montaient au lycée, du coup Elliot supposa qu'en posant la question à des personnes au pif il finirait par dénicher une piste. Mais peu de gens savaient qui elle était, au final, et un mec seulement l'avait vue : « Elle est dans le coin » fut tout ce qu'il trouva à leur dire, avant de refermer la main sur le goulot d'une bouteille de vodka.

Après quelques minutes, ils décidèrent d'attaquer le salon. On avait éteint la lumière, et des rayons verts transperçaient la fumée, dont Elliot ne put qu'espérer qu'elle était artificielle. La pièce était bondée, tout le monde dansait et un gars passait de la musique sur son ordi. Elliot avait un mal fou à imaginer Maribel parmi cette foule de corps en sueur, et ils ressortirent aussi sec.

À l'arrière s'étendait une vaste pelouse, bien arborée, où trônaient quelques statues et une piscine aux reflets irisés. Un couple avait pris ses aises dans un fauteuil de jardin dans un coin, sinon le reste des sièges étaient occupés par des mecs complètement cuits qui tripaient sur le ciel étoilé. De la fumée s'échappait du salon, véritable cocotte prête à exploser.

Elliot et Leila approchèrent du fût de bière, toujours en quête de Maribel.

Deux types qu'Elliot connaissait attendaient leur tour. Peter Jones, dont Elliot avait entendu dire qu'il avait une bourse pour aller à Boston au MIT, une des meilleures facs américaines, se tourna vers son pote :

— Tu sais ce que j'ai jamais pigé, dans la vie ?

— Houlà, on a déjà atteint ce moment-là de la nuit ? C'est l'heure des révélations ?

— Il y a plus de femmes que d'hommes sur la planète, pas vrai ? continua Peter, ignorant le sarcasme. Cinquante-deux pour cent de la population mondiale, grosso modo. Partout dans le monde, il y a plus de femmes que d'hommes. C'est une donnée mathématique.

— Et donc ?

— Comment ça se fait que ne sois jamais allé à une fête où on retrouve ce ratio ? Sérieux, regarde autour de toi. On est au moins à trois pénis contre un. Contre une, plutôt. Et c'est déjà plutôt une soirée réussie. D'habitude, c'est plus du cinq contre un. Pourquoi les fêtes échappent-elles aux statistiques mathématiques ? À quel genre de théorème elles obéissent, alors ? Je suis largué.

— Toi, t'as besoin d'une meuf.

— C'est clair.

Enfin, Elliot repéra une copine de Maribel, Stephanie. Elle venait de sortir. À part le fait qu'elle était membre de l'asso qui éditait l'annuaire du lycée, il ne savait pas grand-chose sur cette fille. Ils fondirent sur elle tandis qu'elle s'allumait une cigarette. Elle eut l'air gênée de voir Elliot, et évita son regard. Maribel avait dû lui raconter ce qui s'était passé.

— Salut, Steph. Maribel est là ?

Stephanie souffla un nuage de fumée et dévisagea Leila avec curiosité.

— Ouais, pourquoi ?

— Rien, faut que je lui parle, c'est tout.

Elle tapota sa cigarette, bras tendu loin devant elle pour éviter de se prendre des cendres sur sa robe.

— Tu sais que tu m'as jamais adressé la parole à part pour me demander où elle est ? Chaque fois que je te vois qui approches, je me dis : *OK, où est Maribel ?*

Elle regarda de nouveau Leila, tâchant de la remettre, puis continua, fixant Elliot bien au fond des yeux :

— La prochaine fois que tu tombes amoureux d'une meuf, essaie de parler avec ses copines, ça peut aider.

Elliot ne savait pas quoi répondre. Il bafouilla un peu, et se tourna vers Leila comme si elle était son interprète.

— Quoi ? dit Leila. Elle a carrément raison.

Steph soupira, puis porta la cigarette à ses lèvres.

— Elle est dedans, je l'ai vue, elle allait monter.

— Merci, dit Elliot.

Il aurait voulu ajouter quelque chose, mais Leila fit écho à son « merci », puis le tira par la manche pour rentrer.

Ils se frayèrent lentement un chemin parmi la foule, Leila observant tout et montrant à Elliot mille détails, comme s'il n'avait jamais mis les pieds dans une fête de lycéens, jamais vu des invités poireauter pour un demi tiédasse et tremper des tortillas dans du guacamole chimique.

— Rien que dans cette pièce, il y a dix-huit personnes collées à leur téléphone, entendit-il Leila commenter dans son dos, tandis qu'ils essayaient de traverser la masse des danseurs pour rejoindre la cuisine. À qui elles peuvent bien envoyer des textos puisque tous leurs potes sont là ?

— T'es sérieuse ? s'étonna Elliot.

— Le type, là, a failli plonger son portable dans le guacamole aux oignons ! se bidonna Leila. Et cette fille est à deux doigts de – *oups*, elle vient de gerber. Et ça semble gêner personne. Elliot, comment t'expliques que ça gêne personne ?

— On ne vomit pas, dans les fêtes où tu vas ?

Leila ignora la question, continuant à tourner comme une girouette pour ne négliger aucune piste.

Elliot pénétra plus avant dans la foule, Leila à sa suite. Il s'était dit que l'accès à l'étage serait interdit, pourtant non, pas de corde barrant l'escalier et, sur les murs, les flèches invitaient à monter : AUTRES TOILETTES, VESTIAIRE ET AUTRES COINS OÙ SE GALOCHER TRANQUILLE. ATTENTION, ON RISQUE DE VOUS PRENDRE LA MAIN DANS LE SAC – OU PIRE.

— Tu préfères ça au baisodrome ? se moqua Leila.

Elliot grogna malgré lui.

— Je déconne, dit-elle, accompagnant ses mots d'une tape réconfortante dans le dos. Attends, non, je déconne pas du tout. C'est mille fois mieux que le baisodrome. Je suis désolée d'avoir évoqué ça.

— Leila ?

— Oui ?

— L'aura de mystère et de sagesse dont on parlait tout à l'heure ? Tu veux pas t'y tenir ?

— On m'a jamais dit de la fermer de façon aussi gentille, dit-elle en posant le pied sur la première marche.

Ils enjambèrent une fille qui dormait comme une bûche sur les marches. Leila observa au passage la galerie de portraits affichés dans l'escalier. Sur le palier, ils débouchèrent sur un coin salon, avec un canapé d'angle et un écran gigantesque. Une bande de mecs défoncés jouaient à la console, un narguilé tournait, mais pas un n'arrivait à souffler le moindre rond de fumée. Un couple s'embrassait à l'extrémité du canapé. La robe de la fille était prune et, l'espace d'un instant, l'estomac d'Elliot remonta dans sa gorge, comme s'il était en chute libre. Puis la fille tourna la tête vers eux et ils virent que c'était une rousse avec un piercing dans le nez, la robe n'avait d'ailleurs pas du tout la bonne teinte.

Ils poursuivirent leur avancée, frappant aux portes avant d'entrer. Chaque fois qu'ils poussaient un battant, Elliot retenait sa respiration, dans l'espoir que Maribel ne se trouverait pas derrière avec un autre. Dans une des chambres, ils tombèrent sur un groupe assis tranquillement à écouter un disque de Pink Floyd, les pupilles dilatées. La salle de bains sentait vaguement le vomi. Seule une chambre était fermée à clé – sans doute celle des parents.

Au bout du couloir, une dernière porte qu'ils n'avaient pas encore vérifiée. Elle était entrouverte, et la pièce plongée dans la pénombre. À l'entrée, une affiche prévenait qu'on pénétrait là à ses risques et périls. Leila posa la main sur la poignée.

— Attends, l'arrêta Elliot. Et si elle est là-dedans avec quelqu'un ?

— Il fait noir.

— C'est pas vraiment une source de consolation, Leila.

— Qui te dit qu'elle est pas toute seule, en train de dormir ? J'entends rien, y a pas de bruit.

Leila ouvrit grand la porte.

— Il y a quelqu'un ?

Elle fit un pas dans la pièce, et Elliot s'approcha pour mieux voir. On entendait des bruits indistincts dans un coin de la pièce, et il fut soudain certain qu'il y avait quelqu'un d'autre.

— Ouhou ? fit-il. Maribel ?

Les bruits continuèrent ; d'où qu'ils proviennent, la personne ne leur prêtait pas attention. Elliot tâtonna sur le mur, cherchant l'interrupteur. C'est tout juste s'il distinguait Leila, qui avançait bras tendus devant elle. Elle poussa un cri quand son pied ou son tibia heurta quelque chose.

Au moment où Elliot mettait la main sur l'interrupteur, la porte claqua derrière eux. Elliot n'aurait su dire ce qui lui coupait le plus la chique : la surprise de se faire enfermer dans la pièce, le couple en pleins ébats sur le lit (pas de Maribel en vue, c'était déjà ça) ou le fait que les murs étaient couverts, du sol au plafond, de poupées rondouillardes. Des centaines de visages de caoutchouc leur faisaient face avec un air ahuri, surgis d'un film de série B. Certaines poupées avaient bien vécu, n'avaient plus un poil sur le caillou ou carrément un membre en moins, ou alors les traits de leur visage s'étaient effacés, à l'exception de la bosse d'un nez, d'une trace bleutée là où un œil avait jadis contemplé le monde.

Le couple sur le pieu – heureusement, toujours habillé – finit par réaliser que la lumière s'était rallumée et interrompit les réjouissances. La fille se redressa, considéra Leila et Elliot avant de coller une gifle à son mec :

— Tu m'offres des tacos à deux balles au dîner, tu me fais boire de l'alcool qui arrache à la soirée de fin d'année, et tu as encore balancé un texto à tes potes pour qu'ils viennent nous mater ? C'est la dernière fois que tu me vois, Carl, crois-moi.

— Mais, bébé, je te jure, je les connais pas, ces deux-là, protesta le mec, portant la main à sa joue déjà rougie.

La scène fit marrer Leila. Elliot, lui, sentit qu'il commençait à hyperventiler. Les yeux des poupées le perçaient de part en part. Le petit sourire au coin de leur bouche ne laissait aucune place au doute : elles se moquaient de lui. Même Carl pouvait réussir à choper une fille – soit, elle le larguait dans la foulée. Il se précipita sur la porte, dont il tourna frénétiquement la poignée. C'était verrouillé de l'extérieur. Il tenta encore d'actionner le mécanisme, en vain, puis appela à l'aide, mais ne lui répondit que l'écho de la fête qui battait son plein en bas.

— Très drôle, s'écria-t-il. On est enfermés. Maintenant, arrêtez vos conneries et laissez-nous sortir.

Une voix de petite fille se fit entendre de l'autre côté du battant :

— Vous savez pas lire ? C'est ma chambre, et z'avez pas le droit d'entrer sans ma permission. Donc, maintenant, il vous faut ma permission pour ressortir.

— C'est une gamine ? demanda Leila. Qu'est-ce qu'une gamine fait dans une soirée comme celle-là ?

— Hé, minipouce, on cherchait juste quelqu'un. S'il te plaît, laisse-nous sortir.

— Nan, leur rétorqua la petite voix, qui s'était éloignée.

Elliot tambourina sur la porte, mais c'est à peine s'il entendait le bruit que faisait son poing avec les basses de l'électro. Il posa son front contre le battant, dépité.

— Tu avais promis que ce soir ce serait une soirée en or, pleurnichait la copine de Carl.

Elliot se frappa la tête contre le bois. La soirée n'était pas censée se passer comme ça. La main de Leila vint se poser sur son épaule.

— Hé, on va se tirer de là, t'en fais pas.

— T'as vu ce que t'as fait ? lui reprochait Carl, montrant du doigt la fille qui sanglotait dans l'oreiller.

— Désolée, dit Leila, on cherchait juste quelqu'un.

— Ouais, ben, il est pas là. Vous voulez bien foutre le camp, maintenant ?

Leila secoua la poignée avec force devant ses yeux :

— T'as suivi, ou faut que je te rejoue la scène où on se fait enfermer ?

— M'en fiche, râla-t-il en se tournant vers le corps secoué de sanglots de sa copine.

Il tenta de lui passer un bras autour des épaules, mais elle l'envoya balader aussi sec.

— Allez, ma puce, je t'aime, tu le sais bien, hein ? On va pas en faire toute une histoire.

La scène qui suivit laissa Elliot sans voix. La fille releva la tête et un sourire éclaira son visage.

— C'est vrai, tu m'aimes ?

Trois secondes plus tard, ils étaient de nouveau dans les bras l'un de l'autre. Le bruit de leurs baisers mouillés n'était pas sans rappeler la bande-son d'un chewing-gum dans une bouche ouverte.

Elliot s'adossa au mur et se laissa glisser au sol, la tête dans sa main valide. Leila vint s'asseoir près de lui.

— Je suis mort, c'est ça ? Ta bagnole m'a percuté et m'a envoyé tout droit en enfer.

— Dans ce cas, je nous ai tués tous les deux, dit Leila, grimaçant à la vision de toute la salive échangée sur le lit.

— Tu saurais pas crocheter une serrure, par hasard ?

— Si c'est le cas, je le sais pas encore – elle secouait lentement la tête. Et toi, tu crois que tu pourrais défoncer la porte ?

— J'aimerais te répondre oui, mais la vérité c'est que j'atterrirais probablement aux urgences.

Elliot observa sa main bandée, se demandant si les cicatrices lui rappelleraient un jour autre chose que cette nuit de cauchemar.

— Je sais pas ce qui est pire : eux, ou les poupées ? On dirait qu'elles vont prendre vie et me chatouiller jusqu'à ce que mort s'ensuive.

À cette pensée, un long frisson lui parcourut l'échine.

Elliot tapa de l'épaule le montant de la porte ; quelqu'un finirait par les entendre, ou la gamine par céder.

— Je t'aime tellement, disait Carl en embrassant sa copine, dont les pleurs ne semblaient pas près de se calmer.

Elle se libéra de son éreinte, les yeux brillants de larmes :

— Tu le penses vraiment ?

Leila et Elliot observèrent avec un mélange de fascination et de dégoût le couple qui reprenait ses caresses de plus belle, se chuchotant des mots pas si doux entre deux baisers baveux.

— Faut qu'on dégage de là, déclara Elliot.

— Tout de suite, reconnut Leila.

Elle se leva et parcourut la pièce du regard, comme si une seconde porte allait se matérialiser sous ses yeux. Elle se planta les poings sur les hanches le temps de réfléchir.

— La fenêtre ! s'écria-t-elle soudain. Dans une maison comme ça, il y a forcément une fenêtre dans chaque pièce.

Elle fonça sur le mur du fond et entreprit de dégager les poupées des rayonnages. C'était évident, ces horreurs devaient dissimuler une fenêtre.

En une seconde, Elliot fut debout auprès d'elle. Par chance, les étagères elles-mêmes n'étaient pas fixées au mur, c'étaient juste des planches fixées à des crémaillères de part et d'autre de la vitre. Ils se mirent tous deux à les démonter dans les règles de l'art, posant les planches au sol près des poupées, qui avaient toujours autant une sale tronche vues d'en haut.

Quand Elliot eut ôté la dernière étagère, Leila tendit la main vers la fenêtre à guillotine.

— Maribel, on arrive ! lança-t-elle – et elle tenta de lever la vitre.

Celle-ci ne bougea pas d'un pouce. Elliot n'eut pas le temps d'imaginer le pire, Leila avait déjà tendu le bras vers le loquet qui empêchait la vitre de glisser. Elle poussa de nouveau, et cette fois la fenêtre s'ouvrit sans difficulté, laissant entrer une bouffée d'air tiède. Elliot passa la tête dehors. Sous ses yeux, un petit rebord accueillant, et seuls trois mètres les séparaient du gazon verdoyant côté rue.

Leila se hissa à califourchon sur le rebord de la fenêtre, puis Elliot fit de son mieux, avec sa main valide, pour la rejoindre. Ils se laissèrent glisser de l'autre côté, s'accrochant au rebord pour ne pas tomber de trop haut. Leila se tourna vers Elliot avec un sourire :

— On lâche rien, même si ça doit nous prendre toute la nuit. Tu l'auras, ta scène d'amour.

Sur quoi, ils sautèrent.

5

ELLIOT ATTERRIT SUR LE GAZON dans un bruit sourd. Un bref éclair de douleur lui traversa la main, mais il était si soulagé d'être sorti de cette pièce qu'il n'y prêta pas davantage attention. Relevant la tête, il vit que les lumières dans la chambre aux poupées s'étaient éteintes.

— Et maintenant, où on va ?

— Je sais pas, dit Elliot. Elle est peut-être allée à une autre fête, ou chez un pote ?

— Pourquoi tu commences pas par l'appeler, tout bêtement ?

— Elle a oublié son téléphone dans sa poche, et il est passé dans le lave-linge l'autre jour. Elle l'a pas encore remplacé.

— Voilà qui est fort regrettable. Et ses copines, t'as leur numéro ?

— C'est qu'on n'a pas vraiment les mêmes amis, expliqua-t-il. Mon cercle d'intimes a un diamètre de… mettons… quatre personnes à tout casser.

Leila n'eut pas l'air de trouver ça drôle.

— Pas que j'aie franchement besoin de plus. Trois bons copains et une personne que j'aime désespérément – au-delà, pour moi, c'est pas gérable.

Il laissa échapper un petit rire. Leila était toujours aussi impassible.

Elle inspectait la rue des deux côtés, se mordant la lèvre.

— Où peut-elle bien être fourrée ?

— Chez le disquaire ! bondit soudain Elliot, parfois elle va se poser sur le toit du magasin où elle bosse.

— C'est mon dernier jour de lycée et mon meilleur ami vient de me déclarer sa flamme, résuma Leila. À sa place, moi aussi je me sentirais d'humeur vagabonde. Allons vérifier.

Ils regagnèrent la voiture de Leila. Elle alluma l'autoradio et démarra. Elliot, lui, ferma les yeux, toutes ses pensées concentrées sur Maribel ; il s'imaginait que les empreintes d'orteils sur le pare-brise lui appartenaient. Après quelques minutes à peine, cela dit, le moteur commença à hoqueter, la voiture perdit de la vitesse et eut quelques ratés qui tirèrent Elliot de sa rêverie.

— Fait chier ! jura Leila.

Elle mit les warnings juste comme la voiture s'immobilisait.

— Quoi ? Qu'est-ce qui s'est passé ?

— Je crois qu'on est en rade.

Elle éteignit le moteur et essaya de remettre le contact – rien n'y fit.

— Merde, normalement je peux encore faire au moins trente bornes sur la réserve.

— Pourquoi tu t'es pas arrêtée prendre de l'essence ?

— J'étais prise par toute cette histoire de Maribel.

Leila frappa le volant et se rencogna dans son siège.

L'estomac d'Elliot gargouilla un autre « merde ».

— Ton assurance couvre le remorquage ? À cette heure, de toute façon, la dépanneuse ne sera pas là avant des plombes.

Il chercha du regard les traces de doigts sur la vitre, mais le véhicule était à mi-chemin entre deux lampadaires et il ne vit rien dans l'obscurité.

— Non, pas moyen, dit Leila après avoir essayé une dernière fois de faire repartir le moteur.

Elliot gratta un dernier relief de sa nuit mouvementée sur sa veste de smoking. Tout espoir s'envolait.

— Je suppose que c'est un signe, alors. Ça n'est pas pour ce soir.

Il scruta la matière qui était venue se loger sous son ongle, grimaça, puis s'essuya le doigt sur son costume.

— Hé, dans les films, le héros s'en sort jamais si facilement, t'es d'accord avec moi ? Conquérir la fille de tes rêves est censé être un parcours semé d'embûches.

— Génial, on tient le slogan de cette soirée. Et comment, je te prie, sommes-nous censés surmonter cet obstacle-ci ?

— Tu lèves ton cul et tu vas pousser à l'arrière. Moi, je tiens le volant et je pousse d'ici, ajouta-t-elle en ouvrant sa portière.

— Quoi ?

— On va pousser la voiture jusqu'à la prochaine station-service.

— Tu plaisantes ! C'est au moins à trois kilomètres. C'est tout juste si je peux marcher trois bornes avec un sac sur le dos. Et tu veux que je pousse ta bagnole tout du long avec une seule main valide ?

— Si tu crois que je vais te refaire un speech de motivation, tu te fourres le doigt dans l'œil. Maintenant, bouge-toi et aide-moi.

Elliot secoua la tête, se leva de son siège et alla se placer à l'arrière, cherchant un moyen de faire pression sans aggraver davantage sa blessure. Après quelques essais laborieux – et douloureux –, il parvint finalement à trouver une position pratique et se mit à pousser. Leila était juste devant lui, une main sur le volant pour diriger la voiture, le corps penché, en plein effort. Il garda les yeux rivés au sol.

— On va tout droit, et on prendra la troisième à droite, indiqua-t-il. Si je m'évanouis pas avant.

Aucun véhicule à part le leur sur la route, la nuit était paisible. Elliot entendait l'écho de leurs pas sur le bitume, le crépitement du gravier sous les pneus, comme des insectes qu'on écrase. Au loin, les gratte-ciel de Minneapolis et de Saint Paul se détachaient sur la ligne d'horizon, fines hachures lumineuses derrière l'étendue sombre qui les séparait de Burnsville.

— Ça va, derrière ? s'inquiéta Leila.

Elliot soufflait comme un bœuf, son corps épuisé par la nuit déjà longue, par l'alcool, par le sang versé.

— Ça va aller. Je m'achèterai un Powerade à la station essence. Et puis peut-être aussi une greffe de poumon.

S'arrêtant un instant pour reprendre sa respiration, il ajouta :

— Je crois bien que mon cœur ne s'était pas affolé comme ça depuis le CM2. (L'air avait du mal à se frayer un chemin jusqu'à sa cage thoracique, mais que c'était bon une fois que l'oxygène pénétrait ses poumons.) Un jour, pendant la récré, on jouait à chat...

Il continua ainsi un moment, ahanant bruyamment jusqu'à ce qu'il ait recouvré son souffle, racontant à Leila, bribe par bribe, le jour où Maribel était arrivée en courant vers lui, comment il s'était retrouvé déchiré entre l'envie de courir à fond les ballons pour lui en mettre plein la vue et celle de rester cloué sur place pour qu'elle lui fonce droit dessus.

— Quel romantisme, soupira Leila. Si elle t'entendait parler comme ça, je suis sûre qu'elle te tomberait dans les bras.

Elliot se sentit rougir. Ses amis avaient toujours été de fidèles soutiens, mais, à part dans ses rêves les plus fous, personne ne lui avait jamais donné l'impression que ça pouvait vraiment marcher avec Maribel. Il continua de pousser.

— Finalement, t'as opté pour quoi ? T'as couru ou t'es resté planté là ?

— J'ai fait trois pas et j'ai trébuché. Elle m'a aidé à me relever avant de m'attraper. Le plus beau jour de ma vie.

Leila se bidonna. Son rire résonna joyeusement dans la rue déserte, et Elliot regretta d'avoir vécu si longtemps sans la connaître.

Quand ils atteignirent enfin la pompe à essence, il leur fallut un bon moment avant de retrouver leur souffle. Le trajet leur avait pris moins de temps qu'Elliot aurait imaginé. Il s'aperçut dans la foulée que la boutique du disquaire était à deux pas de là, dans la même rue. Premier coup de pouce du destin de la soirée.

— Super, dit Elliot et il renifla son costume. Pile l'odeur qui manquait à ma veste : la transpi.

Il regarda le bâtiment du disquaire, sur le trottoir d'en face. L'enseigne sur le toit empêchait de voir si quelqu'un y était monté – c'était justement la raison, en plus de la vue saisissante sur les lumières des villes jumelles et le centre des Arts vivants, pour laquelle Maribel adorait se réfugier là-haut.

— Allez, viens, dit Leila en entrant dans la boutique de la station-service. Je te paie une bouteille de Powerade.

Ils prirent quelques boissons, et un déo de poche pour Elliot, mais quand ils arrivèrent à la caisse, la carte de Leila fut rejetée.

— Merde, grogna-t-elle. C'est à force de bouger. Ma banque doit se demander ce que je fiche à changer de ville tous les deux jours. Je sais que j'ai dit que c'était moi qui régalais, mais j'ai pas un rond sur moi. Ça ne t'embête pas ?

— J'ai rien non plus, dit Elliot. J'ai filé tout mon fric à un type au bal de fin d'année pour qu'il m'achète du bourbon.

Ils levèrent des yeux suppliants vers la femme à la caisse. Pour toute réponse, elle haussa les épaules et reprit la lecture de son magazine. Ils sortirent en traînant les pieds.

— Tu sais quoi ? T'en fais pas pour l'essence. On est en mission, OK ? Je te laisse aller chez le disquaire et, moi, je reste ici et je vais fouiller ma caisse de fond en comble voir si je trouve pas quelques pièces.

— Qu'est-ce que je lui dis, si tant est qu'elle soit là ?

— Peu importe. Tu lui ressors ce que tu m'as dit d'elle, et tout va marcher comme sur des roulettes.

Il observa de nouveau le magasin de disques. Aucune lumière n'était allumée à l'exception de l'enseigne au néon surplombant le bâtiment. Il distinguait tout juste les inscriptions colorées sur la vitrine annonçant les nouveautés et les offres spéciales, la plupart tracées de la main nette de Maribel.

— Leila ?

— Ouais ?

— Si jamais un jour tu as besoin d'aide pour conquérir ton prince charmant, tu peux compter sur moi.

— Je te remercie. Je ferai probablement appel à toi un de ces quatre.

Elliot traversa la rue à petites foulées. Personne à l'horizon ; il fit le tour du magasin, alla ouvrir la grille à l'arrière comme Maribel le lui avait montré. Il grimpa sur la benne à ordures pour atteindre l'échelle menant au toit. Son cœur battait à tout rompre, il le sentait jusque dans son estomac vide. Il prit une grande inspiration et se lança à l'assaut. Chaque échelon grimpé était comme une flèche dans sa main blessée, mais Elliot se représenta Maribel assise là-haut dans sa robe de soirée, dos nu dans la tiédeur nocturne, ses grands yeux bruns perdus dans le vague, et il raffermit sa prise.

Il atteignit le dernier barreau de l'échelle et se hissa sur le toit. Celui-ci était plat, rien entre l'échelle et l'enseigne côté rue hormis quelques gaines d'aération. Elliot s'avança vers le milieu du toit, même s'il avait bien vu qu'il était clairement seul là-haut. Au-delà de la preuve visuelle de son absence, il pouvait surtout la ressentir. Il eut un instant l'intuition qu'il ne la reverrait jamais plus, que cette surface déserte n'était pas qu'un énième obstacle sur sa course, mais bien le signe qu'elle avait disparu pour de bon de son existence. Il ne savait pas s'il pourrait supporter encore d'autres fausses joies de cet acabit.

Il approcha de l'enseigne, jeta un œil dans la rue vers la station essence. Dans la boutique, Leila, accoudée au comptoir, était en grande conversation avec la vendeuse. Quel genre de fille se baladait seule sur les routes du pays, en chemin pour le Grand Nord ? Quel genre de fille était déterminée à tout prix à aider un parfait inconnu comme elle le faisait ?

Elliot redescendit du toit, traversa la route. Leila le vit et sortit à sa rencontre. Sans trop savoir pourquoi, Elliot lui fit signe, comme s'il ne l'avait pas vue depuis longtemps.

— Pas de bol ? commença-t-elle, avant de voir sa main en l'air. Houlà, dis donc, tu saignes.

— Hein ?

Il tourna sa main. Un cercle rouge avait commencé de se former sur sa paume, et il allait en s'élargissant.

— Je te proposerais bien de t'emmener à l'hosto, mais… je te fais pas de dessin.

Elle balança un grand coup de pied dans un de ses pneus.

— Il y a une pharmacie ouverte vingt-quatre heures sur vingt-quatre à quelques rues d'ici. J'ai juste besoin d'un peu de bande.

— Je suis contente de te l'entendre dire.

À la pharmacie, la carte de Leila refusa de nouveau de passer. Ils essayèrent de convaincre le responsable de leur donner de quoi refaire un pansement, Elliot viendrait payer le lendemain.

— Vous voyez bien que c'est une urgence, dit Leila en montrant le sang qui transperçait la gaze.

— Je ne saurais trop vous conseiller d'aller à l'hôpital, dans ce cas.

— S'il vous plaît, monsieur. Si je ne viens pas vous rembourser demain, vous pourrez appeler la police. Ou, pire, mes parents. Je leur ai faussé compagnie au début de la nuit et ils vous donneront probablement une récompense juste pour leur avoir dit que j'étais vivant. Je m'appelle Elliot Pinnik, j'habite rue…

— C'est sept dollars quarante-neuf, le coupa le pharmacien.

Les mains sur les hanches, les sourcils froncés, posture classique de l'adulte signifiant que la conversation était terminée.

Une fois sortis, Elliot et Leila restèrent un moment hésitants devant la porte.

— Une part de moi espère que je vais me vider de mon sang et qu'il aura ma mort sur la conscience.

Il soupira et chassa une saleté sur son pansement.

— Bon, et maintenant, Miss Bonnes Idées, quelle est la suite du programme ?

Leila, l'air perdu, shoota dans un caillou. Il alla rouler sur le parking. Elliot suivit sa course des yeux jusqu'à ce qu'un véhicule arrivant pleins phares l'aveugle. Le temps qu'il recouvre la vue, la voiture s'était garée et un type en jogging et tee-shirt sale approchait de l'entrée de la pharmacie. À en croire son allure, il n'avait pas fermé l'œil depuis des nuits.

— Excusez-moi, monsieur, l'accosta Leila, je sais ce que vous allez penser, mais nous sommes dans…

— Désolé, j'ai rien sur moi, répliqua l'homme sans même leur jeter un regard.

Leila observa les portes automatiques se refermer derrière lui, puis se tourna vers Elliot.

— Hum. Maintenant, on sait l'effet que ça fait.

— On essaie de piquer la bande, à ton avis ?

— Non ! s'écria Leila, avec une vivacité qui la surprit elle-même. Pas de chapardage.

Elle s'efforça de reprendre son calme.

— Avec un peu de chance, quelqu'un de généreux finira par passer, qui nous prêtera quelques pièces. S'il est décidé à nous prêter aussi de quoi mettre quelques litres d'essence, on ira chez Maribel et on attendra qu'elle se pointe. Assieds-toi et tâche d'avoir l'air de souffrir. Mais sans montrer le sang qui coule, sinon on fera fuir tout le monde.

Elliot, docile, s'assit sur le bord du trottoir. Le parking resta désert une bonne poignée de minutes. Le type crevé finit par ressortir avec un paquet de couches XXL et fila aussi vite qu'il était arrivé. Une femme entre deux âges qui fumait dans sa voiture balança son mégot encore incandescent quasi sous leurs pieds, sans faire attention à eux. Un couple dans les vingt ans prit la peine de s'arrêter pour écouter Leila, mais Elliot dut leur inspirer de la méfiance car ils partirent en secouant la tête. Elliot commençait à avoir des fourmis dans les pattes, et il repensa à la fois où, en cinquième, Maribel avait organisé une soirée DVD chez elle. Il était installé sur le canapé. Elle, assise à ses pieds, à un moment donné avait appuyé la tête contre son genou. De peur de briser la magie de l'instant, il était resté absolument immobile tout le reste du film, son pied s'était engourdi au point d'en être douloureux.

Une camionnette approchait. Elliot fit de son mieux pour avoir l'air abattu et inoffensif, et laissa Leila parler. Yeux baissés, il entendit les portières du van s'ouvrir, puis une voix familière :

— Eh ben, si c'est pas l'homme de la soirée !

Elliot leva la tête, confus. C'était Kurt.

— Qu'est-ce que tu fous ici ? voulut-il savoir.

Il salua Leila, qui lui rendit son geste.

— Comment ça s'est passé avec ta meuf ? Après ta prestation d'enfer, je vous imaginais plutôt dans un coin romantique, confortablement installés sur un matelas.

— Elle était déjà partie. Elle a rien vu.

— Ça craint. T'as vérifié à la soirée chez ce Bobby, là ?

— Ouais, elle y était pas non plus. On la cherche depuis le début de la nuit.

— Qu'est-ce qu'elle pourrait bien fabriquer à la pharmacie ?

— Il a juste fallu qu'on fasse un petit arrêt technique pour mon bandage.

Il montra sa main pour que Kurt voie le sang qui s'en écoulait.

— Dégueu, fit Kurt d'un air connaisseur.

— Mais le hic, c'est qu'on n'a pas un rond, intervint Leila.

— T'as besoin de combien ?

— Sept cinquante, répondit Elliot, bondissant sur ses pieds.

— Et de quoi mettre un peu d'essence. Si ça ne t'ennuie pas, poursuivit Leila.

— Ton numéro de ce soir valait bien ça, dit Kurt.

Il leur fit signe de le suivre dans la boutique et paya pour la gaze, avant de tendre à Leila un billet de vingt. Elliot lança au pharmacien un regard qu'il espéra éloquent.

Une fois dehors, Elliot fit appel aux souvenirs du cours de premiers secours pour bander sa blessure. Malgré le saignement, l'entaille ne semblait pas trop vilaine. Une seule des sutures avait sauté, et le sang avait pour l'essentiel coagulé.

— Merci mille fois, dit-il.

— C'est rien, répondit Kurt, sortant ses clés de sa poche. Au fait, vous êtes allés voir au Ruby's Diner ? Il y a pas mal de gens là-bas qui terminent la soirée, peinards autour d'une tasse de café et d'un truc à grailler. Je suis passé devant en voiture, on dirait que la moitié du bahut s'y est donné rendez-vous. Ça ne m'étonnerait pas que tu y trouves Maribel.

Kurt serra la main – l'autre – d'Elliot, puis fit un petit salut en direction de Leila.

— Allez, bonne chance, vieux. On est tous avec toi.

Tandis que le van de Kurt quittait le parking, Elliot s'interrogeait : avait-il bien entendu ? Se pouvait-il que tout le lycée s'intéresse à ce qu'il y avait entre lui et Maribel ?

— T'en dis quoi ? l'interrompit Leila. On tente le Ruby's Diner ?

— Au point où on en est, je m'attends à ce que le resto soit à moitié plein de zombies, ou un truc dans cet esprit.

Leila lui décocha une petite bourrade

— J'ai dit : on tente le Ruby's Diner ?

— Je suis amoureux de cette fille depuis toujours. Bien sûr qu'on tente le Ruby's Diner, déclara Elliot. Mais tu permets que je fasse de temps en temps un petit commentaire acerbe, non ?

— T'as une drôle de définition de l'expression *de temps en temps*.

Elliot balaya le sarcasme :

— Si tu le dis. Bref. Au point où on en est, je serais ravi de combattre deux ou trois zombies pour la récupérer.

6

COMME À PEU PRÈS TOUT LE RESTE à Burnsville, le Ruby's était à quelques minutes en voiture. Elliot eut à peine le temps de démêler le fouillis d'émotions qui l'étreignait : l'alternance d'espoir et de découragement, la fatigue de la nuit, l'adrénaline jamais bien loin, l'absence de Maribel et son envie impérieuse d'être près d'elle, de la retrouver pour lui avouer ce qu'il avait échoué à lui dire plus tôt : à quel point il l'aimait.

Leila se gara devant le restaurant. Elliot reconnut certaines des voitures. Un coup d'œil à la devanture lui apprit que la salle était blindée – un sacré chambard pour 4 heures du mat. Quelques mecs fumaient sur le parking, col de chemise ouvert et nœud pap défait. Les filles étaient échevelées, les brushings et la laque ayant perdu la bataille face à la gravité. Tout le monde avait l'air rincé mais fier de sa fatigue, comme si la nuit épuisante était à l'image des quatre années de bahut qui venaient de s'écouler, et qu'ils voulaient prouver au monde entier qu'ils y avaient survécu.

— Tu veux que je t'attende là ? demanda Leila.

— Non. Sans toi, je serais jamais parvenu jusqu'ici.

Il essaya de repérer Maribel dans la salle, mais il y avait trop de monde. Une serveuse portant un plateau chargé de pancakes et de saucisses tapa dans la main d'un des gamins au passage.

— Et puis, dans les films, il faut toujours quelqu'un pour commencer à applaudir ultra lentement. Je te fais confiance pour ce rôle.

Ils sortirent de la voiture. Elliot épousseta son costume de sa main valide. Il regrettait d'avoir balancé l'orchidée dans la rue, il aurait eu l'air un poil plus présentable avec.

— J'ai l'air de quoi ?

Leila se plaça devant lui, saisit le revers de son veston pour le défroisser, ôta un grain de poussière imaginaire (ou non) sur son épaule.

— T'as l'air de sortir tout droit de l'enfer. Mais ça fait partie du programme obligé. Vivre un enfer pour conquérir sa belle.

Elle lui adressa un franc sourire, les yeux pétillants. Toute trace de nostalgie avait disparu en cet instant.

— Tu es parfait.

Ils entrèrent. C'était encore plus bondé qu'Elliot l'avait cru depuis le parking. Les tables avaient été poussées les unes contre les autres, on aurait dit un pub à l'happy hour. Les lycéens s'étaient agglutinés dans les boxes en grappes. Ils avaient formé les groupes habituels, et se hélaient d'un bout à l'autre de la salle. Certains sirotaient un café filtre, d'autres, le front sur la table, avaient sombré dans un sommeil profond, d'autres encore engloutissaient des plats bien gras. Il n'y avait pas que les pancakes qui étaient bien beurrés : on voyait les gamins passer de table en table, parlant à tort et à travers, faisant de grands gestes maladroits. Les serveuses, des femmes dans la cinquantaine en majorité, arboraient une mine concentrée et contrariée, mais surtout un peu perdue de voir leur fin de service jouer les prolongations à cause de ces adolescents en furie. Seuls clients adultes, deux hommes en débardeur et casquette de routier étaient assis au bar, descendant leurs œufs brouillés en quatrième vitesse afin de pouvoir payer et se tirer de là au plus vite.

Avant qu'Elliot ait fait un pas, quelqu'un approcha par-derrière et lui passa un bras sur l'épaule.

— Elliot ! Putain, mec, t'es mon héros, fit la voix inconnue.

Elliot se dégagea pour voir qui c'était : un joueur de l'équipe de foot qui avait suivi avec lui un ou deux cours au lycée. Le type sentait le whisky, et Elliot eut honte à l'idée qu'il avait dû exhaler une haleine aussi chargée un peu plus tôt dans la soirée.

— Ce que t'as fait à la soirée !

Le mec posa la main sur la joue d'Elliot et imita le bruit d'une explosion dans une pluie de postillons, puis il enchaîna :

— Trop classe.

Il mit une légère claque à Elliot.

— Trop, trop classe.

Sur quoi il tourna les talons et piqua un toast dans l'assiette de quelqu'un en passant.

Dès qu'il fut parti, Elliot vit Anthony, un gars avec qui il était en maths, qui approchait à grands pas. Il montrait Elliot du doigt, l'autre main dressée pour toper là. Elliot s'exécuta, attentif à ne pas utiliser sa main blessée. Le claquement de leurs paumes l'une contre l'autre résonna dans le resto. Anthony s'éloigna sans un mot, mais le salut avait informé les autres de la présence d'Elliot, et bientôt il fut submergé par un chœur de voix.

— Énooorme ! cria quelqu'un.

— J'en reviens pas que t'aies fait ça, dit une fille nommée Diana en lui mettant les mains sur les épaules. Avec ça, cette soirée de fin d'année va rester dans les annales.

D'autres élèves vinrent le féliciter et, entre autres expressions, sa prestation reçut les qualificatifs suivants : *réglo*, *pro*, *qui déchire*, et, par un retournement inexpliqué de l'argot : *fraîche* et *pure*. Il n'avait pas idée, non plus, que les gens aimaient exprimer leurs félicitations avec un tel éventail de gestes non sollicités. Elliot enfouit sa main blessée dans la poche de sa veste pour éviter tout contact problématique.

— Pas dit que tu aies besoin de moi, lui chuchota Leila à l'oreille. Visiblement, tout le monde rêve de jouer la scène des applaudissements au ralenti pour toi.

Sa remarque lui arracha un grand sourire, et, de fait, elle avait raison. Jamais auparavant il n'avait senti sur lui braqués tant de regards positifs. On continuait à venir lui toper dans la main, et il rendait ces saluts avec un enthousiasme croissant, le claquement chaque fois plus sonore, comme un applaudissement en kit.

C'était ça, le moment où tout basculait. D'une minute à l'autre, la foule de visages rayonnants allait s'écarter pour laisser passer Maribel, qui n'aurait d'yeux que pour lui. Elle lui sourirait et lui soufflerait un mot doux, charmant, une réplique qui passerait instantanément à la postérité. C'était ce qu'il avait prévu pour cette nuit, et ça se produirait pour de vrai. Elle était là. Elliot le sentait.

Il avança, vérifiant les boxes sur sa gauche, les tables sur sa droite. Le son blanc de tout ce brouhaha résonnait comme le silence à ses oreilles, comme le signe annonciateur d'un morceau pop prêt à éclater sitôt que Maribel et lui échangeraient un baiser.

Quand il passa devant le coin où tous les théâtreux étaient installés, quelqu'un lui saisit le poignet et l'attira vers la tablée.

— Tiens, c'est pour toi, dit le mec en plaçant trois tranches de bacon au creux de la main d'Elliot. Tu l'as bien mérité.

Déstabilisé mais reconnaissant, Elliot opina du chef et prit l'étrange offrande. Il sentit une tape sur son épaule, et son cœur fit une embardée, pensant que c'était elle.

— J'ai carrément la dalle, moi, lui dit Leila quand il se retourna. Tu permets ?

Il lui tendit le bacon, essuya sa main grasse sur son pantalon et remonta l'allée plus avant. Pour l'équipe de basket, c'était la troisième mi-temps ; les artistes du bahut brandissaient leur tasse de café à bout de bras pour se faire resservir. Peter Jones, le futur étudiant au MIT, jetait autour de lui des regards désespérés.

— Je suis vraiment largué, l'entendit dire Elliot.

Puis, comme le soleil surgissant soudain de derrière un nuage, un rai de lumière violette lui parvint à l'extrémité de la foule.

Tout ce qu'il voyait de la fille, c'était une robe violette dépassant d'une banquette. Il aurait reconnu la teinte entre mille. Elle était dans le box d'angle, dos à Elliot. Le passage d'une serveuse lui permit de mieux voir : la main de Maribel était posée sur la table, l'orchidée toujours sagement attachée à son poignet.

— C'est elle, glissa Elliot à Leila par-dessus son épaule, afin de ne pas lâcher Maribel des yeux.

Sans attendre que Leila l'y encourage, il traversa la salle, contournant tous ceux qui lui bloquaient le passage, enjambant les mecs bourrés dont les jambes allongées dépassaient en tous sens. Il en oublia son cœur qui battait la chamade, son estomac vrillé, sa main endolorie. Il ne pensait qu'à Maribel.

Son nom était sur le point de franchir ses lèvres avant même qu'il soit près d'elle. Il se sentait tellement prêt à le dire à voix haute, à lui dire exactement tout ce qu'elle représentait à ses yeux. Mais elle n'était pas seule.

Dans le box, à ses côtés, un garçon était assis. Un garçon qu'Elliot n'avait encore jamais vu, qui, pour ce qu'il en savait, n'était même pas de leur lycée. Il portait un smoking immaculé. Maribel riait à un truc que le type venait de lui dire. Ils ne remarquèrent même pas qu'Elliot était là.

Incapable de détourner le regard, les pieds cloués au sol, Elliot observait impuissant la fille qu'il aimait depuis bientôt dix ans se pencher vers un inconnu et l'embrasser à pleine bouche.

Durant leurs années d'amitié, il était arrivé que Maribel l'embrasse sur la joue. Une fois, le bisou avait quelque peu dérapé pour venir se loger quelque part près du lobe de son oreille. Mais là, non, on était à des années-lumière du bisou. La main de Maribel, celle qui arborait la fleur au poignet, vint caresser la joue du type et l'attirer à elle.

Le cœur d'Elliot se brisa en plein vol avant la fin de sa grande scène. Dire qu'il avait enduré toute cette nuit juste pour la trouver occupée à *ça*. Il aurait voulu disparaître. Il crut disparaître – son corps avait eu sa dose d'emmerdes pour la soirée et avait lancé le programme d'autodestruction. Il était sur le point d'imploser.

Il avait cru qu'un amour à sens unique relevait de la torture, cru qu'il avait compris ce que ressentait l'orchidée en passant sous les roues du camion. Mais il n'avait fait que du surplace toute cette nuit et, maintenant, chaque tour de langue de Maribel était un tour de roue qui l'enfonçait plus profond dans le sol.

Enfin, Dieu merci, l'inconnu prit conscience de la présence d'Elliot et lâcha Maribel. Voyant qu'il était ailleurs, elle se retourna. Son regard croisa immédiatement celui d'Elliot.

Comme c'était injuste, que même après vous avoir brisé le cœur une personne vous foudroie toujours autant par sa beauté, que son visage soit toujours celui que vous aimez le plus au monde. Au fond de ces yeux qui le bouleversaient, Elliot crut lire de la pitié. Il se demanda si elle y avait toujours été et s'il avait été aveuglé depuis toutes ces années. Soudain, il aurait tout donné pour être n'importe où sur la planète plutôt que là : Elliot tourna les talons comme il était venu. Quand Leila le vit passer, c'est tout juste s'il ne courait pas, fuyant cette nuit désastreuse.

7

ELLIOT RESTA SILENCIEUX le reste du trajet jusque chez lui. Il ne voulait pas parler de Maribel, ne voulait pas que Leila ait pitié de lui ni céder le passage à la barre de larmes derrière ses yeux. À l'horizon, une première lueur s'était levée, teintant le ciel de nuances mauves, laissant voir les nuages qui étaient jusque-là invisibles au-dessus de leurs têtes.

Leila se gara. Elliot avait hâte de quitter son costume sale, de se fourrer dans son lit en priant pour que le sommeil ne lui fasse pas défaut. Toutefois, chez lui, tout était allumé. Sa mère l'avait attendu toute la nuit, son esprit prompt à imaginer le pire probablement en état de panique totale à l'heure qu'il était, vu qu'il avait filtré tous ses appels. Du coup, au lieu de rentrer, Leila et lui se dirigèrent vers le square au coin de la rue. Ils s'assirent sur les balançoires, et observèrent les nuages s'iriser de rose et d'orange. Les chaînes de la balançoire grinçaient sous le poids du garçon.

Puis, sentant que Leila le regardait :

— S'te plaît, me demande pas si ça va.

— J'en avais pas l'intention. Je connais la réponse.

Elliot cala sa nuque contre les anneaux de métal. Une larme brillait au coin de son œil, et il la chassa d'un revers de main.

Il lui en ficherait des happy ends, à Molly Ringwald. Qu'ils aillent se faire voir, elle et Lloyd Dobler, qui, s'il avait existé dans la vraie vie, se serait probablement allongé pour de bon au milieu de la route, sans attendre qu'il pleuve pour se lancer. C'est à cause d'eux que la poitrine d'Elliot était au bord de l'implosion. À cause d'eux qu'il avait laissé libre cours à son amour pour Maribel, à cause d'eux toujours qu'il s'était autorisé à croire – quel idiot – qu'une scène grandiloquente et romantique pouvait convaincre quelqu'un qui se fichait de vous comme de l'an quarante de vous aimer.

— La vie n'a rien à voir avec les films. J'ai été débile de croire que ça pouvait se passer comme ça.

Il shoota dans le sol, la boue resta collée à la pointe de ses chaussures.

— Faut que j'arrête de mater ces films, ça me ravage le cerveau.

Elliot s'essuya de nouveau les yeux, tâchant d'endiguer les larmes. Les chaînes de la balançoire craquèrent de plus belle. Il était souvent venu traîner là avec Maribel l'après-midi, sur ces mêmes jeux pour enfants, pour tuer le temps. Ils vivaient dans un univers qui semblait conçu uniquement autour d'eux deux.

Les premiers rayons du soleil percèrent timidement la couche nuageuse, minces traits d'aquarelle orangés sur les nuages dorés et le ciel d'un bleu de porcelaine.

— Foutu ciel, jura Elliot. Une beauté pareille dans un moment pareil, je te jure. Juste quand j'atteins le fond du gouffre.

Surpris, Elliot lui fit face :

— J'étais juste un peu... commença-t-il – mais Leila lui décocha un regard qui le dissuada de se chercher des excuses.

— Tu es un garçon trop chouette pour faire un truc aussi stupide que ce que tu as failli faire ce soir.

— Compris.

— Je veux que tu me promettes de ne plus jamais recommencer.

— Je te le promets, dit-il dans un souffle.

Aveuglé par le soleil, il tendit la main vers elle, petit doigt en l'air.

Elle le regarda sans comprendre.

— Tu n'as jamais fait un serment de petit doigt ?

Elle fit signe que non.

— Tends le petit doigt, comme ça.

Elle s'exécuta et il enroula son auriculaire autour du sien. Chaque fois qu'il avait fait des serments comme ça avec Maribel, il s'était dit que c'était comme s'ils se tenaient par un cinquième de la main.

— Les serments de petit doigt sont les plus sérieux des serments. Tu as ma parole de petit doigt que ça n'arrivera plus jamais.

Regardant leurs mains jointes, Leila dit :

— Bien. Je sais qu'on se connaît à peine, mais si j'apprends que tu n'as pas tenu ta promesse, crois-moi, je viendrai te botter les fesses.

— Je te crois.

Ils firent mine de se serrer la main vigoureusement, puis Elliot lâcha le petit doigt de Leila.

— Mais d'où tu sors, pour n'avoir jamais fait de serment de petit doigt ?

Leila balaya d'un geste sa remarque, et lança ses jambes tendues vers l'avant pour prendre de la vitesse.

— Du Wisconsin.

Il s'adossa à la chaîne pour mieux l'observer. Le souffle faisait danser sa robe d'été et ses cheveux, sur son visage s'épanouissait un grand sourire. Songeant à son état de fatigue, Elliot prit soudain conscience de ce à quoi la soirée aurait pu ressembler s'il n'avait pas trouvé Leila sur sa route.

Quelques minutes passèrent. Elle s'immobilisa.

— Je crois qu'il est l'heure de te laisser te glisser dans ton lit, hein ? La nuit a été rude.

— Je te le fais pas dire. Il me reste encore à gérer ma mère, précisa Elliot.

Se levant, il ajouta :

— Mais je ferais mieux d'affronter la tempête tant que je peux encore l'apitoyer un peu avec ma main blessée.

— Ça lui passera, lui dit Leila en souriant.

— D'ici trois ou quatre heures, oui, sans doute.

Il lui tendit sa main valide pour la relever de sa balançoire, et ils se mirent en route vers chez lui.

— Merci de m'avoir aidé, cette nuit. Du moins d'avoir essayé.

— De rien, c'est le cas de le dire. Te morfonds pas trop longtemps, d'accord ? T'as tout essayé.

— Grâce à toi.

De nouveau, un large sourire éclaira le visage de Leila – Elliot envia ceux qui avaient la chance de voir ce sourire chaleureux tous les jours.

— Pas besoin de me remercier. Mais n'oublie pas ce que ton petit doigt a promis.

— Je ne l'oublierai pas.

Il s'étira, tendant les bras au ciel dans un long bâillement, fit craquer ses vertèbres une à une. Ils étaient arrivés devant sa maison, dissimulés derrière un large tronc au cas où la mère d'Elliot viendrait jeter un œil par la fenêtre.

— Tu reprends la route dans la foulée ?

Leila croisa les bras sur sa poitrine, puis porta la main à sa bouche pour retenir un bâillement.

— Ouaip. L'appel du Grand Nord.

Elliot hocha la tête d'un air entendu, comme si cette fille et ses lubies polaires n'étaient pas l'incarnation vivante du mystère.

— Je peux te prendre dans mes bras ? Ça me semble un peu tristoune de te quitter sur un simple au revoir.

Leila rigola et l'enlaça dans un élan spontané. C'était une pro des câlins, elle avait le geste ferme et affectueux. Elle resserra son étreinte avant de le lâcher, pour lui communiquer une dernière fois son énergie. *Ça va aller*, voilà le message qu'elle faisait passer.

Ils se séparèrent, et Leila, l'air émue, lui fit un petit salut de la main.

— Salut, Elliot.

— Salut, répondit-il en écho.

Elle fit demi-tour vers sa voiture, tandis qu'il traversait la pelouse menant à l'entrée. Il poussa un soupir forcé, espérant que ça l'aiderait à se préparer à affronter sa mère.

C'est alors qu'il vit le papier scotché sur la porte. Une page arrachée à un cahier et pliée en deux. Son nom était tracé en lettres soignées, d'une écriture reconnaissable au premier coup d'œil. Elliot la détacha d'un geste vif et l'ouvrit.

Je serai au magasin de disques, je t'attendrai toute la nuit s'il le faut. Viens, s'il te plaît. Faut que je te voie.

Ta Maribel.

Le cœur d'Elliot accéléra aussitôt, ses lèvres se fendirent d'un sourire avant même qu'il ait déchiffré la dernière ligne en bas de la page :

C'est toi que j'aurais dû embrasser.

Elliot se retourna et aperçut Leila dans sa voiture, prête à démarrer. Il courut vers elle, brandissant le petit mot. Sans voix, il le lui passa par la vitre baissée.

Leila le parcourut des yeux et lui rendit le papier, l'air ravie pour lui.

— Il reste encore une scène à jouer dans ton film.

Il relut le message, soulignant du bout du doigt la pliure, les boucles laissées par l'encre du stylo de Maribel. Il glissa le papier dans sa poche et demanda à Leila :

— Tu veux bien me déposer quelque part ?

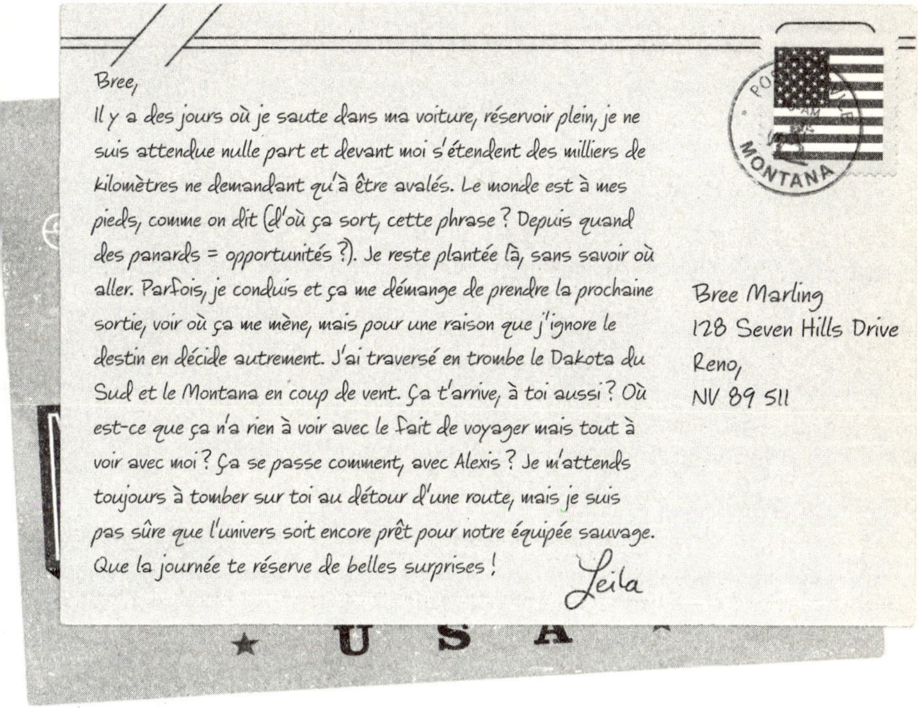
Bree,

Il y a des jours où je saute dans ma voiture, réservoir plein, je ne suis attendue nulle part et devant moi s'étendent des milliers de kilomètres ne demandant qu'à être avalés. Le monde est à mes pieds, comme on dit (d'où ça sort, cette phrase ? Depuis quand des panards = opportunités ?). Je reste plantée là, sans savoir où aller. Parfois, je conduis et ça me démange de prendre la prochaine sortie, voir où ça me mène, mais pour une raison que j'ignore le destin en décide autrement. J'ai traversé en trombe le Dakota du Sud et le Montana en coup de vent. Ça t'arrive, à toi aussi ? Où est-ce que ça n'a rien à voir avec le fait de voyager mais tout à voir avec moi ? Ça se passe comment, avec Alexis ? Je m'attends toujours à tomber sur toi au détour d'une route, mais je suis pas sûre que l'univers soit encore prêt pour notre équipée sauvage. Que la journée te réserve de belles surprises !

Leila

Bree Marling
128 Seven Hills Drive
Reno,
NV 89 511

SONIA

1

LE BROUHAHA DANS LE RESTAURANT était désormais conséquent. Les couverts tintaient contre les assiettes, les rires rebondissaient sur les murs de brique. Pas une minute sans qu'un serveur quitte la salle avec à bout de bras un plateau en plastique chargé de vaisselle sale, libérant au passage des portes battantes une cacophonie de cuillères raclant les casseroles, d'huile grésillant au fond des poêles.

Sonia ferma les paupières comme Sam le lui avait appris et se concentra sur les quelques mots qu'elle distinguait parmi les conversations. Parfois, ils établissaient une liste de mots qu'ils avaient entendus et les reliaient en phrases plus absurdes les unes que les autres. Sonia n'avait jamais dit à Sam qu'elle mémorisait ces phrases en secret. Dans son esprit naissaient ainsi un vers de poésie ou de drôles de dialogues.

Dans les mois qui avaient suivi la mort de Sam, cependant, Sonia n'avait pas réussi à entendre autre chose que le nom de Sam dans les murmures environnants.

Pourquoi s'était-elle attendue à ce qu'il en soit autrement ce soir, au dîner de répétition du mariage de la sœur de Sam ? Mystère. Elle ouvrit les yeux : Martha et Liz lui faisaient coucou depuis l'autre bout de la salle. Elle s'efforça de sourire et alla les voir, les prenant dans ses bras chaleureusement pour les saluer, comme si elles ne s'étaient pas vues depuis des lustres.

— Mon Dieu, dit Liz en tendant son verre de vin vide à un serveur qui passait pour qu'il la resserve, tu as une classe folle dans cette robe, je ne m'en lasse pas.

— Oui, tu es superbe.

La remarque de Martha fit rougir Sonia.

— Si Sam était parmi nous, il n'arriverait pas à garder ses mains dans ses poches, fit Liz en donnant un petit coup de coude à Sonia.

Martha la fusilla du regard, mais Liz haussa les épaules : c'était vrai.

Sonia baissa les yeux sur sa robe à fleurs, presque gênée par le motif, et passa le doigt sur l'ourlet.

— Il aurait adoré ces petits machins thaïs au poulet.

— C'est clair ! s'exclama Liz. Quand on a fait les dégustations, il y avait tellement d'amuse-bouches délicieux à picorer, impossible de résister à un seul. Sam m'aurait tuée s'il avait appris que j'avais refusé quoi que ce soit de thaï.

Dans la salle, le murmure des conversations avait repris, et les trois jeunes femmes regardèrent autour d'elles, suivant la trajectoire du serveur qui allait de verre en verre pour les amateurs de vin.

Sonia sirota son soda, s'efforçant de ne pas tourner la tête dans la direction des témoins du marié.

— Je ne te remercierai jamais assez de m'avoir choisie comme témoin, Liz. Si tu savais ce que ça représente pour moi.

— Tu vas arrêter de me remercier, oui ou zut ? soupira Liz en roulant des yeux. Ça aurait été trop bizarre que tu ne sois pas à mes côtés en tant que témoin.

— Je sais, mais n'empêche...

— N'empêche que rien du tout. T'es comme ma sœur, point final.

Elle but une gorgée et fit un signe à quelqu'un.

— Le devoir m'appelle, s'excusa-t-elle dans un sourire – et elle se dirigea vers un groupe d'amis assis dans un coin.

— Tu y crois, toi ? Notre Liz qui se marie ! demanda Martha. Ça fiche un coup de vieux.

— Quand je l'ai rencontrée pour la première fois, elle descendait l'escalier en pyjama avec son canard en peluche dans les bras. Elle avait l'air d'avoir douze ans et demi et j'ai cru que Sam s'était foutu de moi avec sa pseudo-grande sœur à la fac.

— À en croire Roger, il lui arrive encore de dormir avec.

Sonia rit.

— Je suppose que rien n'oblige à se débarrasser des animaux en peluche après le mariage ?

— Non, dit Martha, qui n'avait pas lâché Liz des yeux. Je la vois toujours à cet âge. À douze ans, je veux dire. Avec à la main des carnets remplis de listes de prénoms de garçons, me repoussant l'air blasé quand je la prenais dans mes bras en public. Je la vois toujours à deux ans, étalant de la nourriture dans ses cheveux. Je les vois toujours tous les deux à chacun des âges de leur vie.

Elle se tut, puis, secouant la tête, reporta les yeux sur Sonia.

— Regarde-moi, je vire nostalgique.

— C'est normal, dit Sonia.

De la cuisine s'élevaient des sons qui ressemblaient maintenant à des chaussures couinant sur le parquet d'un terrain de basket. Sonia songea à la façon compulsive qu'avait Sam de frotter sa main sur ses semelles blanches pour les nettoyer. À la fin de la partie, ses paumes étaient noires et Sonia s'inquiétait des microbes.

— Je suis heureuse que tu sois venue. Sans toi, ce ne serait pas pareil.

Martha poussa un long soupir, puis posa une main chaleureuse sur l'épaule nue de la jeune femme.

— Ce week-end, c'est la fête. Tu devrais t'autoriser un verre de vin.

— Sans faute, dit Sonia, qui n'avait aucune intention de se réfugier dans un alcool quelconque.

Si elle devait trouver un moyen de célébrer ça, c'est avec Jeremiah en tête à tête que ça se fêterait. Sitôt que cette pensée lui eut traversé l'esprit, Sonia fut envahie par la culpabilité et se dit que, finalement, un verre de vin ne lui ferait pas de mal.

— Je vais m'en servir un de ce pas.

— Excellente initiative, fit Martha, dont la main exerça une légère pression sur sa peau. Ne rate le dessert sous aucun prétexte, non plus. C'est ton préféré, la tarte au citron vert meringuée.

Sonia sourit et se mit en quête d'un serveur avec un plateau de verres pleins. Dès qu'elle eut le dos tourné, elle sentit les larmes monter. Elle attrapa une serviette sur une table au passage et se tamponna les yeux, attentive à ne pas ruiner son maquillage.

° ° °

Plus tard, ce soir-là, Sonia se glissa hors de sa chambre d'hôtel et se faufila dans le couloir sur la pointe des pieds, pour aller frapper, en tee-shirt et shorty, à la porte de Jeremiah. Chacun de ses pas lui rappelait que l'alcool coulait dans ses veines – elle avait finalement bu quelques verres au bar avec les invités. Jeremiah lui ouvrit, la chemise déboutonnée, les abdos délicatement soulignés par un jeu d'ombres – ils n'avaient pas encore disparu après une année de glande pourtant bien arrosée à l'université.

— Salut, toi, murmura-t-il.

Elle hésita un peu, doutant de ce qui l'avait poussée jusque-là. Il serait plus raisonnable, plus malin, de retourner gentiment dans sa chambre et d'écrire comme elle le faisait chaque soir. Mais alors Jeremiah lui fit son plus beau sourire et lui prit la main, et elle se souvint illico combien sa présence était réconfortante.

Il l'attira à lui pour un baiser, et referma la porte derrière elle.

— J'ai attendu ce moment toute la journée.

Ils s'embrassèrent furieusement tout en reculant vers le lit, sur lequel ils se laissèrent tomber. Leurs haleines se mêlaient, vin pour Sonia, bière pour Jeremiah. Elle retira son tee-shirt et s'allongea sur le dos, recollant illico sa bouche à la sienne.

— Moi aussi, lui murmura-t-elle tandis qu'il lui passait la main dans les cheveux.

Le cœur de Sonia battait à cent à l'heure, en écho au pouls affolé de Jeremiah. Elle s'interdit d'imaginer que ce rythme éperdu cachait une maladie, un truc à deux doigts d'exploser dans son cerveau. Depuis la mort de Sam, elle s'était mise à voir des symptômes partout, dans chaque personne. Chaque fois qu'elle posait la tête sur le torse de Jeremiah, elle devait s'empêcher de compter les battements de son cœur, de guetter les irrégularités annonciatrices d'une issue fatale, une fois de plus.

— Tes baisers sont les plus doux de la planète, chuchota Jeremiah.

— T'en es bien sûr ?

— Oh oui.

Il abandonna ses lèvres pour venir planter de petits bisous furtifs au coin de sa bouche, sur ses joues, comme s'il ne pouvait se permettre d'ignorer ne serait-ce qu'un centimètre carré de peau.

— J'ai fait pas mal de recherches, tu sais, poursuivit-il. Auprès de milliers et de milliers de femmes.

Elle se détacha de lui, se tenant à distance pour éviter qu'il ne fonde de nouveau sur elle.

— Tu sais parler aux femmes, toi, vivent les confidences sur l'oreiller ! Épargne-moi les statistiques, tu veux ?

Il jeta un œil à l'endroit où sa tête était appuyée quelques instants plus tôt :

— Techniquement parlant, on ne peut pas parler de confidences sur l'oreiller. Il y a au bas mot deux écarts-type entre nous et l'oreiller le plus proche.

— Je n'y connais rien en stats, mais s'il y a bien une chose que je sais, c'est que ta phrase n'a aucun sens.

— C'est toi qui n'as aucun sens, répliqua-t-il, la serrant contre lui pour l'embrasser longuement.

Leur premier baiser avait été un choc pour Sonia. Ça avait été un baiser formidable, difficile à interrompre, dont l'ombre était restée suspendue sur ses lèvres toute la nuit. Elle s'était demandé si Sam embrassait aussi bien, et avant Jeremiah elle ne s'était jamais posé la question.

Comme toujours, Jeremiah interrompit brusquement son baiser et vint se placer au-dessus d'elle. Il la regarda au fond des yeux, sa main lui caressant les cheveux ; elle aurait voulu que la caresse ne s'arrête jamais, rester des heures paupières closes, un sourire rivé au visage.

— Qu'est-ce que tu fais ? demanda-t-elle, l'attirant à elle.

— Je te regarde, c'est tout.

Il souriait. Il la fixa des yeux encore quelques secondes, puis enfouit son visage dans sa nuque. Elle avait remarqué qu'il ne soutenait jamais son regard bien longtemps et, sans qu'elle puisse se l'expliquer, elle adorait cette pointe de timidité.

— Tu es absolument magnifique.

Le compliment la flatta, elle le serra dans ses bras et vint caler ses jambes entre les siennes.

— Ton blabla sur l'oreiller est nettement meilleur depuis une minute.

— Je t'ai déjà dit, l'oreiller n'a rien à voir là-dedans, rétorqua-t-il sans la lâcher des yeux, étudiant son visage comme s'il le voyait pour la première fois.

Pas un bruit dans la chambre, exception faite du ronron de l'air conditionné et du doux bruit des lèvres de Jeremiah sur sa peau. Sonia aperçut du coin de l'œil les gros titres du journal des sports sur la télévision muette, et remercia le ciel que la saison de basket soit terminée. On entendait de rares éclats de voix dans le couloir, des rires – alcoolisés, à l'oreille – émanant sans doute des invités du mariage. Jeremiah descendit sa main jusqu'à sa clavicule, qu'il souligna de l'index, le laissant courir avant de refaire ce chemin du bout des lèvres.

Dans ces moments-là – et seulement alors –, la douleur de l'absence de Sam s'effaçait. Quand ces parenthèses se refermaient et qu'elle regagnait la solitude de sa chambre, Sonia était immanquablement torturée par la culpabilité, elle n'en trouvait plus le sommeil. Mais, pour l'instant, la douleur sourde avec laquelle elle vivait depuis plus de sept mois se taisait.

— Je voudrais t'inviter à danser, demain, proposa Jeremiah. Au mariage.

Sonia soupira :

— Devant la famille de Sam ? Non, je ne crois pas, non.

— Allez, j'ai cherché sur internet des démos pour apprendre quelques pas de salsa, et je suis presque au point question rythme.

— Tu m'impressionnes. Mais tu devras nous faire la démonstration de tes talents au bras d'une autre fille.

— Je n'ai aucune envie de danser au bras d'une autre fille.

— C'est très gentil, reconnut Sonia en posant la main sur sa joue. Mais c'est non.

— Et pourquoi ?

— Je ne veux pas qu'ils sachent, répondit-elle simplement, espérant que la conversation en resterait là.

Jeremiah souffla à son tour, arracha un fil au couvre-lit près du visage de Sonia et le fit rouler sous ses doigts. Il l'observait, ses beaux yeux verts voilés de tristesse.

— Pourquoi ?

Sonia s'approcha pour embrasser le point de confluence entre sa mâchoire et son cou. Quand ils se câlinaient, il y avait toujours un moment où il s'arrêtait et lui disait : « Là. » C'est en voyant l'expression de son visage après un de ces tendres baisers que Sonia avait soudain compris qu'elle l'aimait – elle ne le lui avait pas encore dit.

— Si on parlait d'autre chose ?

Jeremiah se dégagea.

— Non, au contraire, parlons-en.

Sonia ronchonna et roula sur le côté. Son estomac était de nouveau noué, ça lui arrivait sans arrêt depuis la mort de Sam. Elle se leva, marcha jusqu'au petit bureau dans un coin de la pièce. D'un geste un peu trop brusque, elle tira la chaise, rattrapant in extremis la veste de Jeremiah posée sur le dossier.

— Tu ne veux pas être avec moi ? l'interrogea Jeremiah.

Lui aussi s'était redressé, les sens en alerte.

— Tu sais très bien que ce n'est pas ça, dit-elle, repliant la veste sur ses cuisses, lissant le tissu d'un geste lent.

— Alors, c'est quoi ?

Elle resta muette.

— Je sais que t'as passé des mois difficiles, Sonia. Je sais qu'une part de toi l'aime encore, et l'aimera sans doute toujours. Je le comprends, et je ne te demanderai jamais de l'oublier.

Il se frotta le bras, fit craquer les jointures de ses doigts et leva les yeux au plafond. Quand il reprit la parole, sa voix tremblotait, et son visage peiné donna envie à Sonia à la fois de l'embrasser dans le creux du cou et de lui faire passer à jamais l'envie d'aborder un sujet pareil avec elle.

— Je suis trop fou de toi pour garder tout ça secret encore longtemps.

Sonia croisa les bras sur sa poitrine, se sentant soudain exposée. Elle voulut voir quelle tête il faisait. Il croisa son regard et ne baissa pas les yeux ; elle sentit les larmes poindre sous ses cils.

— C'est juste que je ne peux pas danser avec toi.

— Si, tu peux. Ce serait juste une danse.

Sonia sentit un frisson lui descendre dans le bas du dos, elle déplia la veste qu'elle tenait sur ses genoux et glissa ses bras dans les manches, mais cela ne soulagea en rien la chair de poule qui était apparue sur sa peau.

Jeremiah la dévisageait toujours, les yeux de nouveau voilés.

— Tu as tourné la page ? Suffisamment pour être avec moi ?

Elle réprima de son mieux le sanglot dans sa gorge – mais il explosa soudain dans la chambre d'hôtel silencieuse.

Jeremiah finit par baisser les yeux, sa nuque ploya.

— J'ai besoin d'être un peu seul.

Dès qu'elle eut passé la porte, Sonia crut suffoquer. Elle se précipita dans le couloir jusqu'à sa chambre, où elle attrapa au vol son sac à main, et fila dans l'escalier. Elle avait désespérément besoin d'une goulée d'air frais. Ce n'est qu'une fois dehors qu'elle réalisa qu'elle avait toujours la veste de Jeremiah sur les épaules.

Tout, dans cette ville de Hope, aux confins ouest du Canada, dégoulinait d'un charme suranné. Les lampadaires imitaient les vieux becs de gaz. Les rues étaient bordées de maisonnettes en brique de deux étages, de boutiques à la papa-maman, de jardinières, et de tant de bancs que la ville entière aurait pu venir s'asseoir sur le trottoir simultanément. Ces rues mignonnettes avaient formé le décor idéal aux balades main dans la main, nez en l'air, qu'elle avait faites avec Sam, chaque fois qu'ils étaient venus rendre visite à sa famille sur son lieu de vacances. Elle avait plusieurs fois tenté de coucher par écrit l'essence de ce charme, mais il lui échappait sans cesse.

Sonia se dirigea vers un magasin dont elle espérait qu'il serait encore ouvert à cette heure tardive : il fallait absolument qu'elle prenne quelque chose pour se calmer. Elle n'était pas plus tôt arrivée qu'elle fondit de nouveau en larmes. Elle dut prendre appui sur une voiture tant elle était secouée de sanglots.

— Ça va aller ?

Elle leva la tête. Une fille à peu près de son âge s'était arrêtée près d'elle, un café dans une main, ses clés de voiture dans l'autre. Sonia s'écarta du véhicule et hocha la tête, incapable toutefois de contenir ses pleurs. La fille lui tendit une serviette en papier, Sonia la prit et se moucha.

— Désolée.

— Qu'est-ce qui se passe ?

— C'est compliqué, dit Sonia, se demandant si Jeremiah et elle étaient toujours ensemble.

À cette pensée, ses sanglots redoublèrent. Elle tâcha de prendre de grandes inspirations pour se calmer, de se concentrer sur de menus détails : une fêlure dans le bitume, la mouche qui bourdonnait devant la vitrine du magasin.

— Je peux t'aider ? proposa la fille. Un café, peut-être ?

Sonia fit signe que non :

— Merci.

Le poing serré sur la serviette roulée en boule, elle lâcha tout de go :

— Oh, et puis si. Tu pourrais me déposer quelque part ? N'importe où, en fait. J'ai besoin de mettre les voiles.

La jeune fille brune acquiesça, l'air un tantinet inquiet.

— Bien sûr. Monte.

2

SONIA CONTEMPLA SON REFLET dans le miroir des toilettes. Elle avait les joues bouffies à force d'avoir pleuré, les cheveux sens dessus dessous, les yeux rougis. Elle était perdue sous la veste de Jeremiah, ses bras disparaissaient dans les manches. Elle avait boutonné les trois boutons, mais pour autant ça ne dissimulait pas le fait qu'elle ne portait rien d'autre qu'un soutif en dessous.

Elle roula les manches au-dessus de ses coudes et s'aspergea le visage d'eau fraîche, puis elle sortit un tube de gloss de son sac et s'en tartina les lèvres distraitement. Son portable vibrait encore sur la tablette des lavabos. Sur l'écran, le nom de Jeremiah s'afficha. Elle savait qu'elle ne pourrait pas décrocher sans fondre en larmes une fois de plus. Même s'il l'appelait pour lui demander de revenir dans sa chambre, elle ne serait pas capable de lui dire si, oui ou non, elle avait tourné la page après Sam.

Sonia refusa l'appel et fourra le téléphone dans la poche de la veste. Une énième giclée d'eau sur son visage et elle quitta les sanitaires. La fille – elles roulaient depuis trente minutes quand Sonia avait appris qu'elle s'appelait Leila – était assise au volant, pieds à l'extérieur, regard perdu sur la ligne des arbres bordant les montagnes au loin, qui se détachaient sur le ciel de pleine lune.

— Je suis désolée de te faire rouler si loin. T'es vraiment pas obligée de me ramener jusque chez moi, dit-elle, bien qu'elles aient déjà franchi la frontière américaine et soient à mi-chemin de Tacoma.

Elle se laissa tomber sur le siège passager. Leila mit le contact et reprit la route.

— Ça ne me dérange pas, dit-elle, évacuant la remarque. Tu te sens mieux ?

— Pas franchement.

Son téléphone vibra de nouveau, et elle poussa le bouton sur la tranche de l'appareil pour y mettre fin.

— Qu'est-ce que tu fichais au Canada ? l'interrogea Leila, un œil dans le rétro, où un semi-remorque remontait la file.

— Mariage en famille, résuma Sonia. Et toi ?

— Suis de passage, en quelque sorte.

Une minute à peine, et déjà le téléphone recommençait à vibrer.

— Excuse-moi, dit Sonia. Je vais décrocher. Il ne va jamais arrêter sinon.

Elle répondit, sans prononcer un mot au début.

— Sonia ?

— Oui.

Sa voix vacillait déjà.

Il avait suffi qu'il prononce son prénom, à sa façon bien à lui, pour qu'elle perçoive le trémolo douloureux montant de sa gorge.

— Ma veste. Il me faut ma veste.

Sonia hésita, considéra un instant Leila, concentrée sur sa conduite.

— J'ai quitté la ville.

Pas de réponse, juste en arrière-fond sonore le souffle quasi imperceptible du vent ou de la clim de sa chambre d'hôtel. Il resta silencieux si longtemps qu'elle vérifia l'écran pour être sûre que la connexion n'avait pas été interrompue.

— Les alliances sont dans la poche de la veste, Sonia.

Un autre camion les doubla, lumières rouges dansant autour de sa lourde carcasse, comme on en voit sur les toits des gratte-ciel pour éloigner les avions. Tout trembla sur son passage.

— Quoi ?

Sitôt que le mot eut franchi sa gorge, cela dit, elle prit conscience du poids de la veste et d'une grosseur au niveau de la poche de poitrine.

— Je sais pas où tu es, mais il faut que tu reviennes.

Elle glissa la main dans la poche intérieure et ses doigts tâtèrent la boîte. Elle se passa la main dans les cheveux, tirant sur ses boucles emmêlées. Elle n'arrivait pas à croire qu'elle avait gardé la veste en quittant l'hôtel, sans avoir senti le poids des alliances à aucun moment pendant le trajet. Elle savait qu'il lui fallait faire demi-tour, mais serait-elle capable d'affronter une seconde fois la tristesse du regard de Jeremiah ? Elle en doutait.

— Et nous ? murmura-t-elle faiblement.

— On en parlera plus tard. Mais il faut que tu ramènes les bagues.

Jeremiah n'avait jamais été aussi sec avec elle.

Sonia opina en silence et jeta un regard en biais à Leila, qui avait suivi l'échange d'un air soucieux.

— D'accord, dit-elle, puis elle raccrocha, incapable de supporter davantage l'absence de gentillesse dans sa voix.

— Tu veux en parler ? lui demanda Leila un peu plus tard.

Sonia ramena ses bras sur sa poitrine et fit signe que non. Elle n'en voulait pas à Leila de poser la question, mais en parler ne servirait à rien. Parler, c'est exactement ce qui avait fait tout foirer au démarrage. Elle ne parvenait même pas à se résoudre à demander à Leila de repartir en sens inverse.

— Écoute, on est toutes passées par là, tu sais, reprit Leila. D'expérience, garder les choses pour soi ne fait que les compliquer.

— Ah ouais ? Toi, tu racontes tes problèmes à la première inconnue qui passe ?

Leila afficha un air navré.

— Non, non. Je ne le fais pas assez. C'est pour ça que je sais de quoi je parle.

— Désolée, c'est pas ce que je voulais dire. Tu as été super sympa avec moi depuis le début, je n'ai aucune raison de t'agresser comme ça.

Sonia laissa son regard se perdre au loin sur le ruban d'asphalte noir. Elle avait fait ce trajet des dizaines de fois pour rejoindre la maison de vacances de Sam, mais pour autant elle n'aurait su dire à quelle station elles venaient de s'arrêter, à quelle distance de chez elle elles se trouvaient.

— Ça va, t'inquiète. T'es bouleversée, dit Leila. Tu vois, cette sensation atroce qui te tord le bide quand tu penses à ce qui te fait pleurer ?

Aussitôt, Sonia songea au trajet en voiture jusqu'à l'hôpital après que Sam s'était évanoui. Elle repensa au premier baiser échangé avec Jeremiah. À son blocage : elle n'avait plus été capable d'écrire une seule ligne pendant des mois, comme si son esprit était complètement vierge. Elle pensa à Martha, qui lui parlait toujours de Sam comme si elle s'attendait à ce qu'il sorte de sa chambre à l'improviste. Oui, ce sentiment lui était ô combien familier. Elle en souffrait depuis plus de sept mois, et la seule personne capable de soulager ce nœud d'angoisse était venue ajouter encore de la douleur.

— Ouais, parvint-elle à répondre.

— Bon, tu vois, là maintenant, tu te sens au trente millième dessous parce que ces pensées se bousculent sans fin dans ton esprit et te retournent l'estomac. Une bouilloire sur le point d'exploser, voilà ce que tu es. Il faut que tu laisses quelqu'un te tirer du feu et soulever un peu le couvercle.

— Tu veux dire que tu voudrais que je te siffle un petit air ?

— La métaphore est sans doute un poil tirée par les cheveux, mais oui, dit Leila, tu vois où je veux en venir. Je dis ça pour toi.

Sonia regarda la voiture qui les dépassait, essayant de distinguer les passagers dans l'habitacle, mais elle ne vit qu'un éclair de métal.

— Pourquoi ? Pourquoi est-ce que tu es aussi gentille avec une parfaite inconnue ?

— Je ne sais pas. Peut-être que j'aime vraiment l'eau chaude.

Sonia fut la première surprise de se voir sourire. Une seconde, elle en oublia Sam et Jeremiah, et se demanda, posant les yeux sur cette fille intrigante, qui était Leila.

Celle-ci gigota dans son siège, glissant sa jambe gauche sous ses fesses.

Sonia tira son portable de sa poche, tout en vérifiant l'horloge sur le tableau de bord pour décompter les heures qui restaient jusqu'à la cérémonie. L'écran se ralluma et apparut l'image de Sam et elle, juchés sur la statue géante de troll de Seattle. Sonia s'était demandé si cette photo dérangeait Jeremiah, si elle devait changer son fond d'écran. Mais même cela était une trahison pour laquelle elle ne se sentait pas prête.

Avant, Sonia gérait mieux ses émotions, avec une feuille de papier et un stylo, mais elle avait perdu ce talent. Peut-être Leila avait-elle raison ? Ses propos sur la tristesse lui avaient semblé bien légitimes. À moins que chacun d'entre nous ait une limite au-delà de laquelle il ne pouvait plus garder pour lui ses blessures, qui ressortaient alors sans crier gare.

— Il y a sept mois, commença Sonia, le garçon avec qui je sortais depuis deux ans s'est évanoui au beau milieu d'un match de basket. Ils l'ont emmené en urgence à l'hôpital, mais deux heures après il était mort. Une malformation cardiaque. Le truc du myocarde – je ne sais même pas. Je ne me souviens jamais du mot exact... La plupart des gens disent que leur premier amour est le seul et l'unique, poursuivit-elle, mais entre nous c'était vraiment spécial.

Elle marqua un temps d'arrêt pour s'essuyer les yeux et, remarquant que Sam lui souriait toujours sur l'écran de son portable, elle le rangea dans sa poche : elle n'était pas capable de parler de lui avec sa photo sous les yeux.

— Quand il est mort, j'ai cru que c'était fini pour moi. Que je ne serais plus jamais proche de personne comme ça, jamais. Je ne l'aurais jamais permis. Mon âme sœur était partie, et j'allais passer le reste de ma vie sans elle.

Une larme fila jusqu'à son menton. Elle secoua la tête et effaça la trace laissée sur sa joue par les pleurs.

— *Pfiou*. C'est juste le début, t'es sûre que tu veux entendre toute l'histoire ?

— Ma tasse n'est pas pleine, verse encore.

Sonia explosa de rire.

— Plus bancal, comme métaphore, tu meurs.

— Peu importe... ! Tu n'as pas fini de raconter.

Sonia se frotta les yeux, puis arrangea ses cheveux, le temps de rassembler ses pensées.

— Sa famille a toujours été géniale avec moi, poursuivit-elle. Et, après sa mort, ça n'a pas changé. Je me demande même s'ils n'ont pas été encore plus chouettes avec moi. Ils m'appelaient pour prendre des nouvelles, m'emmenaient dîner dehors, m'invitaient au ciné. Ils s'occupent plus de moi que ma propre famille, pour être franche. Avant de rencontrer Sam, je n'avais jamais eu ce sentiment si entier d'appartenance. Enfin, bref, j'ai passé pas mal de temps chez eux, pour des repas en famille, des barbecues, ce genre de choses. Et c'est comme ça que j'ai rencontré Jeremiah. Son frère doit épouser la sœur de Sam demain, expliqua-t-elle, sortant son portable et le désignant à Leila pour lui faire comprendre que c'était le garçon qui avait appelé plus tôt.

Elle inspira lentement, à fond, se sentant comme une funambule sur la corde raide qui marcherait à pas trop rapides, risquant à tout moment de s'écraser dans une nouvelle vallée de larmes.

— D'abord, je n'ai même pas pigé que je tombais amoureuse. Un jour, il m'a proposé de me raccompagner et, avant même de comprendre ce qui me tombait dessus, je l'embrassais à pleine bouche, j'en ai été malade des jours entiers. La dernière couronne de fleurs sur la tombe de Sam n'était pas encore fanée que déjà je me jetais dans les bras de quelqu'un d'autre.

Leila ouvrit la bouche pour faire un commentaire puis se ravisa. Elle attendit que Sonia continue. Elles passèrent sur un pont, un petit panneau marron leur apprit qu'elles traversaient le fleuve Stillaguamish.

— Ça fait quelques mois qu'on se voit en cachette. Ça se passe à merveille mais, dès que je me retrouve seule, je suis malheureuse comme les pierres. Je ne peux pas m'ôter de la tête que je trompe Sam, qu'être avec Jeremiah signifie que je ne l'ai jamais aimé, qu'il est mort en pensant à tort avoir trouvé son âme sœur. Et maintenant Jeremiah veut qu'on le dise à tout le monde, continua Sonia. Ou il veut qu'on arrête tout, j'ai pas trop compris à vrai dire. Mais je ne veux pas que la famille de Sam soit au courant que je sors avec quelqu'un d'autre. J'ai déjà du mal à l'accepter moi-même, alors l'assumer en public, tu penses ! Et s'ils ne voulaient plus me voir après ? Je ne veux pas risquer de les perdre.

Elles devaient rouler à deux à l'heure car, à intervalles réguliers, une voiture les dépassait, remplissant soudain l'habitacle de lumière. Leila se taisait et attendait que Sonia termine son récit, comme si le simple fait de l'écouter attentivement permettait d'en chasser la tristesse.

Le genou de Sonia battait contre le sac plastique faisant office de poubelle, toujours pendu au levier de vitesses. Il restait une bouteille d'eau à demi vide dans le porte-gobelet, que Leila proposa à sa passagère dès qu'elle vit son œil s'arrêter dessus.

— Quand je t'ai croisée, dit Sonia, Jeremiah et moi on venait juste de se disputer, et j'avais qu'une envie : filer à l'anglaise. Mais je suis la reine des pommes : je suis partie avec sa veste, et dans la poche se trouvent les alliances.

Elle jeta un regard à Leila. Sur son visage serein, on lisait désormais un peu de contrariété : le sourcil s'était froncé – trois fois rien –, la lèvre pincée.

— Tu crois qu'on pourrait faire demi-tour ? Il faut vraiment que je lui rende les bagues. Sinon je fiche le mariage en l'air.

Sans attendre, Leila mit le clignotant et se rangea sur la bande d'arrêt d'urgence, dont le marquage sonore gronda au passage des roues.

— T'aurais dû le dire plus tôt ! dit Leila, manœuvrant pour faire demi-tour à la hussarde.

— Tu n'y réfléchis pas à deux fois avant de te lancer, toi. Je suis épatée ! s'exclama Sonia.

— Il me semble que ce dont tu as besoin en priorité pour le moment est de te sentir soutenue. Si quelques litres d'essence et une poignée d'heures permettent d'éviter que tu te sentes seule, alors je suis ravie de les partager avec toi.

Elle traversa sans heurts sur la deux-voies déserte et reprit de la vitesse.

— Et, sinon, est-ce que cette impression affreuse a disparu ? demanda gentiment Leila.

— Pas franchement (Sonia reprit une gorgée d'eau, submergée par la gratitude), mais ça aide. Je te remercie.

— Je t'en prie, dit Leila, sans se départir de son sourire.

Un instant, certes, l'impression s'était évaporée, ou s'était faite discrète du moins. Mais un truc turlupinait Sonia, le sentiment qu'elle avait oublié autre chose. Elle vérifia la poche de poitrine : l'étui en velours s'y trouvait toujours. Par acquit de conscience, elle l'ouvrit, révélant les deux anneaux d'argent plantés au garde-à-vous dans l'écrin. Son portable était glissé dans l'élastique de son short.

Elle chercha son sac à main à ses pieds, dans l'idée de vérifier également si elle avait bien son passeport et son portefeuille. Ses doigts ne rencontrèrent que la toile rugueuse du tapis de sol et elle tâtonna fébrilement par terre, espérant tomber sur le cuir familier. Elle se pencha pour glisser la main le plus loin possible sous son siège.

— Un problème ?

— Merde, lâcha Sonia, voyant soudain on ne peut plus clairement son sac posé près des lavabos des toilettes. Je crois que j'ai laissé mon sac sur l'aire de repos.

Elle décrocha sa ceinture, se laissant glisser au sol pour mieux voir, l'épaule écrasée sur le velours de la banquette. Mais elle savait qu'elle ne trouverait rien.

— C'est bon, lui dit calmement Leila, on va s'arrêter en chemin.

Il leur fallut quelques minutes à peine pour y être. Aucun véhicule en vue sur le parking, ce que Sonia interpréta comme une chance supplémentaire de retrouver son sac à main et ce qu'il contenait. Elle bondit hors de la voiture et fila aux sanitaires.

Nulle trace de son sac au bord du lavabo. Rien d'autre que les habituelles traînées d'eau et de savon séché sous les distributeurs. Le sac était bel et bien envolé, ainsi que ce qu'il renfermait : son gloss, un selfie de Sam et elle, son portefeuille, avec sa carte de crédit de dépannage, quelques dollars canadiens, son permis de conduire américain, la clé de sa chambre d'hôtel, son carnet aux dernières pages raturées, son passeport américain, tamponné par le douanier moins d'une heure auparavant.

Soudain, les bagues dans sa poche se mirent à peser une tonne. Un gouffre s'était ouvert, elles étaient désormais à des années-lumière de leur destination.

3

SONIA ET LEILA S'ARRÊTÈRENT dans un McDo ouvert jour et nuit dans un centre commercial de détaxe à la frontière. Sonia se tapait doucement la tête contre la vitre, yeux perdus sur la route, priant pour qu'une solution miraculeuse surgisse du néant. Leila, menton dans le creux de la main, coude sur la table, ignorait elle aussi la maigre portion de frites qui refroidissaient devant elles. Les employés du fast-food bavardaient tranquillement, dans l'attente d'un autre égaré de la nuit. De temps à autre, ils jetaient un regard intrigué à Leila, en short, veste de smoking et soutien-gorge à moitié apparent.

— C'est moi qui vais rapporter les alliances, finit par proposer Leila. J'ai toujours mon passeport.

— T'es pas obligée. On va trouver une solution.

— Pas besoin de chercher une autre solution alors qu'on en tient déjà une. Tu bouges pas d'ici et je te passe un coup de fil quand je reviens, dit Leila, tendant son portable à Sonia pour qu'elle y enregistre son numéro.

— Tu es un puits de gentillesse, Leila, merci du fond du cœur.

— Je reviens vite, lui dit Leila.

Sur quoi elle quitta le resto à grandes enjambées, l'écrin en main.

Sonia aurait préféré s'éviter toute source de culpabilité supplémentaire, mais elle mentit à Jeremiah et l'informa par texto qu'elle était en route.

Elle reçut un simple « OK » en retour.

Elle tapa plusieurs réponses, qu'elle supprima les unes après les autres, verrouilla son téléphone et le ralluma instantanément, pour mieux l'éteindre ensuite.

Sonia plongea son visage dans ses paumes, appuyant sur ses paupières jusqu'à voir apparaître des explosions de lumières dans le noir. Elle passa une main rageuse dans ses cheveux, puis vit son reflet sur l'écran du portable. La masse auburn se dressant au-dessus de son visage ne méritait pas le nom de chevelure. Elle glissa péniblement ses doigts entre les nœuds. Quand elle eut fini, elle reprit son portable.

« Je ne sais pas pour le reste, mais je t'aime », tapa-t-elle. Elle demeura presque une minute hypnotisée par les petits caractères, puis les effaça.

Juste comme elle commençait à compter le temps qu'il faudrait à Leila pour faire l'aller-retour – trois à quatre heures, pas moins –, la porte du fast-food s'ouvrit en grinçant. C'était Leila qui revenait, l'air piteux.

— Ils ne m'ont pas laissée passer à la frontière, dit-elle en se mordant la lèvre, avec une grimace si désolée que ça aurait pu en être drôle. Ils ont trouvé ça louche que je veuille repasser au Canada juste après être sortie.

— Au Canada ? Et depuis quand les Canadiens font la fine bouche à la douane ?

Leila baissa les yeux, elle n'avait pas de réponse.

— Je ne sais pas, mais ils ont fouillé la voiture et ouvert tous mes sacs. Ils ont peut-être cru que je trafiquais de la drogue, ou un truc du style. Va savoir. Le type a dit que je pouvais m'estimer heureuse qu'ils me gardent pas, et qu'ils avaient parfaitement le droit de refuser l'entrée à quiconque sans se justifier.

Sonia se tassa sur son siège en plastique. Elle se représenta Jeremiah obligé d'avouer à Liz et Roger qu'il n'avait pas les alliances : tout se saurait, même si Jeremiah essayait de garder pour lui les détails de l'affaire. Elle se demanda qui souffrirait le plus de la situation : Liz, avec son mariage gâché, Martha, trahie par Sonia, Jeremiah, faute de décision de sa part, ou elle-même, pour avoir occasionné tant de dégâts dans la vie de toutes ces personnes.

— T'en fais pas, on va trouver une solution.

Cette fois, le ton de Leila n'était plus si convaincant. Jetant des regards autour d'elle, elle ajouta :

— On va sûrement voir entrer quelqu'un qui roule dans la bonne direction et pourrait se charger de déposer les bagues.

— Jamais je ne pourrai les confier au premier inconnu qui passe, dit Sonia, prenant conscience à ces mots que c'était pourtant exactement ce qu'elle venait de faire avec Leila, dont elle n'avait pas douté qu'elle déposerait les bagues et reviendrait la chercher ensuite.

Était-ce dû à la profonde gentillesse de Leila, ou au fait qu'elle s'était déchargée de son fardeau de chagrin ? Mystère. Peut-être avait-il juste suffi que Leila semble concernée.

— Et si on attendait la relève ? J'aurais une chance de tomber sur un douanier plus sympa, qui ne me ferait pas tout ce cirque.

Sonia réfléchit à cette éventualité, mais elle était sceptique.

— S'ils ont scanné ton passeport – et je pense que c'est le cas –, t'es dans les tuyaux, c'est fichu. Tu ne passeras jamais.

Elle referma les doigts sur l'écrin de velours et le fit tournoyer sur la table, résistant à une envie furieuse de l'envoyer valser à l'autre bout de la salle.

Leila sortit son portable de son sac à main, comme si elle venait tout juste de se rappeler qu'elle en avait un.

— Tu sais, dit-elle en balayant l'écran de l'index et du pouce, j'ai la carte sous les yeux, et… je veux dire, on sait bien que le Canada c'est sacrément grand, et que la frontière avec les États-Unis est immense. Elle est même immensément immense…

Elle tendit son portable à Sonia.

— Tu crois qu'il est humainement possible qu'ils aient assez de douaniers pour la surveiller sur toute sa longueur ? Pour surveiller chaque fichu kilomètre ? Il n'y a pas de grillage ni rien, je me trompe ?

La carte indiquait les points de passage principaux, le long des grosses routes. Des petites bulles d'info surgissaient, suggérant des magasins duty-free comme le centre commercial où elles étaient installées. Mais, entre ces accès, des kilomètres de vert s'étendaient. Entre les différents postes de douane, rien d'autre qu'une ligne imaginaire que quelqu'un, un jour, avait tracée pour séparer les deux pays.

— C'est moi qui déconne, commença Leila, ou on pourrait tout simplement passer à pied ? Je veux dire, si les gens réussissent à traverser la frontière mexicaine, qui est largement plus surveillée, ça ne devrait pas être trop dur de se faufiler par ici.

Sonia ricana nerveusement, examinant la carte de plus près.

— Ça serait un sacré truc, si on faisait ça.

— Je ne vois pas ce qui nous en empêche, rebondit Leila, dont la voix trahissait l'excitation.

— Et ta voiture, on en ferait quoi ?

— On la laisse garée pas loin de la route. Genre, sur un parking de motel, pour que ça n'ait pas l'air trop louche. On entre dans la forêt, et on file vers le nord. J'ai une boussole sur mon téléphone, et aussi ce gadget qui te dit quelle distance tu as parcourue au cas où ton GPS est dans les choux. Après, il nous reste plus qu'à retrouver la route de l'autre côté et nous faire prendre en stop pour aller jusqu'à Hope. Il devrait y avoir suffisamment de trafic, ça sera pas un problème. J'ai une copine qui a passé plus de six mois à faire du stop d'un bout à l'autre des États-Unis et, selon elle, on n'imagine pas comme c'est facile d'avancer une fois qu'on est sur la bonne route.

— Mais est-ce qu'on sera sur la bonne route ?

— Aucune idée. Mais ça vaut la peine d'être tenté, non ?

Sonia se saisit du portable de Leila et zooma sur la carte.

— Je me demande si on pourrait repérer les patrouilles de douaniers si on zoomait à fond.

Elle rendit le téléphone à Leila et enchaîna :

— Et comment on reviendrait à ta bagnole ?

— On fera la même chose en sens inverse. Tout bêtement.

— Tout bêtement, lui fit écho Sonia, tâchant de relier les mots au fait de franchir illégalement une frontière internationale.

Elle songea aux bouts de phrases avortées qui couvraient les pages de son carnet, se demanda si une nuit comme celle-ci n'aurait pas raison du blocage qu'elle éprouvait à écrire, ces temps-ci.

— D'accord, dit-elle avant de piocher une frite qu'elle rompit en deux, faisant jaillir la purée cotonneuse du bâtonnet comme une bestiole écrasée. Faisons ça.

○ ○ ○

Si le portable de Leila disait vrai, elles avaient progressé de cinq cents mètres vers l'ouest dans les bois. C'est tout juste si elles apercevaient la pointe de leurs pieds. Du coup elles avançaient à pas prudents, remerciant le ciel pour la pleine lune dont la lueur leur parvenait entre deux arbres, le rétroéclairage de l'écran les empêchant de se retrouver complètement dans le noir dans les passages plus touffus.

Sonia était angoissée, mais elle se prenait au jeu, et son cœur lui semblait moins lourd qu'au début de la nuit.

— Dire que nous sommes vraiment en train de passer au Canada incognito, dit-elle, sans trop savoir s'il était nécessaire de chuchoter.

À chaque pas, elle s'attendait à ce que quelqu'un surgisse de l'obscurité. Chaque craquement dans la forêt lui rappelait le grésillement des talkies-walkies, chaque branche que son bras frôlait ressemblait à un homme prêt à lui passer les menottes.

— Et si on tombe sur une patrouille militaire ?

— Ça m'étonnerait qu'il y en ait dans les environs. À la limite, des gardes montés, oui.

— Ça serait encore pire, commenta Sonia, et elle tendit la main pour la poser sur l'épaule de Leila, craignant de la perdre dans le noir. J'ai une peur bleue des chevaux.

— Des chevaux ? Pourquoi ?

— Par principe, j'aime pas trop les trucs susceptibles de m'éclater la tête.

— C'était quoi, ça ? s'exclama Leila, s'arrêtant soudain – Sonia lui rentra dedans.

— Quoi ?

— T'as pas entendu ?

Sonia demeura parfaitement immobile, s'attendant à entendre une sirène ou les pales d'un hélicoptère à l'approche. Seuls résonnèrent l'écho discret des feuilles tremblant sous le vent à la cime des arbres, sa propre respiration, lourde, et des criquets au loin, mais rien d'autre.

— Tu n'as pas entendu hennir ?

— T'es sans pitié.

Sonia lui décocha une tape moqueuse sur le bras, et elles reprirent leur marche. Le cœur de Sonia battait la chamade et, bien que terrifiée, elle n'avait qu'une hâte : être sortie de là pour pouvoir raconter par le menu son aventure rocambolesque à Jeremiah – s'il était toujours d'accord pour lui adresser la parole.

— OK, je crois qu'on a assez avancé, dit Leila. On peut se diriger vers le nord, maintenant. On doit être à un kilomètre et quelques de la frontière. Je propose de marcher trois kilomètres pour être sûres, puis on rejoindra la route.

Son visage était éclairé par la luminosité de l'écran, et Sonia crut y voir un éclair de mélancolie.

— La route trace droit vers le nord après la frontière, ne devrait pas être sorcier à trouver.

— C'est parti.

Sonia fit signe à Leila d'ouvrir la voie. Dans la poche de sa veste, son portable vibra tandis qu'elles se frayaient un chemin dans les bois. Elle le porta à ses yeux.

« où t'es ? »

Sonia éteignit l'appareil, faute de savoir quoi répondre à ce texto.

— C'est encore lui ?

— Ouais, fit Sonia. Il veut savoir où j'en suis.

Un craquement sec se fit entendre sous ses semelles : une branche morte. Le bruit de leurs pas dans la forêt était le seul son d'origine humaine à des kilomètres à la ronde – cette pensée était à la fois rassurante et profondément inquiétante.

— Et toi, tu as… attaqua Sonia, qui se sentit aussitôt idiote de poser cette question. Tu as un copain ?

Leila continua sa progression parmi les arbres, droit vers le nord. Elle marchait à petits pas prudents, un bras tendu devant elle dans l'obscurité.

— Non, finit-elle par répondre. J'ai rencontré un mec, un jour. Avec lui, j'ai cru qu'il pourrait se passer quelque chose. Mais je crois que ce n'est plus d'actualité.

— Pourquoi tu dis ça ?

— Ouch ! lâcha Leila. Fais gaffe à ces buissons, ils sont truffés d'épines.

Leila les écarta du bout de la manche pour que Sonia puisse passer, et poursuivit :

— On s'est engueulés.

— T'es encore en contact avec lui ?

— Je lui envoie des cartes postales. Mais ça fait un bail que je n'ai pas eu de nouvelles. Depuis la dernière fois que je l'ai vu, pour tout te dire.

— C'était il y a combien de temps ?

— Au tout début de mon voyage. Ça va faire deux mois.

Elles firent encore quelques pas précautionneux, pour éviter de trébucher sur une racine ou dans une crotte d'ours.

De nouveau, Leila se figea. Elle leva la main, signifiant à Sonia de ne pas bouger davantage. Celle-ci regarda autour d'elle, essayant de deviner ce qui avait alerté Leila, mais elle ne vit rien venir dans les ténèbres alentour.

— Leila, si tu te paies encore ma tête, je te jure que…

— Dites donc, les filles ! tonna une grosse voix dans leur dos.

Elles sursautèrent de concert.

— Fini la rigolade. Il est temps de faire demi-tour maintenant.

Sonia fut d'abord incapable de distinguer quoi que ce soit. En fait, jusqu'à ce qu'elle pointe l'écran de son portable vers l'agent, elle aurait été bien en peine de dire à qui appartenait la voix ni d'où elle venait. L'officier portait une casquette de baseball et était adossé à un tronc. Il avait l'air costaud et, quand il alluma sa lampe torche, Sonia réalisa qu'elle était reliée à un gilet pare-balles, avec toute une série de gadgets de survie. Il braqua le faisceau vers elles et l'espace d'une seconde il disparut, le temps que leurs pupilles s'adaptent. Une patrouille de flics allait surgir et leur passer les menottes, Sonia en était sûre, et son estomac faisait des bonds de dix mètres. D'une seconde à l'autre, on allait les informer de leur droit à ne parler qu'en présence d'un avocat.

— Vous êtes américaines ?

— Oui, firent-elles en chœur.

Le douanier demeurait nonchalamment appuyé contre l'arbre. On aurait presque dit qu'il était sorti faire une pause clope.

— Bien, bien. Je vous remercie d'avoir essayé de faire un petit tour au Canada. Je vous souhaite bon voyage pour le retour. À l'avenir, tâchez de choisir un poste-frontière agréé, où les agents des douanes prendront bonne note de votre passage.

Leila jeta un coup d'œil par-dessus son épaule à Sonia. Elles avaient l'air aussi perplexes l'une que l'autre.

— Monsieur, nous sommes désolées, nous voulions juste…

La silhouette de l'homme se détacha de l'arbre auquel il était adossé. Sonia n'en revint pas du sourire qu'il affichait.

— Je crois que ma femme n'en peut plus de me voir rentrer et dire : « Tu ne devineras jamais ce qu'ils m'ont sorti, cette fois-ci. »

Mains sur les hanches, il ajouta :

— Vous pensiez vraiment qu'il suffisait d'une innocente promenade dans les bois pour franchir la frontière ?

Aucune d'elles n'osa rétorquer quoi que ce soit.

— Manque de pot, vous avez choisi de passer pile au milieu de mes WC, lâcha-t-il, montrant un arbre, hilare.

— Donc, vous nous laissez partir ? bredouilla Sonia.

— Vous avez déjà rempli des documents administratifs au beau milieu de la nuit ? Une torture. Quelle que soit votre raison de vouloir passer au Canada, je ne veux surtout pas la connaître. Vous m'avez l'air de jeunes filles sympathiques.

Il s'interrompit, semblant se rappeler un détail.

— Un peu bizarres, soit, mais sympathiques. Rentrez chez vous sans faire d'histoires.

Sonia ne se le fit pas dire deux fois. Elle tira Leila par le bras et elles rebroussèrent chemin en courant, tout à leur bonheur d'être libres de leurs mouvements.

— Difficile de dire si je suis plutôt soulagée d'avoir échappé à la prison ou plutôt déçue de ne pas avoir réussi notre mission, s'interrogea Leila à voix haute.

— Va pour soulagée, souffla Sonia, même si, avec l'étui des alliances pressé contre son cœur, dans la poche de la veste de Jeremiah, c'était vite dit.

Elles filèrent dans les bois, s'éclairant de leur mieux avec leurs portables pour retrouver leurs traces ; mais peu à peu elles ralentirent l'allure, sans doute parce qu'elles savaient toutes deux pertinemment qu'une fois à la voiture de Leila, sur le parking du motel, elles se retrouveraient confrontées au même problème insoluble.

Plus elles avançaient, plus les bagues pesaient lourd dans la poche de Sonia. Elle savait qu'il n'y avait qu'une seule chose à faire, mais, à cette pensée, son esprit se dérobait. Elle se raccrocha aux possibilités les plus folles – Combien de temps faudrait-il pour dégoter un faux passeport ? Pourquoi pas un saut en parachute avec un atterrissage quelque peu déporté côté canadien ? – avant de finalement s'avouer vaincue : elle allait devoir rentrer chez elle et demander de l'aide à sa famille.

4

QUAND ELLES SE GARÈRENT devant chez Sonia à Tacoma, le soleil perçait à l'horizon dans une nuée de nuages cendrés. Le mont Rainier surplombait la ville, gardien majestueux dont l'imposant sommet se perdait encore sous un manteau blanc. Sonia était à deux doigts de céder à la panique : le mariage commençait dans quelques heures seulement.

Les deux voitures de ses parents étaient là. Elles n'avaient pas été lavées depuis des semaines et la pluie avait laissé des coulées de larmes poussiéreuses sur les vitres. Même s'ils étaient à la maison, il était fort probable qu'il leur faille aller au travail – chez eux, « Tu travailleras dès le point du jour » était le premier commandement. Elle ne se faisait guère d'illusions sur l'aide qu'ils pourraient lui apporter, même avec la meilleure volonté du monde. C'est dans des jours comme ça qu'elle aurait tout donné pour avoir des parents comme ceux de Sam, qui étaient prêts à tout pour leurs enfants.

Ses clés étant restées dans son sac à main, elle sonna à la porte. Elle entendit des voix s'élever à l'intérieur, puis le pas lourd de son père, marmonnant on ne sait quoi. Il ouvrit, l'air furieux, comme s'il avait déjà commencé à pester tout bas contre l'importun qui osait sonner à cette heure matinale. Il portait son uniforme de bagagiste, et une tasse de café fumait dans sa main. Puis, voyant Sonia, il dit :

— Oh. Salut. Tout va bien ?

— Oui oui. Vous bossez, ce matin ? demanda-t-elle, et elle invita Leila à la suivre dans la maison.

— Eh ouais, répondit son père en regagnant le salon.

Sonia poussa un profond soupir. Mitch était leur dernier espoir, alors.

Tous les rideaux étaient tirés dans la maison, comme à l'accoutumée. L'atmosphère ici était toujours lugubre, presque à l'image de la ville. Ses parents étaient assis dans le salon, avec un café et un burrito à l'œuf réchauffé au micro-ondes. Son père s'était carré au fond de son fauteuil, absorbé dans ses mots fléchés. Sur le canapé, sa mère regardait son émission matinale favorite.

Celle-ci mordit à pleines dents dans son burrito, et se mit à mâcher avec ce petit bruit de bouche qui exaspérait Sonia. Toute la maison embaumait la sauce chili et le simili-cheddar. Au bout d'une bouchée, elle remarqua enfin la présence des deux filles, debout près du canapé.

— Bonjour. Il me semblait que tu devais aller quelque part aujourd'hui. En rapport avec le boulot, non ?

— J'ai pris mon week-end, résuma Sonia.

Sa mère se rappelait-elle seulement l'existence de ce mariage ?

— Je vais avoir besoin que tu me fasses la vidange d'huile, en échange du service rendu quand je t'ai déposée mercredi.

Sonia ignora la demande. Elle lança un regard désolé à Leila, que ses parents ne semblaient pas même avoir remarquée à son côté.

— Mitch est là ?

Sa mère rétorqua, acerbe :

— Où veux-tu qu'il soit ?

Sonia fit signe à Leila de la suivre. Elles gagnèrent l'escalier, s'attirant un concert de protestations quand elles passèrent devant la télé. Une fine couche de poussière couvrait la rampe. Sonia sentit que ses joues devaient être rouge pivoine. Elle n'avait jamais vraiment parlé de sa famille à qui que ce soit, pas même à Jeremiah ou à Sam. Elle ne comprenait pas comment ses parents avaient pu se faire engloutir dans cette spirale travail-mauvaise humeur à quoi se résumait leur vie. Ni pourquoi ils avaient décidé un jour de devenir parents, puisqu'ils n'avaient jamais témoigné aucune affection à Sonia ou à son frère. Écrire lui permettait d'inventer des réponses à ces questions : elle brodait sur la toile de fond familiale et romançait les raisons qui les avaient poussés à n'envisager la vie que comme une malédiction.

Enjambant le panier de linge sale au débouché des escaliers, elles passèrent dans le couloir. Le portable de Sonia vibra pour la énième fois.

« je commence à être un peu inquiet. où es-tu ? »

Elle rangea le téléphone et frappa à la porte de Mitch.

— Ça fait un moment que je ne suis pas entrée dans cette chambre, mais, si rien n'a changé, prépare-toi à une agression olfactive de premier ordre, prévint-elle Leila avant de frapper de nouveau et d'ouvrir la porte d'autorité.

De fait, l'odeur était à couper au couteau. Une boule puante mêlant odeurs masculines typiques de l'adolescence – chaussettes, sueur, parfum musqué d'un corps encore peu habitué à sa force offensive – et Dieu sait quoi encore : boissons renversées profondément imprégnées dans les fibres de la moquette, en-cas moisissant derrière le clavier depuis des semaines, échantillon hebdomadaire d'haleines matinales marinant dans leur jus dans la pièce confinée.

Sonia se mit illico à respirer par la bouche ; derrière elle, Leila manqua s'étouffer. Mitch ronflotait tranquillement, un pied hors du lit. Dans la lumière grise traversant les volets, Sonia aperçut un fil blanc perdu dans la barbe qui lui mangeait le cou.

— Mitch, murmura-t-elle.

Aucune réaction.

— Mitch, reprit-elle d'une voix plus forte.

Il grogna et son bras attrapa un oreiller, qu'il tenta de balancer dans sa direction – raté.

— Mitch, j'ai besoin que tu me rendes un service.

Il leur tourna le dos.

— Dégage.

Sonia fit un pas vers lui, évitant de peu de marcher sur un objet non identifié.

— Tu sais, je ne serais pas venue si ce n'était pas une urgence. J'ai vraiment besoin de toi.

Mitch grogna de plus belle et se rencogna au bord du lit, face au mur.

— … sommeil, marmonna-t-il.

Une série de syllabes indistinctes suivirent.

Leila plaça son tee-shirt sous son nez avant de lancer d'un ton ne souffrant pas la réplique :

— Mitch, ta sœur a besoin d'aide. Debout là-dedans !

Intrigué par la voix qu'il ne connaissait pas, Mitch roula sur le côté pour lui faire face et ouvrit les yeux. Il plissa les paupières, agressé par la maigre lumière qui entrait dans la chambre.

— T'es qui, toi ?

— Je suis Leila. Écoute un peu ta frangine.

Mitch fourragea dans sa barbe, le fil blanc allant se perdre dans l'oreiller, d'où il émergerait probablement sous peu pour réintégrer le fouillis de poils.

— C'est bon, c'est bon. J'écoute.

Elles l'entendirent se gratter sous les draps.

Sonia se retint de lui dire combien il l'écœurait.

— J'ai besoin de ton aide. Au risque de paraître bizarre, mais tu sais que je ne m'adresserais pas à toi si ce n'était pas une question de vie ou de mort.

— Tu l'as déjà dit.

— Il faut que tu ailles au Canada pour moi.

— Fous-moi le camp, rugit-il, se retournant vers le mur.

— Mitch, je suis sérieuse, c'est une longue histoire, mais je me retrouve avec les alliances de Liz et Roger, et le mariage a lieu cet aprèm. Je n'ai pas d'autre moyen d'aller là-bas.

Mitch râla de nouveau.

— Fais le plein de ma caisse, file-moi cinquante balles et je te laisse le volant.

— Tu ne m'écoutes pas. On ne me permettra pas d'entrer au Canada, j'ai perdu mon passeport. J'ai simplement besoin que tu ailles jusque là-bas et que tu déposes les bagues. Je te rembourserai l'essence.

— Tu veux que je roule jusqu'au Canada ?

— C'est à trois heures de route, six aller-retour.

Mitch ricana.

— Tu n'aurais pas piqué quelques boulettes dans ma planque ? T'as fumé si tu crois que je vais conduire six heures pour tes beaux yeux.

Sonia sentit les larmes lui monter aux yeux.

— Mitch, je t'en supplie. T'es la seule personne à qui je peux demander ça. Si tu refuses, le mariage est foutu.

— Ouais, ben, c'est pas franchement mon problème, si ?

— Je vais le buter, dit Leila, le nez enfoui dans son tee-shirt.

Elle ne fit pas un pas dans sa direction, cela dit, et Sonia était par trop bouleversée pour réfléchir à la suite des événements. Elle avait l'habitude des réactions apathiques de sa famille mais, quelque part au fond d'elle-même, elle avait cru que, si elle avait besoin d'eux, ils s'assiéraient sur leur mesquinerie et lâcheraient deux minutes leur nombril des yeux. Elle avait eu tort – le constat était douloureux.

Faute de savoir quelle attitude adopter, Sonia resta plantée là un moment. En son for intérieur, elle espérait que Leila allait botter les fesses de l'autre abruti.

— Va demander à Timmy Stoner, marmonna Mitch.

— Qui ?

— Timmy Stoner. Tu le trouveras au Tim Hortons devant un beignet… mais si, tu sais, cette chaîne de cafés canadiens, à Bellingham. Il a un business de j'sais pas quoi au Canada. C'est pas à proprement parler le type le plus réglo de la terre, je serais pas plus surpris que ça si ça impliquait de faire passer en douce des marchandises moyennement autorisées. Il saura peut-être comment te faire traverser.

OK, ce n'était pas la faveur du siècle, mais enfin, ce coup de main suffisait pour que Sonia ait envie de prendre Mitch dans ses bras. Elle hésita – cette odeur… – puis l'instant passa, déjà il leur criait de fiche le camp de sa piaule.

Elle savait que c'était loin d'être gagné, toutefois Sonia était résolue à accueillir à bras ouverts l'espoir le plus ténu. Toute piste – si improbable soit-elle – était bonne à suivre pour tenter de sauver ce mariage. Elles firent halte dans la chambre de Sonia pour qu'elle enfile une tenue plus conventionnelle, puis se ruèrent en bas, traversèrent en flèche le salon – c'est à peine si les plaintes des parents sur leur vacarme de si bon matin leur parvinrent aux oreilles. Une minute plus tard, elles avaient sauté dans la voiture et roulaient en direction de Bellingham, voir le fameux Timmy.

5

DÈS QU'ELLES EURENT POUSSÉ LA PORTE du Tim Hortons, elles repérèrent Timmy Stoner.

— C'est forcément lui, hein ? suggéra Leila, montrant un mec pas loin de la trentaine, à une table près de la devanture.

Ses cheveux blond cendré, presque soyeux devant, finissaient carrément en dreads sur la nuque. Il avait un bermuda à carreaux, de vieilles sandales en cuir craquelé, des chaussettes à losanges et, malgré la chaleur, un sweat à capuche tie and dye. Une bonne demi-douzaine de gobelets en carton jonchaient sa table, dont un recyclé en cendrier. Comment il se débrouillait pour qu'on le laisse fumer à l'intérieur du petit café, mystère, mais visiblement ça ne gênait personne. Il griffonnait frénétiquement dans un cahier, et souriait dans le vide de temps à autre.

— La vache, fit Sonia, l'air dépité, avant d'aller se ranger dans la file de deux personnes devant le comptoir. Quelque chose me dit qu'il va me falloir une dose de caféine rien que pour venir à bout de cette conversation.

— Bonne pioche, commenta Leila. Et, côté timing, on en est où ?

Sonia ranima son écran de portable.

— La cérémonie doit débuter à 15 heures, ce qui fait qu'il nous reste six heures pour que ce type nous fasse passer au Canada d'une façon ou d'une autre. La routine, quoi.

Sonia parcourut des yeux le menu accroché au mur – rien de nouveau sous le soleil. Il n'y avait pas de Tim Hortons à Tacoma, c'était trop au sud, mais la famille de Sam étant canadienne, tous deux s'arrêtaient à un de ces cafés chaque fois qu'ils prenaient la route. Elle opta pour un grand café et le beignet préféré de Sam, puis se tourna vers Leila, toujours plongée dans la lecture de la carte.

— Tu m'as pas dit, d'ailleurs… commença Sonia une fois que Leila eut commandé. C'est quoi, le but de ton voyage ? Pourquoi tu tiens tant à voir une aurore polaire ?

— J'ai toujours eu cette espèce d'obsession pour l'astronomie. Je risque de finir par prendre ça comme majeure à la fac.

Leila récupéra sa monnaie, et elles quittèrent la file, s'attardant non loin de la caisse le temps qu'on prépare leurs boissons. Sans se concerter, elles tournèrent la tête vers Timmy Stoner, qui venait de se rallumer une cigarette et gribouillait maintenant sur un des gobelets.

— Mais surtout, je crois que j'étais faite pour rencontrer Timmy Stoner. Oublie les aurores polaires. Je viens d'être foudroyée par le destin.

Sonia s'esclaffa, mais sa curiosité avait été piquée au vif. Puis leur commande arriva et Sonia, réalisant soudain que son estomac criait famine, mordit sans attendre dans la pâte sucrée – et on passa à autre chose.

Le beignet au glaçage blond avait le goût de Sam. Ou plutôt, pas de Sam lui-même, mais des deux années qu'ils avaient partagées. Elle en prit une autre bouchée. Le choix du beignet avait été à la fois une erreur et une source de réconfort infini.

— On s'installe ? demanda Leila en désignant la table encombrée.

Ayant glissé la main dans la veste pliée sur son avant-bras pour vérifier que les alliances étaient toujours au fond de la poche, Sonia acquiesça et lança le mouvement. Le supposé Timmy Stoner faisait sauter les couvercles en plastique de tous les gobelets posés devant lui, pour en examiner le contenu. Quand elle fut assez proche, Sonia vit que chaque gobelet était à moitié plein, et les liquides dedans de couleurs trop variées pour n'être que du café.

— Timmy Stoner ?

L'homme leva les yeux de sa petite cuisine. Ses pupilles s'étrécirent, il prit une mine théâtrale et tira sur sa cigarette. Il regarda l'une, puis l'autre, puis encore l'une et l'autre. Il était mal rasé, mais pour autant les quelques poils qui couraient sur ses joues ne méritaient pas le nom de barbe. Il fixa les yeux sur Sonia.

— Je kiffe tes sourcils, meuf. Très très avant-garde.

— Heu, dit Sonia sans trop savoir comment le prendre, merci. Salut. C'est bien toi, Timmy Stoner ?

— Je suis connu sous ce nom, ouaip. Si j'ai le droit de prétendre à ce titre, ça, ma foi, Dieu seul le sait. Ou mère Nature. Ou, genre, le bureau d'attribution des numéros de sécu. L'homme, le seul et unique, dit-il, mimant du bout des doigts les gestes d'un marionnettiste.

— Ouah, punaise, rigola Leila dans le dos de Sonia, voilà qui promet.

Timmy Stoner tira une autre bouffée sur sa clope à moitié consumée, puis, sans raison apparente, il écrasa la cigarette dans un des gobelets et en alluma une autre à la chaîne.

— Vous recherchez mon secours ? fit-il, tout en les invitant à prendre place face à lui.

Sonia s'assit prudemment, un peu soufflée à l'idée que ce type puisse l'aider à résoudre le moindre de ses problèmes, sans parler de la faire passer en fraude au Canada. Leila, quant à elle, tira une chaise d'un geste brusque et s'assit aussi sec, se composant un masque le plus neutre possible, même si dans ses yeux brillait toujours une lueur d'excitation.

— Oui, commença Sonia, tâchant de réfléchir à la meilleure façon de présenter sa demande. On nous a dit que tu aidais parfois les gens à traverser la frontière.

Timmy Stoner laissa son regard dériver derrière la vitre, et hocha solennellement la tête. Sonia le soupçonna de cultiver le mystère artificiellement.

— Je connais le chemin pour aller dans le Grand Nord, c'est vrai.

Il se caressa pensivement le menton, comme si une longue barbe blanche en descendait et non une mince touffe de poils hirsutes.

— Donc, tu pourrais vraiment nous faire passer de l'autre côté ? insista Sonia, sceptique. Et comment ?

— Holà holà, réagit Timmy, levant les mains en signe d'innocence. C'est quoi, cet interrogatoire, là ?

Leila ne put retenir un ricanement. Timmy ne sembla pas le remarquer.

— Il est vital pour moi de passer la frontière, et je veux être certaine que je ne perds pas mon temps ici. Si tu peux nous faire passer, dis-nous ce qu'on doit faire.

— Tranquillise ton esprit, Fille-aux-sourcils-captivants. Je fais plusieurs trajets par jour, c'est mon gagne-pain, dit-il en englobant d'un geste tout ce qui couvrait la table – étalage de richesse censément convaincant. Mais, avant que je vous explique la manœuvre, je dois vous poser quelques questions à mon tour.

— On a hâte d'y répondre, dit Leila, et elle rapprocha sa chaise.

Timmy balança sa cendre.

— Nickel.

Il lança un petit clin d'œil à Leila – artifice théâtral dans la lignée de son petit numéro ou simple effet de la fumée dans ses yeux ?

— T'es couillue, ça me plaît. On ne rencontre pas grand monde qui en a, à notre époque.

Sonia croqua de nouveau dans le beignet préféré de Sam. Timmy Stoner s'absorbait dans la contemplation du vide entre les deux filles.

— Stoner, alors, ces questions ?

— J'y viens, dit-il, reprenant ses esprits – du moins ce qu'il en restait. Petit un : qui vous envoie ?

— Mon frère, Mitch.

— Et il travaille pour quelle agence gouvernementale ?

— Quoi ? Il ne travaille pas pour le gouvernement. Ni pour personne d'autre d'ailleurs. Il reste assis sur son cul à se défoncer toute la journée. Les jours de grosse activité, il prend un bain.

— Excellent, dit Timmy d'un air de connaisseur. Quel commerce entretiens-tu avec nos voisins nordiques ?

— Quel besoin as-tu de savoir ça ? intervint Leila, prenant visiblement plaisir à surjouer elle aussi l'interrogatoire. C'est d'une pertinence plus que discutable.

— Le succès de mon fonds de commerce dépend des conséquences de mes interventions au Canada. Si je fais entrer d'inoffensifs quidams et la joue profil bas, les affaires sont florissantes. Par contre, si je leur ramène des indésirables, c'est un coup de projo sur mon activité et c'est tout mon équilibre économique qui est en danger.

Sonia haussa un sourcil, épatée par la tchatche soudaine de Timmy.

— Et dans la merde, ajouta-t-il après coup, cassant tout l'effet de son envolée lyrique. Donc, si tu vas là-bas dans l'idée de commettre un meurtre, ou de jeter un sort pour réduire toutes les forêts en cendres, ou un truc dans le genre, on viendra me demander des comptes. Tu vois ce que je veux dire ?

Sonia vérifia si d'autres clients entendaient les paroles de ce barjo, à part elles. A priori, personne ne regardait dans leur direction.

— On doit aller à un mariage, expliqua Sonia, sortant l'écrin de la poche de la veste de Jeremiah. Ça commence dans quelques heures et c'est moi qui ai les alliances.

Timmy se cala une cigarette au coin de la bouche et attrapa la boîte de velours noir, l'observant avec l'émerveillement d'un gosse face à un Rubik's Cube aux faces monochromes. Le portable de Sonia vibra ; elle le fit taire sans même le sortir de sa poche, paniquée à l'idée du temps qui leur filait entre les doigts.

— Dis-nous, Tim, s'il te plaît : tu vas pouvoir nous aider ?

Après quelques secondes de silence, Timmy ouvrit doucement l'écrin, prit note de la présence des deux anneaux, puis le reposa sur la table.

— Donc votre quête implique de l'amour et des bijoux, résuma-t-il, sans prêter attention à la supplique de Sonia.

— C'est exactement ce qu'implique notre quête, oui, reprit Leila. Formulé autrement, on pourrait même dire que, sans amour ni bijoux, la quête n'aurait pas lieu d'être.

— Comme souvent.

Timmy Stoner prit un gobelet en main, jeta un œil dedans pour s'assurer qu'il n'avait pas servi de cendrier, puis but une gorgée du liquide non identifié qui y macérait. Une goutte roula sur son menton – elle était rouge, comme la voiture de Leila. Il l'essuya d'un revers de manche, le liquide coloré se fondant instantanément dans le dégradé de teintes de son sweat-shirt.

— Tu me sembles une jeune fille au cœur pur, digne de pénétrer au royaume du Nord, Sourcils-captivants.

Opinant du chef vers Sonia, puis vers Leila, il poursuivit :

— Avec des couilles à revendre. Une dernière chose toutefois avant que je vous dise comment passer au Canada, il faut juste que je sache…

Il laissa la phrase en suspens. Sonia se pencha sur la table, presque autant que Leila, qui était limite couchée sur la surface. Cette dernière ne dissimulait plus le grand sourire qui lui barrait le visage – cette discussion était sans conteste la plus amusante à laquelle elle ait jamais participé.

— A) L'une de vous est-elle équipée d'un micro ? Et B) L'une de vous est-elle un Seigneur du Temps ?

Leila décocha à Sonia un regard éloquent, yeux écarquillés, se mordant la lèvre pour ne pas exploser.

— Si nous sommes des Seigneurs du Temps ? répéta Sonia, incrédule.

Qu'est-ce que ça pouvait bien être qu'un Seigneur du Temps ? Et pourquoi diable ce type suspectait-il les deux adolescentes qui lui faisaient face d'en être ? Mais demander une explication à Timmy Stoner risquait de donner libre cours à une autre salve de remarques sans queue ni tête.

— Non, je ne suis pas un Seigneur du Temps. Et je ne porte pas de micro, dit Sonia.

Leila leva la main.

— Je jure que je ne suis, n'ai jamais été ni ne serai jamais un Seigneur du Temps.

Timmy Stoner ôta la cigarette de sa bouche et souffla lentement, sans lâcher Leila du regard.

— T'en es bien sûre ? Tu n'es pas perdue dans les couloirs du temps ?

— Pas que je sache, dit Leila.

Elle s'efforçait de contenir l'hilarité qui menaçait de franchir ses lèvres, mais après que Timmy fut resté un long moment à l'observer intensément, toute lueur amusée disparut de ses pupilles. Soudain, quelque chose passa entre eux, échange auquel Sonia n'était pas conviée.

— Nul doute que tu es bien perdue quelque part, jugea Timmy Stoner en tirant une taffe appuyée sur sa cigarette. Le Canada, c'est sa destination à elle, en aucun cas la tienne, conclut-il, les yeux dans les siens.

Puis il se pencha vers les filles, un parfum étonnamment agréable dans son sillage, huile de monoï à la noix de coco et coton fraîchement lavé. Il vérifia d'un air de conspirateur que personne ne les épiait et leur fit signe d'approcher.

— Tu trouveras la solution à ton problème dans les beignets. De préférence, fourrés à la crème.

Sonia attendit qu'il poursuive, mais Timmy Stoner se redressa contre son dossier, l'air content de lui.

— Attends, tu déconnes ? Ne me dis pas que c'est tout ce que tu as à nous dire ?

Soufflant de la fumée sur le côté (directement vers la table voisine, dont les occupants, pourtant, ne semblèrent pas le remarquer), Timmy Stoner fronça les sourcils et se gratta une rougeur sur le menton, qui aurait aussi bien pu être une plaque d'eczéma que le résultat d'un grattage intensif.

— J'en ai déjà trop dit.

Il balaya la pièce des yeux, au cas où un espion se planquerait dans les parages. Puis il reporta son attention sur le petit bout de beignet au sirop d'érable de Sonia.

— Tu le finis ou pas ?

Sonia, dont l'esprit passait déjà en revue toutes les autres maigres pistes à explorer, secoua la tête et poussa la dernière bouchée vers lui.

— Rappelle-toi, dit-il en se saisissant du morceau, la réponse est dans les beignets.

Il ménagea un petit silence, le temps que le message sous-entendu émerge. Mais Sonia ne voyait pas le moins du monde en quoi les beignets pouvaient lui permettre de passer au Canada. Elle se tourna vers Leila, mais celle-ci n'avait pas l'air moins perplexe.

Ayant avalé sa bouchée, Timmy Stoner fit signe à un jeune qui venait d'entrer dans le café. Celui-ci s'approcha et Timmy demanda aux filles de les excuser une minute, ils avaient un « truc pro » à régler.

Elles sortirent dans le petit matin, aveuglées par la lumière grisée typique de la côte nord-ouest des États-Unis autant que par l'aspect ténébreux de la conversation de Timmy.

— Bien, voilà qui était fort intéressant, dit Leila.

Elle avait toujours le sourire, mais commençait à percuter que les conseils tordus de Timmy Stoner venaient tout bonnement de les ramener à la case départ.

— La réponse est dans les beignets… Comment on entre dans un pays avec des beignets, selon lui ?

La question resta en suspens un moment, une question mineure par rapport à toutes celles qui restaient sans réponse pour Sonia : comment Liz pourrait-elle lui pardonner d'avoir fichu en l'air son mariage ? Que ressentirait Martha en voyant que Sonia avait mis les voiles au beau milieu de la nuit ? À quel point Jeremiah était-il déçu par son comportement ?

Juste comme Sonia allait lâcher une larme de frustration, Leila lui tapota le bras et lui montra le camion de livraison de Tim Hortons garé à l'autre bout du parking, moteur en marche. Le chauffeur chargeait des cartons sur un diable pour les déposer dans le café. Le gérant était à ses côtés, cochant les marchandises sur sa liste au fur et à mesure.

— Allez, le dernier, dit le chauffeur, et les mots parvinrent aux filles comme par un fait exprès.

Le gérant acquiesça et, coude à coude, ils passèrent devant elles.

— Mate les plaques, dit Leila.

Colombie-Britannique, Canada.

— C'est ça qu'il essayait de nous faire comprendre. La réponse est dans les beignets !

Sonia regarda de nouveau dans le Tim Hortons, où le chauffeur et le gérant déchargeaient les cartons. Sonia était maintenant arrivée au point où elle était prête à tout. Elles traversèrent en hâte le parking et jetèrent un œil à l'arrière du camion. Les cartons s'y entassaient, en piles suffisamment hautes pour qu'on se dissimule derrière, au moins jusqu'au prochain Tim Hortons à livrer, qui, Sonia le savait grâce à ses précédents voyages, était indubitablement de l'autre côté de la frontière.

Sonia, désireuse de ne pas perdre une seconde, se hissa dans le véhicule. Puis elle aida Leila à monter aussi discrètement que possible – en l'occurrence, Leila avait la grâce d'un éléphant. Son genou heurta le pare-chocs, et elle faillit donner un grand coup de pied dans la bagnole voisine. Espérant que personne n'aurait repéré cette laborieuse escalade, elles filèrent se cacher au fond derrière une colonne de cartons. Elles se collèrent l'une à l'autre, retenant leur respiration et résistant à la tentation de jeter un coup d'œil à ce qui se passait dans le monde extérieur. Quand le chauffeur revint, il ferma la porte sans un regard pour son chargement, et le noir se fit. Il démarra et le véhicule rejoignit l'autoroute.

6

L'ODEUR DES BEIGNETS IMPRÉGNAIT fortement l'atmosphère, sucrée à en vomir. Les cartons formaient un fort autour d'elles, dont les tours vacillaient à chaque virage.

— Hé, Sonia, murmura Leila, éclairant le sol avec son portable afin de trouver un coin où poser ses fesses.

— Ouais ?

— Action ou vérité ?

— Tu plaisantes ?

— J'ai l'air d'une fille qui plaisante avec Action ou vérité ?

— OK, OK. Action.

— Je te mets au défi de manger une dizaine de beignets avant qu'on atteigne la frontière.

— Déconne pas. Je vais finir diabétique.

— Bon, OK, un beignet, concéda Leila en changeant de position. Mais à la crème, si possible.

Sonia râla doucement pour la forme, et farfouilla dans les caisses autour d'elle.

— Je ne saurais pas dire à quel parfum sont ceux-là, dit-elle tandis qu'elle tâtonnait pour trouver une boîte facile à ouvrir sans tout faire valser au sol.

Elle prit le premier beignet que ses doigts rencontrèrent et croqua dedans.

— Berk, noix de coco.

— T'aimes pas la noix de coco ?

— Toi si ?

— Notre amitié est finie, dit Leila.

Malgré le contexte étrange ayant mené à ce trajet en camion, Sonia se sentait dans la peau d'une ado à une soirée pyjama, après une nuit blanche, réprimant à grand-peine des gloussements idiots pour ne pas réveiller les adultes.

— C'est moi qui suis dérangée, ou tout ça est quand même drôlement rigolo ? chuchota Leila.

Sonia secoua la tête.

— C'est pile ce que je me disais.

Elle sortit son portable, projetant un maigre halo lumineux dans le camion, juste suffisant pour qu'elles se voient.

— Il n'est pas impossible qu'on arrive à l'heure, au bout du compte.

Puis, étendant les jambes devant elle :

— À ton tour. Action ou vérité ?

— Vérité, répliqua Leila.

— Dis-m'en plus sur ce mec.

— En fait, commença Leila, je crois que je suis passée à autre chose. C'est Timmy Stoner, mon nouvel idéal masculin.

Sonia renifla en voulant retenir un rire.

— Je dois lui reconnaître ça. Je ne pensais pas qu'il serait vraiment capable de nous filer un coup de main.

— Ô toi, fille de peu de foi. Ne jamais sous-estimer le potentiel d'un parfait inconnu. Même s'il a l'air limite siphonné.

— Limite, c'est tout ?

— J'ai pas dit qu'il l'avait pas franchie, rétorqua Leila, amusée.

Elles restèrent un moment silencieuses, sentant le ruban d'asphalte filer sous leurs fesses, les pneus massifs tourner à mille à l'heure. Sonia commençait à se détendre. Elle appuya sa tête contre une pile de cartons. Elle se disait que le camion faisait chaque jour ce trajet, qu'il devait donc subir un contrôle de routine à la douane, rien de plus, et probablement un simple coup d'œil au retour. Alors que ses paupières devenaient lourdes, une vibration dans sa poche la fit sursauter.

— Salut, souffla-t-elle, je peux pas te parler pour le moment.

— Écoute, je suis à deux doigts de craquer, là. Où t'étais passée, cette nuit ?

Sonia n'avait pas la moindre idée de la façon de résumer les événements de manière compréhensible en deux ou trois mots au téléphone.

— Je suis en route, j'arrive, je serai là dans une heure, une heure et quart grand max.

Oubliant l'espace d'un instant toute colère contre Jeremiah, Sonia sentit monter un frisson d'impatience à l'idée de le revoir, de poser un bisou sur ses lèvres.

— T'as déjà dit ça hier soir, et t'es toujours pas là.

— Je te promets que j'arrive.

De nouveau un silence, qui lui permit d'imaginer sans l'ombre d'un doute ce que Jeremiah faisait à l'autre bout du fil. À moitié nu, supposa-t-elle, en caleçon et chaussettes (ou peut-être juste une), prêt à sauter dans la douche. Même si elle se trompait, c'était tout de même une joie de penser qu'elle le connaissait suffisamment bien pour s'imaginer ce qu'il traficotait.

— Tout va bien ? demanda-t-il finalement.

— T'en fais pas pour moi, Jerem, dit Sonia.

Dans l'obscurité, elle vit Leila tourner la tête vers l'avant du camion. Sonia couvrit le micro de sa main :

— On ralentit ?

— Aucun doute, oui. Tu crois qu'on est déjà à la frontière ?

— Possible.

Elle dégagea le téléphone et dit au revoir à Jeremiah, le cœur gonflé d'optimisme pour les heures à venir.

Quelques secondes plus tard, la transmission crissa : le conducteur rétrograda puis immobilisa le véhicule. À travers les parois métalliques, Sonia entendait les voitures filer sur la chaussée, mais elle aurait difficilement pu dire de quel côté les sons venaient. Une porte claqua, crut-elle, mais ça aurait tout aussi bien pu être autre chose.

Puis leur parvint le son reconnaissable entre mille des clés s'entrechoquant. Sonia sentit le sang lui monter à la tête. *Ça ne va pas recommencer. Si on se fait encore choper, cette fois c'est foutu. J'irai en prison, je gâcherai le mariage, et personne ne voudra plus jamais entendre parler de moi.*

L'habitacle fut brusquement inondé de la lumière du jour, et Sonia bondit sur ses pieds – pourtant il était impensable de fuir où que ce soit. Elle s'aplatit dans le mince espace entre deux colonnes de cartons, cherchant à se fondre dans le décor. Quand la porte fut complètement ouverte, un grognement se fit entendre. À travers un interstice, Sonia distingua la silhouette du chauffeur montant dans le camion.

— Sortez de là, ou j'appelle les flics.

Sonia consulta Leila, toujours assise par terre, genoux blottis contre sa poitrine. *On fait quoi ?* articula-t-elle en silence. Leila haussa les épaules, elle n'avait pas compris le message, ou alors rien d'autre ne lui était venu à l'esprit.

— J'allume mon téléphone, leur cria l'homme.

— C'est bon, c'est bon, dit Sonia, sortant de sa cachette mains en l'air en signe de reddition.

Elle se demanda ce qu'elle avait bien pu faire pour que les événements se liguent contre elles à ce point. Évidemment, cette pensée fut aussitôt chassée par l'image de Sam, et Sonia songea qu'elle n'avait que ce qu'elle méritait.

— Qu'est-ce que vous fichez ici, les filles ? demanda le chauffeur, une main sur la hanche, l'index de l'autre tendu, prêt à leur sortir un petit laïus. Vous volez ?

— Non, on ne vole pas.

La réponse de Sonia avait fusé.

— Il faut juste qu'on passe la frontière.

— Et vous vous êtes dit que ça allait marcher ?

Sonia ignora le sarcasme, concentrée sur la route qu'elle apercevait derrière l'homme. Leila voulut tenter quelque chose, mais le type la coupa :

— J'ai pas le temps pour ces conneries. Barrez-vous de mon camion.

Il fit un pas de côté et attendit qu'elles sautent à bas de la plate-forme, puis il descendit péniblement, grimaçant quand ses pieds touchèrent le sol, sous le coup de la douleur qui avait dû s'immiscer dans son corps lentement mais sûrement au cours d'une vie passée à charger et décharger son semi-remorque.

— À vrai dire, votre combine aurait pu marcher si vous vous étiez pas mises à bavasser comme des andouilles.

Il montra le portable que Sonia tenait toujours en main. Puis il claqua la porte, fit le tour du véhicule sans jeter un regard en arrière et grimpa dans sa cabine. En trois secondes, il était parti, abandonnant Leila et Sonia sous un nuage de noire déprime.

o o o

Il fallut au moins une demi-heure à Sonia et à Leila pour revenir au Tim Hortons. Sonia vérifiait compulsivement l'heure sur son portable. Leila lui prodiguait des paroles encourageantes tandis qu'elles pressaient l'allure le long de la bande d'arrêt d'urgence, mais Sonia n'y croyait plus : elles ne parviendraient jamais à livrer les alliances à temps. Quel genre de dernier recours désespéré leur restait-il après le Tim Hortons ?

Le soleil poursuivait sa course à travers le ciel, bien plus rapidement qu'à l'ordinaire, semblait-il, pointant le bout de son nez à travers de lourds nuages gris qui promettaient un après-midi pluvieux. Les bagnoles filaient, traces floues aux contours délétères, narguant Sonia.

De retour à Bellingham, Sonia traversa le café au pas de charge et vint se planter devant Timmy Stoner.

— La réponse n'était pas dans les beignets.

Il était toujours assis à la même table, fumant une énième cigarette, gribouillant sur le dos de sa main avec un marqueur – son carnet n'avait pourtant pas quitté ses genoux. Il regarda Sonia comme si elle n'avait jamais lâché le siège en face de lui.

— Ah ça, ma pote, c'est pas cool.

Ça démangeait Sonia de lui coller une claque, mais elle sentit Leila poser sa main sur son épaule.

— Il nous faut un autre moyen de passer, dit-elle, le coup du camion de livraison a foiré.

S'il n'y avait eu le geste apaisant de Leila, Sonia aurait pu partir en vrille contre Timmy. Au lieu de quoi, elle se rassit inconfortablement sur le siège en plastique et laissa Leila mener la danse.

— Clairement, notre quête était vouée à croiser la route d'un camion de livraison, admit-elle, sinon nous n'y serions pas montées. On n'échappe pas à son destin, tu en conviendras aisément.

Timmy tira une longue bouffée sur sa clope.

— Continue.

— Et si le destin avait fait échouer notre première tentative pour qu'on puisse te recroiser et te laisser nous guider ? Si ce n'était pas écrit, comment expliquer que ce soit exactement le cours que les événements prennent à cette heure ?

Cette fois, Leila ne plaisantait plus, toute trace d'ironie avait disparu.

D'une pichenette, Timmy envoya balader sa cendre dans un gobelet, son visage affichant désormais un large sourire.

— Miss Couillue, tu es bien certaine de ne pas être un Seigneur du Temps ?

À quoi Leila répliqua du tac au tac :

— Il ne faut jamais dire jamais.

Timmy fit claquer sa paume sur la table, les gobelets tressaillirent et les clients tournèrent la tête vers eux pour la première fois.

— Excellent ! Je vais vous y amener en personne. Il va nous falloir une dizaine de beignets extra-crémeux et une bagnole.

— Excellent ! lui fit écho Leila, frappant à son tour la table du plat de la main, avant de filer acheter les beignets.

Elle revint, sa boîte à la main, et ils quittèrent ensemble le Tim Hortons. Timmy Stoner abandonna à sa table le monceau de gobelets. Sonia eut l'intuition que, quelle que soit l'heure à laquelle il reviendrait, ils y seraient toujours.

— Veux-tu que je prenne le volant ? demanda Leila comme ils approchaient du véhicule.

— Non, dit Timmy Stoner, lui arrachant les clés d'un geste grandiloquent. Pour tout dire, il va falloir que vous grimpiez toutes deux dans le coffre.

— Tu plaisantes ?

Sonia tâcha de deviner la taille du coffre depuis l'extérieur.

— J'ai une tête à plaisanter ?

— J'aime mieux m'abstenir de répondre, dit Sonia à part elle.

Timmy Stoner ouvrit le coffre et leur fit signe de grimper, un peu trop gaiement au goût de Sonia. Mais, au point où elle en était, elle était prête à abandonner tout sens commun pourvu que ça la mène à son but.

Par chance, Leila n'avait pas complètement remisé le sien, et elle fit jurer à Timmy Stoner qu'elles passeraient la frontière sans encombre.

— Il faut que je te dise, ajouta Leila, qui avait déjà un pied dans le coffre, que j'ai essayé de franchir la frontière hier soir et qu'il se peut qu'ils aient repéré cette voiture comme potentiellement suspecte.

Timmy Stoner posa la main sur l'abattant du coffre.

— Miss Couillue, la réponse est dans les beignets.

Sur quoi, les filles grimpèrent à l'intérieur et s'installèrent tête bêche en position fœtale, pour prendre le moins de place possible et éviter de se balancer des coups de pied à la figure.

— Dis, Leila ? résonna la voix de Sonia dans l'obscurité presque irréelle. Tu m'as dit que t'avais vécu plein d'aventures pendant ton voyage. T'aurais une histoire qui arrive à la cheville de celle-ci ?

Leila se marra. Ce rire délicieux fit regretter à Sonia qu'elles ne soient que des coéquipières réunies par un improbable coup du sort, et pas de vieilles copines d'enfance.

— C'est la première fois que je voyage dans un coffre, c'est clair, qui plus est celui de ma bagnole. J'ai fait des tas d'expériences – échangé des baisers fougueux sur une île, dormi en prison, croisé pas mal de vomi – mais je n'avais encore jamais franchi clandestinement une frontière internationale, surtout pas en compagnie d'un type qui se voit comme un croisement du Duke et de Gandalf. Je te remercie pour cette opportunité.

— Je t'en prie.

Sonia ferma les paupières, se taisant pour éviter de se faire repérer une nouvelle fois.

Depuis la disparition de Sam, elle avait bien du mal à se retrouver plongée dans le noir. L'obscurité l'enveloppait, elle s'imaginait ensevelie sous des mottes de terre, enterrée à son tour. Il lui fallait l'éclat rassurant d'un écran, ou au moins une légère musique de fond pour habiter l'espace autour d'elle. Même quand elle dormait auprès de Jeremiah, elle laissait son ordi allumé. Sur l'écran défilaient des séries télé, lointaine berceuse qui l'empêchait de penser à Sam, où qu'il soit à cette heure, au néant auquel il devait se heurter.

Elle aurait beau hurler à pleins poumons combien elle était désolée, comme elle regrettait d'être tombée amoureuse de quelqu'un qui n'était pas lui, elle pourrait crier les mots dans un mégaphone, les coucher sur le papier pour que le monde entier les lise – il n'en restait pas moins que Sam ne pourrait jamais plus l'entendre.

Sonia essuya les larmes qui coulaient le long de l'arête de son nez. La voiture ralentit, et bientôt des voix étouffées leur parvinrent. Sonia retint son souffle, Leila fit de même. L'instant était suspendu, une immobilité fugace avant que la balançoire à son sommet ne vous remporte dans un grand souffle en arrière. Il y eut des pas, et Sonia vit la catastrophe arriver, le cœur en miettes : un échec de plus dans ses efforts démesurés pour ne pas saborder le mariage de Liz.

Le verrou du coffre cliqueta et le jour se fit, laissant apparaître au-dessus de leurs visages ahuris Timmy et un agent canadien, impassibles. Personne n'osa briser le silence et, l'espace d'une seconde, Sonia faillit en rire, se mettant à la place du douanier : deux filles roulées en boule dans un coffre, espérant passer en douce au Canada, avec un taré au volant lui tendant une boîte de dix beignets. Puis l'agent referma le coffre, et la bande-son se rembobina – le cliquetis de la serrure, les pas, les voix étouffées et le ronron du moteur qui redémarrait.

Dix minutes plus tard, la voiture s'immobilisa et le coffre s'ouvrit. Cette fois, seul le visage de Timmy Stoner les accueillit. Il se pencha vers les filles, leur tendant le bras pour les aider à descendre.

— Bienvenue au Canada, mesdames.

Il s'était arrêté à une station essence où les prix étaient affichés en litres et non plus en gallons. À côté, un autre Tim Hortons se dressait, copie quasi conforme de celui de Bellingham.

— Ouah, la vache ! Comment t'as fait ça ?

Timmy Stoner leva les mains en signe d'ignorance.

— Comme je le disais, tout est dans les beignets. Ne vous étonnez pas de l'efficacité du pot-de-vin. Surtout quand c'est du Tim Hortons.

— Il suffisait de ça ? Acheter le mec avec des beignets ?

— Il faut reconnaître que ma présence a bien aidé. J'ai des actionnaires dans mon fonds de commerce, l'agent McGee est peut-être – ou pas – l'un d'entre eux.

Leila rassembla sa touffe hirsute en une queue-de-cheval. Elle regardait Timmy d'un drôle d'air :

— S'il suffisait d'un petit pot-de-vin, pourquoi dans ce cas on n'est pas simplement montées à l'avant ?

Timmy Stoner lui sourit, tirant une cigarette de la poche ventrale de son sweat.

— Pour être honnête, Miss Couillue, cette partie du scénario aurait pu vous être épargnée. Mais je trouvais ça marrant.

Leila rigola et décocha une bourrade sympathique dans l'épaule de Timmy. Pendant ce temps, Sonia avait sorti de sa poche son portable, qui n'avait plus beaucoup de batterie.

— Putain, merde ! Leila, si on part sur-le-champ, on peut encore réussir à arriver juste à temps pour la cérémonie.

Puis, à Timmy :

— T'as besoin qu'on te raccompagne quelque part ?

Timmy tira sur sa clope, la fumée stagnant autour de son corps comme si elle le prolongeait. Il tourna son profil vers le café voisin de la station-service, laissant planer le silence pour s'assurer que chacun comprenait bien qu'il était en pleine réflexion.

— Non, ça va aller.

— T'es sûr ? demanda Sonia.

Leila avait pour sa part déjà salué Timmy et s'apprêtait à s'installer dans le siège conducteur.

— Allez, filez, dit-il, toujours aussi théâtral. Vous avez une quête à accomplir.

7

QUAND LEILA S'ENGAGEA sur le parking de l'hôtel, Sonia vérifia son reflet dans le miroir de courtoisie. On y lisait les stigmates de sa folle nuit. Ses yeux gonflés par les pleurs, ses vêtements froissés après leur passage dans le coffre, quelques petites pousses vertes prises dans le fouillis de ses boucles brunes après leur maudite balade dans les bois. Tout le long du trajet en voiture, son soulagement d'arriver à l'heure au mariage avait peu à peu cédé la place à une angoisse grandissante au sujet de Jeremiah.

Sonia rabattit le pare-soleil et reporta son regard sur l'hôtel. C'était un genre de manoir, avec quelques cabanes disséminées autour d'un étang pour coller à la touche bucolique. Un hôtel charmant dans un cadre charmant. Quand Liz avait annoncé que ce serait là qu'aurait lieu la réception, Sonia, qui connaissait l'endroit, n'aurait pu imaginer site plus merveilleux pour un mariage. Chaque fois qu'elle y était venue, l'eau de l'étang étincelait d'un éclat métallique, les chemins alentour étaient si paisibles qu'on aurait dit des extensions du plan d'eau.

— On est à l'heure, selon toi ?

— Ça devrait aller, ouais.

Sonia ouvrit sa portière.

— Faut que je trouve Jeremiah.

Elle hésita, les deux pieds hors de la voiture. Le moment semblait propice aux adieux, mais Sonia n'était pas encore prête.

— Oui, vas-y, fais ça. Je te retrouve tout à l'heure dans ta chambre, suggéra Leila.

Sonia lui sourit et lui souffla le numéro de sa chambre, et son nom, afin qu'ils lui donnent la clé à la réception. Puis, chopant au passage la veste de Jeremiah posée sur la banquette arrière, elle se précipita dehors. Elle traversa le hall en furie, tête baissée pour passer inaperçue et ne pas se voir poser des questions gênantes. Elle arriva à l'ascenseur et pressa le bouton de façon frénétique. *Ding*. Les portes dorées s'écartèrent, laissant apparaître Martha dans une robe turquoise, châle assorti sur les épaules, coiffure parfaite et maquillage de reine.

Sonia se raidit.

— Ah, te voilà ! Je t'ai cherchée partout, s'exclama Martha, qui sortait de la cabine tout en gardant un bras tendu derrière elle pour éviter que les portes se referment. File te préparer ! Tu sais que Liz t'en reparlera jusqu'à sa mort si tu as ne serait-ce qu'une demi-minute de retard. Crois-moi, tu ne veux pas lui donner ce genre de plaisir.

— Ah, dit Sonia.

Martha rit de bon cœur.

— Toi aussi tu as eu du mal à t'endormir, hier ? J'étais tellement excitée, je me suis tournée et retournée dans mon lit toute la nuit sans trouver le sommeil, j'ai fini par abandonner : je me suis fait couler un bain et j'ai bouquiné.

Posant la main sur l'épaule de Sonia, elle la poussa dans l'ascenseur.

— Maintenant, va t'habiller ! On s'occupera de ton maquillage dans la voiture. Je t'attends en bas. Allez, file !

Sur ce, elle lui fit un petit salut avant de disparaître derrière les portes coulissantes.

Apercevant son reflet déformé dans les portes en métal doré, Sonia recula sous le choc et souffla un bon coup. Jeremiah avait tenu sa langue, c'était déjà ça. L'ascenseur était toujours à l'arrêt, elle pressa le bouton du deuxième au bout d'une éternité, la tension dans son ventre se relâchant de façon infime, pour mieux se renouer quand la cabine s'immobilisa à l'étage. Elle se dirigea vers la chambre de Jeremiah.

Elle frappa timidement à la porte, qui s'ouvrit sur un Jeremiah en costume (moins la veste), nœud papillon défait pendant mollement à son col. Il eut l'air surpris de la voir, et soulagé. Mais pas forcément content.

Sonia se mordit la lèvre, attendant qu'il dise quelque chose. Elle aurait tout donné pour voir naître au coin de sa bouche l'ébauche d'un sourire, signe infaillible qu'il allait tenter une blague. Voilà des siècles qu'elle ne l'avait pas embrassé, à en croire son cœur qui battait à tout rompre – soudain la raison de sa présence n'avait plus grand-chose à voir avec la livraison d'un écrin et d'une veste de costume, mais tenait tout entière à son besoin de se trouver entre les bras de l'homme qui lui faisait face.

— Juste à temps, dit-il sèchement, comme la veille au téléphone.

— Oui.

Elle lui tendit la veste et les alliances, et fut parcourue d'un frisson électrique lorsque leurs doigts se frôlèrent. Elle attendit près de la porte, maudissant tout bas cette fâcheuse manie qu'avaient les doigts de toujours se rencontrer – ne pouvait-on pas échanger un objet sans contact corporel ?

Jeremiah empocha les bagues et enfila illico sa veste, puis il recula de quelques pas et alla s'asseoir dans un fauteuil au pied du lit. Ce dernier était en désordre, draps sens dessus dessous, un oreiller au sol. Il leva les yeux sur elle : son regard lui faisait toujours autant d'effet, surtout là, quand il détourna vivement la tête, gêné.

Il n'allait pas prendre la parole le premier, c'était clair désormais. Il n'allait pas lui offrir une réconciliation sur un plateau mais, déjà, il avait déposé les armes.

— Je ferais sans doute mieux d'aller me changer, dit Sonia sans le quitter des yeux, guettant désespérément un signe de bienveillance familier sur son visage.

— Ouais, dit-il, s'absorbant dans la contemplation de la moquette. T'as frôlé la catastrophe, tu sais.

— Je sais.

Son silence ressemblait à un ultimatum – *Dis-leur, ou c'est fini* – mais peut-être était-il simplement blessé. Elle ne savait pas trop ce que sa propre incapacité à aborder le sujet signifiait, si son refus de laisser Sam derrière elle était une façon de lâcher Jeremiah.

— On se voit tout à l'heure à la cérémonie, alors ?

— Ouais, dit-il, la regardant brièvement.

Il lui fit une mimique qu'un inconnu aurait pu prendre pour un sourire, mais elle le connaissait trop pour ne pas voir que c'était tout sauf un franc sourire.

Sonia soupira, sentant une fois de plus les larmes l'envahir.

— D'accord, dit-elle, et elle repartit dans le couloir, hébétée.

Elle toqua à la porte de sa chambre, priant pour que Leila ait réussi à dégoter la clé.

— Tu l'as trouvé ? lui demanda celle-ci sitôt qu'elle eut ouvert. Comment ça s'est passé ?

Sonia entra, l'air maussade.

— Je sais pas. Il n'a rien dit à personne.

— Vous n'avez pas discuté ?

— Pas vraiment. Il fallait que je vienne m'habiller.

Sonia farfouilla dans sa valise et en tira sa trousse de toilette. Elle se sentait à la ramasse, le moindre mouvement lui coûtait.

Sonia testa la température de l'eau et grimpa dans le bac, où elle resta une bonne minute sous le jet brûlant, hypnotisée par une tache noire sur le rideau de douche blanc, s'efforçant de rassembler ses forces pour sortir de sa torpeur. Elle nettoya sa peau, ses cheveux des traces de la forêt, de l'odeur des beignets, des heures passées à pleurer.

Elle se rinça, accomplissant les gestes mécaniquement – on aurait pu être un lundi matin au réveil difficile. Elle tourna le robinet et attrapa deux serviettes, s'enveloppa les cheveux puis le corps et sortit.

Il faisait frisquet, et Sonia s'assit sur la descente de bain, mâchonnant distraitement un pan de la serviette qui lui ceignait la tête. C'est dans ce genre de moment, si bizarre que cela puisse paraître, que des idées de roman lui venaient. Du moins, avant – des phrases d'intro qui entraînaient des univers entiers à leur suite, un seul personnage surgissant sous son crâne et la suppliant de lui donner une épaisseur sur le papier.

— Sonia ?

C'était Leila qui l'appelait.

— Oui ? fit Sonia, qui tirait un fil de la serviette avec ses dents sans même véritablement s'en rendre compte.

— Non, rien. Je vérifiais juste que tu ne t'étais pas endormie.

Elle tâcha de chasser le sentiment de vide qui l'avait envahie, et mit en marche le sèche-cheveux. Elle se voyait au mariage, debout au côté de la mariée tandis que Jeremiah serait hors de portée auprès du marié : Sonia savait qu'elle ne pourrait s'empêcher de lui jeter des coups d'œil furtifs pendant la cérémonie, au risque de se faire repérer par Martha. La culpabilité lui tordit le ventre avec une force telle que l'appareil lui échappa des mains. Elle dut quitter la pièce.

Leila se tenait à la fenêtre ; elle observait le parking, ou peut-être les bois au-delà. Sonia s'agenouilla devant sa valise, s'efforçant de faire le vide dans son esprit.

— Ça va ? lui demanda Leila dans son dos.

Sonia se redressa d'un bond.

— Ouaip.

Elle sourit, et regagna la salle de bains pour s'habiller. La douche lui avait rendu son apparence habituelle, avait gommé les poches sous ses yeux, redonné une allure sage à sa chevelure ondulée. Elle avait toujours l'air fatiguée, mais avec un peu de maquillage et l'excuse de Martha sur la nuit blanche due à l'excitation, ça passerait.

Leila frappa à la porte de la salle de bains. Sonia ouvrit, en sous-vêtements, et sourit à Leila.

— Tu as l'air un peu... (Elle fit un geste des mains avant de les laisser retomber le long de ses flancs.) Je sais pas. Éteinte.

Sonia pénétra dans la chambre, ouvrit le placard et sortit sa robe de demoiselle d'honneur de la housse dans laquelle on la lui avait livrée la veille. Elle posa la robe couleur pêche sur le lit, haussant les épaules avec ostentation, comme une enfant boudeuse à qui on demanderait ce qui ne va pas.

— Jolie, dit Leila, roulant en boule le plastique transparent avant de s'en débarrasser dans la corbeille sous le bureau.

Elle s'assit au pied du lit, attentive à ne pas froisser le tissu.

— À quoi tu penses ? Tu veux que je te fasse un thé ?

Sonia haussa de nouveau les épaules, en grimaçant. Sam appelait ça une « mine chiffonnée » ; selon lui, elle faisait cette tête-là pile à la seconde où elle comprenait ce qui la tracassait. Elle saisit sa robe machinalement et en descendit doucement la fermeture Éclair, comme si la tâche était ardue.

— Ça va vraiment te paraître stupide, commença-t-elle.

— Sonia, j'ai passé la nuit à aider une parfaite inconnue à entrer illégalement au Canada. J'ai laissé un type appelé Timmy Stoner m'enfermer dans le coffre de ma propre voiture et lui ai tendu mes clés avec le sourire. Pendant ce voyage, je me suis pris trois prunes pour excès de vitesse, quatre autres pour stationnement interdit, et j'ai conduit du mauvais côté de la route au moins deux fois, tout ça parce que j'étais en train de chialer un bon coup. J'ai passé des jours – je suis sérieuse, des jours – à penser à un garçon dont je n'ai plus eu de nouvelles depuis deux mois.

» Je doute sérieusement, continua Leila, que ce que tu t'apprêtes à dire ait quoi que ce soit de stupide. Et, quand bien même, la stupidité fait partie de notre condition humaine. Surtout quand il s'agit de nos émotions.

Sonia aurait voulu s'asseoir, mais dans un coin de sa tête elle se rappelait que Martha l'attendait. Elle jeta un œil au réveil à l'affichage vert fluo, du genre qu'on trouve immanquablement dans les hôtels.

— OK, dit Leila, je crois que je sais ce qui te trotte dans la tête de toute façon.

Elle rangea une mèche de cheveux bruns derrière son oreille, se passa la langue sur les lèvres et prit une inspiration.

— Je sais que tu as cru que Sam était l'amour de ta vie, dit Leila, remontant ses jambes sur le lit et s'asseyant sur ses talons.

Elle observa Sonia, qui tenait la robe pressée contre son corps.

— L'amour ne court pas les rues, on est bien d'accord. Mais ce n'est pas pour autant toujours une histoire à la vie à la mort. Quel que soit le nombre de gens avec qui tu auras vécu, que tu auras aimés, ça ne changera rien à l'amour que tu portais à Sam. Mais laisse-moi te dire un truc : il n'y en aura pas tant que ça.

Leila ménagea un petit silence avant de continuer :

— Tu as la chance que l'amour ait croisé ta route par deux fois. Le moment est peut-être légèrement mal choisi, mais ne va pas croire une seconde que ça enlève quoi que ce soit à l'une ou l'autre de ces histoires.

Leila se leva et alla chercher sur la table de chevet un mouchoir qu'elle tendit à Sonia.

— Si le fait de perdre la famille de Sam est le prix à payer pour être avec Jeremiah, eh bien ma foi tant pis, c'est un risque à prendre.

Sonia alla jusqu'à la fenêtre, voir si elle repérait Martha qui l'attendait sur le parking. Rien en vue, le parking était calme, les rectangles métallisés étincelaient au soleil, comme une boîte d'aquarelles pleine de couleurs en doublon. Elle s'imagina ne plus avoir à mentir à la famille de Sam, pouvoir embrasser Jeremiah quand bon lui semblait, glisser sa menotte dans la sienne. Un petit frisson de plaisir lui parcourut l'échine, elle sourit.

— Et s'ils me détestaient pour avoir agi de cette façon ?

Sonia tenta de se représenter ce que ça ferait de n'être plus invitée chez eux, de n'avoir plus que la vie familiale d'avant Sam. Puis elle aperçut son reflet dans la vitre et se rappela Timmy Stoner et ses poses étudiées, regard délibérément perdu dans le lointain. Un autre sourire apparut sur ses lèvres : que c'était cliché de rester plantée à la fenêtre à faire des constats dramatiques sur sa vie.

— Alors, c'est que ça devait se passer ainsi.

Sonia posa son front contre la vitre, la tension revint – pas assez cependant pour chasser le léger vertige qui la gagnait.

— Tu m'aides à la fermer ?

Leila vint lui filer un coup de main, puis accompagna Sonia devant le miroir tandis que celle-ci remontait ses cheveux en chignon.

— Merde, Martha doit m'attendre, dit Sonia quand elle eut fini.

Elle attrapa sa trousse de maquillage sur la tablette et boucla les lanières des talons hauts que Liz et elle avaient choisis ensemble. Puis elle prit la pochette assortie à la robe et y glissa la clé que Leila avait récupérée à la réception de l'hôtel, ainsi que quelques mouchoirs en papier qu'elle piqua dans la boîte de la salle de bains.

Leila l'accompagna jusqu'à l'ascenseur. Avant d'appuyer sur le bouton, Sonia regarda Leila bien droit dans les yeux, cherchant ses mots :

— Ce que tu as fait pour moi, je doute que qui que ce soit en fasse un jour autant.

Elle secoua la tête de droite à gauche et baissa les yeux. Peut-être réalisait-elle seulement alors l'étendue de ce que Leila avait fait pour elle.

— Tu mérites cent fois mieux que cet au revoir bâclé.

— Ne sois pas bête, dit Leila. Je ne mérite rien du tout. Notre petite virée m'a permis de rencontrer l'homme de mes rêves. Dès qu'on en a fini ici, je file au Tim Hortons.

Sonia rigola, et appuya à regret sur le bouton d'appel.

— Sérieusement, tu as mon numéro. Si jamais tu as besoin de quoi que ce soit, tu me le dis.

L'ascenseur arriva dans un *ding* retentissant. Une fois dans la cabine, Leila – sans prévenir – enlaça Sonia.

— Merci, dit Sonia en lui rendant son étreinte. Je ne sais pas de quelle contrée tu débarques, mais je suis contente d'être tombée sur toi. Sans toi, j'étais fichue.

— Moi aussi, dit Leila.

Elles se séparèrent, et Sonia fut surprise de voir une larme couler le long de la joue de Leila. Les portes coulissèrent et Sonia repéra Martha sur un canapé en cuir à l'accueil, sa pochette sur les genoux. Elle avait les yeux fixés sur les ascenseurs et, quand elle la vit, elle lui fit de grands signes et commença à rassembler ses affaires.

— Salut, dit Sonia, et le mot parut minuscule dans sa bouche.

Puis elle sourit à Leila et sortit d'un pas vif, ses talons claquant sur le marbre.

8

LE TRAJET ENTRE L'HÔTEL et l'église était assez long. La campagne était verte et, dans le ciel, il n'y avait plus un nuage. Ils longèrent le lac et, bien qu'on fût début août, tout semblait en pleine floraison. Des fleurs violettes, blanches et roses venaient égayer le paysage. De grandes fleurs jaunes poussaient au bord de la route, tête courbée vers la chaussée, ne demandant qu'à être cueillies au passage.

Le père de Sam, Bill, conduisait sans un mot, concentré sur la route. Il détestait la vitesse et demandait généralement à Martha de prendre le volant. Mais Martha était à l'arrière, occupée à aider Sonia à se refaire une beauté. Sonia voyait une fine ligne de sueur perler au front de Bill dans le rétroviseur central.

— L'autre œil, dit Martha, lui tournant la tête afin de lui appliquer un trait d'eye-liner.

» Mais qu'est-ce que tu as traficoté ce matin ? s'inquiéta-t-elle quand elle en eut fini avec le maquillage. Tu n'es pas descendue pour le petit-déjeuner ?

— Nan, dit Sonia. J'ai traîné au lit, j'essayais de rattraper un peu de sommeil.

Elle gardait les yeux rivés sur l'horizon, profitant du paysage, préparant soigneusement dans sa tête ce qu'elle s'apprêtait à dire.

— Liz a bien fait de choisir cette date, poursuivit-elle – de fait, la journée s'annonçait splendide.

— C'est drôle, j'aurais pourtant juré qu'il y avait des nuages tout à l'heure, dit Martha, tendant le cou pour voir au-delà de la ligne des arbres. Cela dit, même si le ciel était nuageux, je fais confiance à Liz pour trouver le moyen de s'en débarrasser. Cette fille sait se faire obéir.

— Tout l'opposé de sa mère, se moqua Bill en jetant un œil dans le rétro pour voir si sa blague avait du succès auprès de Sonia.

Elle lui sourit et détourna la tête : son regard ressemblait trop à celui de Sam pour qu'elle puisse le soutenir longtemps.

Quand ils arrivèrent à l'église, les gens n'avaient pas encore commencé à entrer. Les invités attendaient en grappes devant la porte, cherchant à s'abriter du soleil, prenant la pose, enlacés, devant leurs appareils. On n'entendait rien d'autre que le bruit des conversations, et Sonia sut exactement ce qu'elle saisirait si elle fermait les yeux et distinguait les voix. Elle se dit qu'elle lui devait bien ça, alors elle le fit : elle baissa les paupières, se concentra sur la caresse du vent sur sa peau, ouvrit grand les oreilles jusqu'à ce que le nom de Sam se détache du brouhaha général.

Rouvrant les yeux, Sonia regarda l'église : c'était un haut édifice en pierre de belle taille, avec un porche voûté et des vitraux. Sonia repéra Jeremiah debout près de Roger, juste sous le portail en ogive. Il s'efforçait de ne pas regarder dans sa direction. Elle attendit qu'il cède, puis reporta son attention sur le reste de l'assistance et les pelouses alentour, en quête de la robe blanche de Liz. Un moment, elle pensa que Liz était planquée quelque part afin de se soustraire à la curiosité du futur marié. Puis cela lui revint : Liz avait toujours clamé haut et fort qu'elle détestait cette tradition.

« Je n'ai pas envie d'attendre derrière le rideau et d'être soudain exhibée comme un trophée, disait-elle. Je veux être parmi vous. Moi aussi, je veux profiter de mes amis et de ma famille avant la cérémonie. Et, si Roger n'est pas estomaqué de me voir à l'autel à ses côtés juste parce qu'il m'a aperçue dehors quinze minutes plus tôt, on est mal barrés. »

Roger et Jeremiah approchaient, ils marchaient droit sur elle, probablement pour dire bonjour à Bill et Martha. Une fois qu'ils furent à sa hauteur, Sonia demanda à Roger de trouver Liz et de la ramener, s'efforçant de dire ça du ton le plus naturel qui soit, sans penser qu'elle risquait de gâcher le mariage, pile ce qu'elle avait tenté d'empêcher depuis la veille.

Pendant ce temps, Jeremiah saluait les parents de Sam, une poignée de main pour Bill, un baiser sur la joue pour Martha. Il papotait de tout et de rien avec eux, avec l'aisance d'un homme mûr, bien éloigné de l'étudiant qu'il était, un homme qui sait exactement quelle est sa place dans ce bas monde. C'était une des choses qu'elle adorait chez lui, ce talent pour la conversation mondaine alors qu'il était tellement gaffeur, au fond.

Liz arriva, resplendissante, les soucis liés à l'organisation de la cérémonie momentanément oubliés, toute à la joie d'accueillir ses parents.

Tout le monde se congratula, puis sa main reprit celle de Roger, ses doigts se glissant entre les siens comme s'ils avaient été conçus pour ça. Sonia résista à l'envie de faire de même avec Jeremiah.

— Martha, Bill, Liz, j'ai quelque chose à vous dire.

Tous les visages se tournèrent vers elle, et elle faillit renoncer. Son regard croisa celui de Jeremiah, qui lui sourit d'un air entendu et hocha imperceptiblement la tête.

— Je sais que le moment est on ne peut plus mal choisi. Mais je ne peux pas vous le cacher plus longtemps. Vous avez toujours été si formidables avec moi, comme si je faisais vraiment partie de la famille.

Elle s'arrêta, sa voix était à deux doigts de flancher.

— Jeremiah et moi, nous sommes ensemble.

Elle essaya de déchiffrer l'expression sur leurs visages, mais, passé la surprise qui s'y afficha d'abord, elle ne fut pas capable de soutenir leur regard plus longtemps et recula, baissant les yeux sur la pelouse et les cinq paires de chaussures en demi-cercle, toutes pointées vers elle. Elle sentit une démangeaison sur la tempe, mais ce n'est qu'après y avoir passé la main qu'elle comprit qu'elle pleurait.

— Je suis tellement désolée de ne pas vous l'avoir dit plus tôt. Je ne voulais pas que vous pensiez que j'oubliais Sam. Je vous promets que ce n'est pas le cas.

Sonia ouvrit sa pochette et en tira un des mouchoirs piqués à l'hôtel, afin de se moucher. Une femme en tailleur olive appelait Liz et se dirigeait maintenant vers leur groupe. Liz lui fit signe de lui laisser un moment.

Sonia poursuivit :

— C'est trop tôt, je le sais.

Pressant le mouchoir sur son nez, elle renifla. Rien de féminin là-dedans – un bon gros bruit de trompette pour éviter qu'une goutte lui coule d'une narine pendant qu'elle présentait ses fichues excuses à cette famille en or.

— C'est trop tôt. Mais c'est arrivé.

Elle se tourna vers Jeremiah, dont le visage ne trahissait pas grand-chose.

— J'aimerai toujours Sam, mais aujourd'hui je suis amoureuse de toi et je regrette de ne pas avoir eu le courage de l'admettre plus tôt.

Elle reporta son attention sur la famille de Sam.

— Et je regrette de ne pas vous l'avoir dit avant, de vous déballer ça maintenant. Mais il fallait que je le fasse. Liz, je comprendrais très bien que tu ne veuilles plus que je participe à la messe ou (cette fois, elle s'adressa à Bill et à Martha) que vous vouliez que je quitte les lieux sans tarder. Je ne fais partie de la famille qu'à travers Sam, et je suis tellement, tellement désolée de ne pas l'avoir aimé encore plus quand il était parmi nous.

Elle était consciente que la scène commençait à attirer l'attention. Elle baissa la tête, s'absorbant dans la contemplation des souliers. Une main vint se poser sur son épaule, elle supposa que c'était Jeremiah ; elle aurait sans doute hésité à la prendre si elle n'en avait pas ressenti un besoin aussi urgent. Mais ses doigts se refermèrent sur des bagues et un toucher inconnu.

— Chérie, regarde-moi.

Martha lui souriait, elle était juste devant elle.

— C'est normal de passer à autre chose.

Par-dessus l'épaule de Martha, Sonia aperçut Liz qui se tamponnait le coin de l'œil de sa main qui tenait toujours celle de Roger. Elle aussi souriait.

— Tu es entrée dans cette famille grâce à Sam, c'est vrai. Mais tu en feras toujours partie. Et, comme n'importe quel membre de cette famille, j'ai envie de te voir heureuse.

Autour d'eux, les invités se dirigeaient désormais vers l'entrée de l'église. Quand Sonia goûta au sel de ses larmes, elle s'aperçut qu'elle souriait à son tour. Les sanglots étaient sous contrôle, mais les larmes coulaient encore à flots.

— C'est un moment étrange pour nous tous, mais je suis contente que tu nous l'aies dit, conclut Martha. Si je me sers de toi pour garder Sam vivant, je t'en supplie, dis-moi d'arrêter. Pour nous, tu n'es pas la copine de Sam. Ni son ex. Tu es Sonia. Notre Sonia, point barre.

— C'est pas la mort, intervint Liz. Désolée pour le jeu de mots pourri. Si tu t'imagines une seule seconde que ça va t'empêcher d'être ma demoiselle d'honneur...

Elle s'essuya de nouveau les yeux et enlaça Sonia, le bras de Roger embrigadé dans l'embrassade puisque Liz ne semblait pas vouloir lui lâcher la main.

— Et toi… (Elle s'était tournée vers Jeremiah, vers lequel elle pointait un index menaçant, toujours accompagnée de la main de Roger.)… toi, si tu lui brises le cœur, je te tranche le…

— Liz !

Martha et Bill avaient crié d'une même voix. Liz devait avoir utilisé cette menace un paquet de fois pour que ses parents sachent exactement quand l'interrompre.

— Je ne plaisante pas : si tu lui fais du mal, je te le rendrai puissance dix, reprit Liz, le doigt toujours pointé sur lui.

— Ou… oui, balbutia Jeremiah. Pigé. Si je lui fais du mal, je serai le premier à vouloir que tu me le rendes en mille.

— Bien, dit Liz, qui rengaina son index vengeur et se retourna pour voir l'assemblée se pressant derrière elle afin d'entrer dans l'église. Maintenant, si vous voulez bien, on peut revenir à mon mariage ?

— Ne fais pas ta chipie, dit Martha. C'est un moment spécial.

— C'est mon mariage, je peux être aussi chipie que je veux – et elle tira la langue à sa mère.

Un souffle d'air, loin d'être parfait – un peu trop chaud et pollinisé –, vint leur chatouiller les narines. Sonia pensa à Leila, sans trop savoir pourquoi. Sentant le vent la frôler, sécher les larmes sur ses joues, lui caresser la peau, elle eut une image claire de Leila dans sa voiture rouge, vitre baissée et cheveux au vent.

— Bien, dit Martha en remontant son châle sur ses épaules. Allons-y avant que ma fille menace encore d'estropier je ne sais qui.

∘ ∘ ∘

La piste de danse commençait tout juste à se remplir. Un peu pompette sous l'effet conjugué du copieux dîner, du vin et du soulagement, Sonia tira Jeremiah par la main pour qu'il se lève.

— Es-tu prête à ce que je t'en mette plein la vue ? dit-il – à vrai dire, l'inquiétude perçait sous la tentative de plaisanterie.

— Je m'attends à quelque chose de phénoménal.

— Si à un moment donné la qualité faiblissait un peu, j'ai un plan B pour te distraire en te faisant rire et/ou en t'embrassant langoureusement.

— Ça me va.

Elle était assez consciente des regards braqués sur eux tandis qu'elle l'attirait au milieu des danseurs. L'endroit le plus public où ils s'étaient donné la main jusqu'à présent était le magasin 7-eleven en bas de son appartement. Sur la piste, elle lui fit face sans lâcher sa main et passa le bras sur son épaule. Jeremiah posa la main sur sa taille, et ils commencèrent à valser, légèrement à côté du rythme de la musique qu'on jouait. Jeremiah ne savait pas le moins du monde ce qu'il faisait, mais il ne laissa pas cette idée le freiner. Sonia se colla à lui, attendant de sentir sa prise se raffermir sur sa hanche.

— Désolée d'avoir disparu cette nuit, lui dit-elle au fond des yeux.

Combien elle aurait aimé qu'il lui rende son regard, mais il était perdu dans la contemplation de ses pieds.

— Tu me racontes, maintenant ?

Sonia réfléchit un instant, puis posa la tête sur sa poitrine, le menton de Jeremiah venant se caler à merveille contre son chignon.

— Je ne suis même pas sûre de croire moi-même à ce qui m'est arrivé. Ça pourra attendre demain matin.

— D'accord.

Elle resserra son étreinte, et le sentit trébucher. Liz et Roger, qui dansaient de façon un peu plus pro, venaient de leur rentrer dedans exprès.

— Ça suffit d'être aussi mignons, tous les deux ! cria Liz par-dessus les baffles. C'est notre mission à nous, ça !

Sonia rit et, se sentant à la fois bizarre et ravie de cette étrangeté, elle embrassa Jeremiah au beau milieu de la piste de danse, devant tout le monde. C'était le genre de baiser qui propulse un couple au stade suivant dans la relation, et ce n'était pas le premier de ce genre qu'elle avait reçu de Jeremiah. Après que ses lèvres eurent quitté les siennes, il garda les yeux fermés pendant un moment d'une longueur presque comique, comme s'il avait besoin de ça pour s'en remettre. Elle reposa la tête contre son torse, contre la veste avec laquelle elle venait de passer la nuit.

Une pensée lui traversa l'esprit, celle de son passeport enfoui dans son sac à main volé, et elle murmura contre sa peau, joyeuse et épuisée :

— Je n'ai pas la moindre idée du temps qu'il va me falloir pour rentrer chez moi.

Trésor n° 17
Il y a une ville dans les montagnes du Yukon où les enfants font la loi. Je m'y suis arrêtée pour deux ou trois courses, personne au-delà de dix-huit ans et sans son skate. J'ai dû y rester une vingtaine de minutes, envahie par le sentiment surréel d'avoir sans le vouloir pénétré un étrange royaume. Je n'avais pas ressenti ça depuis notre virée sur le bras mort du fleuve, tu sais, quand j'ai dû te toucher le bras pour m'assurer que je ne rêvais pas. Je n'ai pas noté le nom de la ville, comme ça personne ne pourra venir me dire qu'il y a des adultes qui vivent là. Je devrais arriver à Fairbanks demain. Même si une part de moi doute que tu reçoives ces cartes, je continue à m'offrir des moments de rêverie où je m'imagine que tu m'as répondu abondamment depuis le début, que tu as envoyé tout ça au campement, et que peut-être tu m'y attendras.
Au cas où : Camping et Point de ralliement de Fairlight
10245 S Route de l'aéroport
Fairbanks, AK 99709

Leila

Hudson
27 route de la
Crevette Polaire
Vicksburg, MS 39180

LEILA

1

LEILA ATTRAPA UN BOUT DE BOIS et le jeta dans le feu. La moisissure dissimulée sous l'écorce la fit craquer, il s'en dégagea une épaisse fumée. On était entre chien et loup. Depuis son arrivée au camp près de Fairbanks, en Alaska, la veille, ça avait été le crépuscule plus souvent qu'à son tour, comme si le monde tournait juste assez vite pour que le soleil reste au-dessus de la ligne d'horizon en permanence. Dans une heure, plus ou moins, il finirait par faire nuit. Puis, peu après, dans la nuit immobile, les lumières polaires se mettraient – du moins pouvait-on l'espérer – à danser dans le ciel.

Leila tourna la tête pour éviter les volutes de fumée qui lui piquaient les yeux, et couvrit sa bouche et son nez avec la manche de son pull. L'odeur du feu de camp resterait dans ses cheveux et sur ses vêtements tout le reste de la nuit, elle le savait mais ignorait encore si cela lui plairait ou non.

— Salut, fit une petite voix.

Une minuscule blondinette approchait en faisant signe à Leila. Le sourire de la fillette révélait trois dents manquantes. Ses parents marchaient derrière, la femme dans une longue jupe à motifs, cheveux nattés, l'homme dans un pantalon de lin avec des bracelets de chanvre aux poignets et une barbe lui descendant jusqu'à la poitrine.

— Tu veux dîner avec nous ? lui proposa la petite fille avant de prendre place à côté de Leila sans vraiment attendre sa réponse.

— Dee t'a vue monter ta tente toute seule, dit la femme. Elle nous a fait promettre qu'on n'allait pas te laisser dîner en tête à tête avec toi-même.

— Brochettes de légumes, ça te va ? ajouta l'homme, s'efforçant d'enfiler des tomates cerise sur une brindille qu'il avait à peu près nettoyée. Je suis Brendan, et voici Harriet.

Leila toussa – toujours la fumée – et sourit à cette compagnie impromptue.

— Moi, c'est Leila. Je serais ravie de partager ce repas avec vous, dit-elle. Je vous remercie.

— Tu veux du thé ? fit Harriet, posant une bouilloire près des braises avant de s'asseoir en tailleur par terre.

— Avec plaisir.

Brendan s'accroupit à son tour et planta les brochettes à dix centimètres à peine du feu pour que les légumes grillent à point.

— T'as prévu de camper ici combien de temps ?

— J'ai réservé un emplacement pour la semaine. Mais, mon objectif, c'est d'observer une aurore boréale. Donc, s'il le faut, je suis prête à rester davantage.

— C'est la première fois ?

Brendan se frotta les mains pour en chasser la terre.

— Ouais.

Leila demanda à Dee :

— Tu connais la vérité au sujet des aurores boréales ?

La petite Dee, qui s'était installée dans le giron de sa mère, fit signe que non, ses boucles blondes rebondissant comme des ressorts.

Leila tenait cette histoire de son père, et elle se rappelait très bien la façon dont il la lui avait racontée, les pauses et les gestes qu'il faisait. Mais elle n'avait pas d'autre souvenir pour accompagner cette histoire : elle ignorait l'âge qu'elle avait lorsqu'elle l'avait entendue la première fois, s'il la lui avait souvent racontée, ce qu'elle avait alors ressenti.

— Depuis la nuit des temps, les gens ont imaginé des tas d'explications. Certains pensaient que les aurores polaires étaient de grands feux dans le ciel ou des oiseaux gelés en plein vol. La plupart des gens aujourd'hui croient que c'est la lumière du soleil qui s'adonne ici à un petit jeu qu'elle ne s'autorise pas ailleurs. Mais, tout ça, c'est des sornettes.

Dee était captivée. Leila se demanda si elle avait réagi pareillement la première fois qu'elle avait entendu la légende. Elle devait avoir le même âge que Dee, ou moins, pour que cette histoire lui soit restée en tête alors que rien d'autre ne s'y était imprimé.

— La véritable histoire des aurores boréales est la suivante, commença Leila en se frottant les mains devant le feu. Il y a des milliers et des milliers d'années de cela, elles n'existaient pas le moins du monde. En ce temps-là, les habitants de la planète menaient tous des vies similaires. Ils chassaient pour subsister, formaient des familles et des tribus. Ils se levaient avec le soleil et se couchaient en même temps que lui.

» Puis vint une fille, poursuivit Leila, qui voyait que l'horizon s'élargissait, que la vie se compliquait. On construisait des bateaux qui descendaient des rivières jusqu'à des endroits inconnus. On se mettait à peindre, à écrire, à faire de la musique.

» Cette fille comprenait que son existence pouvait suivre différents chemins et s'inquiétait à l'idée de s'être engagée sur la mauvaise voie. Et si elle voulait être une aventurière ? Et si elle était vouée à être peintre, mais que personne ne lui donnait jamais de pinceau ? Toute la journée, elle réfléchissait aux autres vies qu'elle aurait pu vivre.

Leila s'arrêta un court instant pour ménager son effet, comme elle le faisait lorsqu'elle se racontait l'histoire dans sa tête, laissant son esprit divaguer sur cette dernière phrase. Le crépuscule s'étirait, le ciel violet était noyé d'orange, quelques étoiles pointaient timidement le bout de leur nez. Leila savait qu'il était trop tôt, mais elle fouilla la voûte céleste du regard, espérant apercevoir les lumières vertes en train d'espionner son histoire. Dee était enchantée, et trop absorbée pour remarquer que sa mère s'était mise à faire courir ses doigts dans ses boucles blondes.

— Toutes ces idées entravaient la fille, lestaient son corps. Ses pieds se firent si lourds que c'est à peine si elle pouvait marcher. Pas moyen de lever les bras pour porter une cuillère à sa bouche. Le champ des possibles commençait à lui peser sur les poumons, rendant sa respiration difficile.

» Ses parents, inquiets, firent venir le médecin de la tribu. Mais il ne sut pas dire quel était son problème. Tout le monde vint la voir, mais personne ne savait dire ce qui la plombait autant. Plus les gens venaient, plus elle se sentait mal.

» Le problème, c'est qu'elle voyait la même chose se passer chez les autres. Toutes les vies que personne ne vivait – le prof avec un cœur de guerrier, le paysan avec l'imagination d'un écrivain. Le temps passa. À chaque visiteur, son cas s'aggravait. Elle aurait voulu leur dire ce qui lui arrivait, mais sa langue était trop lourde pour articuler le moindre mot. Et, un jour, c'en fut trop. Il y avait trop de vies pour que la fille puisse les garder toutes à l'intérieur d'elle-même.

— Que s'est-il passé ? interrogea Dee, se penchant depuis les genoux de sa mère.

— Il y eut un éclair, dit Leila en ouvrant sa main, paume en l'air, comme son père l'avait fait en lui racontant l'histoire. L'éclair le plus lumineux qui avait jamais frappé la Terre, et il emporta la fille et toutes les vies qu'elle renfermait jusqu'au ciel. Voilà ce que sont les aurores boréales. Toutes les vies que nous ne vivons pas. Pas juste celles de cette fille, non, celles de tout un chacun.

» Selon la légende, la première fois que tu vois ces lumières qui dansent, elles te révèlent ta voie.

Dee rit de bon cœur et applaudit, et ses parents firent de même. Brendan lui adressa un sourire chaleureux. Soudain, le feu claqua, et

Leila contempla les flammes comme si quelque chose allait en sortir. Jusqu'à ce jour, elle n'avait encore jamais raconté cette histoire à personne. Ça lui avait fait un bien fou de la partager avec eux et, en même temps, elle avait eu peur que le fait de prononcer les mots à voix haute les chasse de sa mémoire, comme une confession vient alléger à jamais la conscience du coupable.

Se laissant paisiblement caresser la tête par sa mère, Dee demanda à Leila – seuls les enfants pouvaient être aussi abrupts :

— Où est ta famille ?

Leila hésita, attrapa une brindille au sol près de sa cheville et se mit à en peler l'écorce. Elle leva les yeux sur Dee, qui avait demandé ça si innocemment que Leila ne sentait même pas l'urgence habituelle d'éluder la question.

— Tu vois, Dee, en fait je n'ai plus vraiment de famille. Il y a un an, j'ai eu un terrible accident de voiture, expliqua-t-elle, chassant la fumée devant ses yeux.

Elle vit les visages des parents prendre une expression désolée, les regards se voiler. Sur la tête de sa fille, la main de Harriet s'était immobilisée.

— Ils sont morts ? demanda Dee, sans éviter le mot fâcheux.

— Ouais. J'ai un oncle et une tante qui se sont occupés de moi après l'accident, mais mes parents et ma sœur sont morts.

— C'est triste.

Dee ramassa une brindille et se mit à cribler la terre de trous, sans croiser le regard de Leila.

Celle-ci crut voir un éclair de couleur dans le ciel et se retourna, mais il n'y avait rien.

— Oui, si on veut. Mais, pour te dire la vérité, je ne me souviens pas d'eux du tout.

Sa main se porta par réflexe à la cicatrice qui lui courait de la nuque à l'arrière de l'oreille. Elle frissonnait encore en la touchant, bien que les cheveux aient repoussé par-dessus. Chaque fois qu'elle sentait le sillon de peau boursouflée, elle s'imaginait le morceau de verre qu'ils en avaient retiré. Elle se représenta des flots de sang – pourtant, dans ses souvenirs, pas la moindre goutte d'hémoglobine.

— Je ne les reconnais pas quand on me montre des photos, d'ailleurs je ne me rappelle rien des jours où ces clichés ont été pris. Tout s'est envolé, dit-elle, en s'efforçant d'avoir l'air indifférent et afin de ne pas traumatiser Dee.

— Tu es amnésique ? souffla Harriet, serrant fort sa fille dans ses bras. Alors ça arrive vraiment, hein ?

Elle fit rouler sous ses doigts l'anneau argenté pinçant sa narine.

— Les médecins ne savent pas dire dans quelle mesure c'est physiologique ou si c'est principalement dû au stress post-traumatique. Il n'y a qu'avec le temps qu'on verra si je récupère tous mes souvenirs, si tant est que la mémoire revienne. Le seul truc dont je me souvienne d'avant l'accident, c'est cette légende des aurores boréales.

— Tu ne te rappelles rien du tout ? voulut savoir Dee, qui se frottait les yeux tant la chose lui semblait irréelle.

— Nan, rien.

Leila haussa les épaules.

— Et les anniversaires ? Je me souviens toujours de mes fêtes d'anniversaire. L'année dernière, j'ai eu un gâteau au chocolat, et maman et papa m'ont laissée faire un dessin dessus avec le glaçage, j'ai pu en mettre autant que je voulais, alors j'en ai mis des tonnes. Puis on est allés nager, et j'ai eu trois livres.

Ses yeux s'éclairèrent à ce souvenir.

— Et encore, ce n'était pas mon meilleur anniversaire ! Sept ans, c'était vraiment super. Tu ne te souviens pas de ton septième anniversaire ?

— Je ne me souviens d'aucun, dit Leila, mais je suis sûre que pour moi aussi, sept ans, c'était super.

— Qu'est-ce que tu as oublié d'autre ?

— Ma puce, intervint Brendan en posant la main sur le front de sa fille, Leila n'a peut-être pas envie de nous raconter ça.

— Non, c'est bon. Ça fait du bien d'en parler, pour une fois.

Elle songea à Sonia, à Elliot et à Bree, à la façon dont elle les avait poussés à s'ouvrir et se confier, et elle ne put réprimer un sourire. Elle se promit de vérifier son courrier à la réception du camping avant de reprendre la route. La lettre qu'elle espérait de la part de Hudson y serait peut-être.

— Depuis l'accident, je ne sais plus trop qui je suis. Il y avait des pièces du puzzle : mon ancien journal, mon répertoire téléphonique, des photos. Des amis sont venus me rendre visite en pleurs à l'hôpital, m'ont enlacée à n'en plus finir, mais je n'avais pas la moindre idée de qui c'était. Je suis retournée au lycée après quelques mois mais c'était trop bizarre, je n'ai pas supporté. Comme si j'avais été transplantée dans la vie de quelqu'un d'autre. Je ne me reconnaissais même pas dans le miroir. C'était étrange que de parfaits inconnus en sachent plus sur moi que moi-même. Et puis, ça n'a rien fait ressurgir. Rien, à part l'histoire de l'aurore boréale.

» Je ne me rappelle aucun de mes anniversaires, répéta mécaniquement Leila – une ligne de plus cochée sur la longue liste de ses oublis. J'ai oublié quand j'ai appris à faire du vélo, si ça se trouve je ne sais même pas. Par contre je sais que j'ai appris à nager, mon corps s'en souvient parfaitement bien.

Un frisson de plaisir lui parcourut l'échine à la pensée de sa traversée à la nage du Mississippi. Une chair de poule délicieuse lui picota les avant-bras.

— Je n'ose pas imaginer ce que ça doit être, murmura Harriet, les doigts glissés dans les mèches de Dee. Comment peut-on reprendre le cours de sa vie après une tragédie pareille ?

— Je n'en sais rien, reconnut Leila. Je n'ai pas pu. J'ai quitté Austin, où je vivais, pour aller m'installer en Louisiane, chez mon oncle et ma tante. Mais ça n'a pas franchement réglé le problème. Je me suis sentie encore plus étrangère. Quand j'ai reçu l'argent de l'assurance, je me suis dit que rien ne me retenait là-bas. Je n'avais qu'une idée en tête, une seule piste à suivre qui puisse éventuellement me mener sur la trace de ma mémoire.

Elle leva la tête et s'absorba dans la contemplation du ciel, pensant non pas aux fameuses lumières vertes mais à Hudson, à la voûte étoilée au-dessus de leurs têtes cette nuit-là.

Pas un mot ne fut ajouté, même Dee se tut, seuls le craquement du feu et un petit ruisseau non loin de là ponctuaient le silence. L'obscurité était devenue bien plus épaisse, le ciel avait tourné au violet foncé et les étoiles se multipliaient. Aucun nuage à l'horizon pour gâcher ce décor. Leila sentit l'adrénaline se répandre dans ses veines.

— J'espère que, ce soir, la roue va tourner, dit Leila. Il doit bien y avoir une raison pour que la seule chose dont je me souvienne soit cette légende boréale. C'est pour ça que j'ai fait le voyage jusqu'ici.

Elle regarda Brendan et Harriet, qui lui rendirent son regard, de tout cœur avec elle. Puis ils reportèrent tous deux les yeux sur Dee.

— J'espère que le fait de voir une aurore boréale va me rafraîchir la mémoire, que ça fera remonter à la surface des petits détails de ma vie passée, ou des pans entiers, qui sait. Je compte rester éveillée jusqu'à ce qu'il fasse nuit noire et que les lumières se mettent à danser.

Dee, qui s'amusait à rassembler puis à jeter au feu tout un tas de petits riens – feuilles, brindilles, cailloux –, se leva soudain et vint rejoindre Leila, toujours assise sur son rondin. Sans hésiter, Dee l'enlaça et la serra fort contre elle.

— Je te souhaite de te souvenir de tes anniversaires. Surtout celui de tes sept ans.

o o o

Leila écoutait la chanson en boucle depuis bientôt une heure désormais. Il y avait cette phrase qui la touchait particulièrement, une flèche en plein cœur, elle avait du mal à y croire tant c'était sa vie. « Pourchassant le seul souvenir significatif que tu croyais encore avoir », regrettait le chanteur des Neutral Milk Hotel de sa belle voix nasale dans les écouteurs de Leila. Elle avait découvert la chanson durant sa traversée de l'Alaska et, bien que le reste des paroles ne la concerne en rien, elle avait anticipé le moment exact qu'elle vivait maintenant, étendue dans l'herbe sur une couverture, les yeux rivés au ciel du Grand Nord, à guetter une aurore boréale. Ça aurait été largement plus satisfaisant si une aurore boréale s'était effectivement formée. Mais ça faisait des heures, et rien ne se produisait. Le ciel allait bientôt s'éclaircir, et Leila se sentait impuissante face à cela. Elle aurait voulu cueillir la nuit, y planter ses ongles et la supplier de rester encore un tout petit peu plus longtemps.

L'adrénaline l'avait quittée, elle commençait à fatiguer. Elle n'arrivait pas à décider ce qui était le plus décevant, ça ou la boîte aux lettres à la réception du camping désespérément vide. D'une certaine façon, c'étaient les deux faces d'une même réalité : l'aurore refusait d'apparaître, Hudson refusait de répondre. Clairement, Hudson ne voulait plus rien avoir à faire avec elle.

Tout lui semblait si plat. À ce moment précis, son long voyage lui paraissait empreint d'une telle vacuité. Quand elle avait laissé derrière elle son oncle et sa tante, dans leur petite ville près de La Nouvelle-Orléans, elle s'était sentie anonyme. Moins que ça encore, si tant est que ce soit possible. Une non-entité, un espace entropique. Et maintenant, qu'était-elle ? Une non-entité qui avait parcouru des milliers de kilomètres et passé une poignée de nuits marrantes au milieu d'un océan de nuits solitaires. Les amis qu'elle s'était faits, si elle pouvait les appeler comme ça, ne savaient pas grand-chose à son sujet, parce qu'il n'y avait pas grand-chose à savoir, pas grand-chose à leur dire. Même cette anecdote qu'elle avait racontée à Hudson à propos des fourmis dans sa ville d'origine : ce n'était pas un souvenir du tout, c'était juste un truc qu'elle avait lu dans son journal intime et récité, espérant que si on les disait avec conviction, les mots finiraient par lui sembler les siens.

Son cœur manqua un battement : une étoile filante traversait le ciel, sa présence fantôme s'éternisa un instant dans une traînée scintillante. Elle ne bougea pas d'un pouce, la tête inconfortablement calée sur le minuscule coussin acheté dans un magasin de campeurs à Fairbanks. Elle chantonna « Oh Comely » une fois de plus, s'assurant que chaque ligne de la chanson franchissait ses lèvres, même s'il n'y en avait qu'une qui lui parlait véritablement. Elle voulait que les paroles s'impriment dans sa mémoire, que la mélodie aille se nicher dans les recoins de son cerveau.

Quand le ciel commença à montrer des signes de l'aube approchante, Leila s'efforça de combattre son sentiment de déception. Elle tâcha de se convaincre que son voyage en avait valu la peine, ne serait-ce que pour les levers de soleil magnifiques partagés avec ses amis pendant ces deux derniers mois. Mais c'était une maigre consolation, et ça ne pesait pas lourd si elle ne savait toujours pas le moins du monde qui elle était.

Elle finit par assister au lever du soleil, contemplant la boule rouge orangé aveuglante à l'horizon jusqu'à ce qu'elle ait repris sa place habituelle, astre jaune au zénith. Puis elle rassembla ses affaires, sa couverture et son coussin, pour regagner sa tente. Des nuits, il y en aurait d'autres, se dit-elle. Tôt ou tard, une aurore boréale se dévoilerait à elle.

Devant sa tente, elle trouva Dee qui traînait en pyjama. Lorsqu'elle vit Leila, ses yeux s'éclairèrent et elle courut vers elle, sa queue-de-cheval se balançant vivement.

— Alors, ça a marché ? Tu t'es souvenue ?

Leila se força à sourire, mais fit signe que non.

Dee fit la moue.

— Même pas d'un petit truc ?

— Eh non, dit Leila, haussant les épaules. Mais c'est sans doute parce que je n'ai pas vu d'aurore boréale. Je réessaierai demain.

Elle lui adressa un petit salut de la main et se réfugia dans sa tente pour rattraper un peu de sommeil. Cela faisait presque trente heures qu'elle n'avait pas fermé l'œil, mais le sommeil ne vint pas facilement pour autant. Elle resta allongée sans bouger pendant des heures, lui sembla-t-il, à attendre, à faire la somme des déceptions de la journée.

2

LEILA ÉTAIT ASSISE avec les pieds sur les cuisses de Hudson, ses doigts vigoureux enserrant doucement ses chevilles. Il avait cette façon d'effleurer sa peau, comme s'il en retirait de l'énergie. L'air était idéal, d'une discrétion confinant à la perfection, comme une caresse matinale. Un diabolo menthe était posé sur la table, où il se réchauffait, la condensation venant former une petite mare au pied du verre qui fit regretter à Leila l'absence de piscine. Elle contempla Hudson qui souriait les yeux fermés, nuque renversée, visage offert au soleil. Elle promenait son index sur ses lèvres, c'était plus fort qu'elle.

— Joyeux anniversaire ! lança une petite voix, tirant Leila de son sommeil.

Le visage de Dee vint s'encadrer dans la tente partiellement dézippée, un petit chapeau conique juché sur ses boucles blondes. Elle souffla dans une langue de belle-mère, qui se déroula comme un long reptile.

— Joyeux anniversaire ! cria Dee pour la seconde fois, avant d'ouvrir le rabat de la tente en grand.

L'air qui entra était frais, ça faisait du bien, exactement comme dans son rêve, et Leila ne put s'empêcher de regarder autour d'elle pour voir si Hudson était là.

— Allez, l'encouragea Dee, lui faisant signe de se lever et de la suivre hors de la tente. On a une surprise pour toi.

Leila s'était endormie dans ses fringues de la veille, jean et sweat bleu ciel, tout deux maculés de taches d'herbe et sentant la fumée (ça lui plaisait, finalement). Elle retira le pull et le balança dans un coin, puis se passa une main dans les cheveux, remettant un peu d'ordre dans les épis laissés par le coussin. Derrière Dee, elle apercevait la jupe de Harriet, le pantalon en lin de Brendan et une paire de jambes qui ne lui disait rien.

— Qu'est-ce qui se passe ? demanda Leila.

— Viens voir ! s'écria Dee, lui adressant de grands signes depuis l'extérieur.

Elle souffla de nouveau dans la langue de belle-mère, et un chœur de langues lui répondit à l'unisson.

La température de l'air semblait indiquer que c'était l'après-midi. Leila s'étira, fit craquer son dos, puis elle obéit et sortit de sa tente.

— C'est quoi, ça ? demanda-t-elle, souriant à Dee et jetant des regards interloqués à la scène qui l'attendait.

— C'est ta fête d'anniversaire ! expliqua Dee en montrant toute une petite assemblée comme si Leila avait pu ne pas la voir. Je sais que ce n'est pas vraiment ton anniversaire, mais c'est trop injuste que je puisse me rappeler presque tous mes anniversaires et que tu n'en aies aucun en tête alors que tu en as vécu plus. Donc au moins tu auras celui-ci comme souvenir.

Harriet et Brendan portaient des chapeaux de papier assortis à celui de Dee et tenaient un gâteau à la main, chassant les mouches qui tentaient d'atterrir sur le glaçage blanc immaculé. Liza, la gérante du camping, était là elle aussi, une langue de belle-mère déroulée à la main.

Quelques autres personnes que Leila n'avait jamais vues avant les accompagnaient, probablement d'autres campeurs que l'adorable Dee avait rameutés. Il y avait un couple d'une vingtaine d'années, un groupe de mecs qui avaient l'air fans de chasse et du concours de la plus grosse barbe. Quelques familles se tenaient autour d'eux, les enfants adoptant des attitudes diverses sur l'échelle du bonheur, de la surexcitation de participer à l'anniversaire d'une inconnue à la sidération de s'être fait traîner au milieu des bois, loin de toute civilisation, par des parents supposés aimants.

Leila sentit un franc sourire s'épanouir sur son visage. Le rêve avec Hudson s'évapora enfin, remplacé par un doux frisson au creux du ventre. Elle regarda Harriet et Brendan, abasourdie.

— C'est cent pour cent elle, dit Brendan secouant la tête, aussi étonné que fier.

Dee prit la main de Leila et la guida vers le gâteau.

— Maman dit que tous les gâteaux d'anniversaire sont au chocolat, alors on t'a trouvé un gâteau au chocolat, comme ça ça te rappellera d'autres gâteaux au chocolat que tu as mangés avant.

Le glaçage était complètement blanc, une toile vierge. Soudain, Harriet brandit plusieurs sacs plastique pleins de sirop de sucre de différentes couleurs.

— Dee a adoré décorer son gâteau l'année dernière, et elle a pensé que tu aimerais choisir comment décorer le tien.

— N'oublie pas de sentir le gâteau, ajouta Dee, sans lâcher la main de Leila. Selon papa, c'est par les odeurs qu'on se souvient le mieux des choses.

— C'est ce qu'on dit, répéta-t-il docilement.

Il sourit puis se tritura la barbe.

— J'espère qu'il sera bon, c'est le seul gâteau qu'on a pu trouver à l'improviste.

Leila regarda autour d'elle, toutes ces personnes avaient les yeux rivés sur elle. Elle ne pouvait toujours pas contrôler le sourire qui lui mangeait le visage.

— Je ne sais pas quoi dire. C'est merveilleux.

— On a une piñata, annonça Liza sans crier gare – puis elle battit des mains.

— Tu as déjà eu une piñata ? demanda Dee, pleine d'espoir.

Leila secoua la tête.

— Ça va être génial ! s'exclama Dee. Je n'ai jamais été à la première fête d'anniversaire de quelqu'un. On va briser la piñata, et on a des bombes à eau. Il ne fait pas trop froid aujourd'hui, et maman a dit que, si on se sèche juste après, on ne tombera pas malade. Puis on pourra faire une partie de cache-cache, puis je t'apprendrai à jouer au jeu des sardines, c'est comme une espèce de cache-cache mais à l'envers. Quelqu'un se cache et les autres le cherchent, celui qui le trouve doit se cacher au même endroit, jusqu'à ce qu'il n'y ait plus qu'une seule personne qui cherche.

Ses yeux trahissaient une excitation démentielle.

Ils suivirent un sentier qui s'enfonçait dans la forêt, loin de l'accueil du camping. Le reste du groupe les suivit en papotant. Harriet s'interrogeait à voix haute sur la grammaire relative aux piñatas.

— On a une piñata ? On utilise une piñata ? On joue avec ? On la frappe, et basta ?

Leila, la main de la petite dans la sienne, entendait Brendan, un cran plus bas, en train de briefer quelqu'un sur sa situation. Un des gamins, un garçon à peu près de l'âge de Dee, se plaignait qu'ils marchaient trop loin, et son père, sans colère dans la voix, lui dit d'arrêter de chouiner et de profiter de la journée.

Bientôt, ils furent au bord du ruisseau, dans la clairière où Leila avait passé la nuit à scruter le ciel. Il aurait suffi qu'elle fasse un pas de côté pour tomber sur l'endroit exact qui était montré sur le site internet du camping. La photo de cette clairière-là était intitulée : *Un des nombreux sites extraordinaires où observer une aurore boréale !*

Ils arrivèrent à une intersection que Leila n'avait pas encore eu le temps d'explorer, et Dee leur indiqua de prendre à gauche. Juste après, ils arrivèrent à quelques tables de pique-nique couvertes de nappes en papier. Y trônaient des bols remplis de chips, des plateaux avec des bâtonnets de légumes et des sauces variées, des bouteilles de soda maousses de deux litres. Des tas de serviettes en papier proclamant *Joyeux anniversaire !* et *Héroïne du jour !* étaient coincées sous de petites pierres. Deux ou trois cartons de pizza étaient répartis sur chaque table, dont le parfum chatouillait déjà les narines de Leila. Trois hommes dans les cinquante ans, avec une barbe de trois jours, étaient restés là pour empêcher les animaux de s'inviter au festin. Ils sirotaient tranquillement une canette de bière. L'un d'eux lui fit signe de sa main libre, les deux autres se levèrent et lui adressèrent un sourire.

— C'est ta fête, donc à toi de dire par quoi on commence, annonça Dee. On peut commencer par le gâteau, ou les pizzas, ou la piñata, ou les jeux.

La petite fille fit le point sur l'organisation, boule d'énergie blonde fusant en tous sens.

— Maman ! Où est la glace ?

— On l'a mise dans le ruisseau, dit l'un des buveurs de bière. L'eau fraîche l'empêche de fondre.

— Oh, fit Dee.

Elle lâcha la main de Leila et alla inspecter le reste des préparatifs. Puis, satisfaite, elle reporta son attention sur Leila :

— Alors, de quoi t'as envie en premier ?

Leila se pencha et souleva Dee dans ses bras pour un gros câlin, et la petite fille couina de plaisir.

— Merci.

Elle la tint dans ses bras un instant, puis la reposa au sol avant de remercier à leur tour Brendan et Harriet, et le reste des campeurs ayant répondu présent.

L'émotion la gagnait, la gentillesse inouïe de ces gens, c'était à peine croyable. L'anniversaire organisé au pied levé par une Dee au cœur gros comme ça, la motivation de ses parents pour la suivre sur ce coup-là. Si quelque chose était à même d'exhumer ses souvenirs, pourquoi ne pas essayer la gentillesse ?

— On va attaquer les pizzas, dit Leila en posant les doigts sur l'épaule de Dee pour la guider vers la table de pique-nique la plus proche.

La fête d'anniversaire était riche de tout ce que Leila avait adoré dans son voyage. Elle se demanda si tout le monde ressentait le même frisson d'extase face à de nouvelles têtes, ou s'il n'y avait qu'elle pour aimer autant les rencontres.

Les trois buveurs de bière à la barbe de trois jours, par exemple, Ron, Geoff et Karl, étaient des cousins partis pour une virée de pêche. Ils avaient un an d'écart, et c'est à peine s'ils avaient besoin de se consulter du regard pour savoir au mot près ce que l'autre s'apprêtait à dire. Le jeune couple venait de se fiancer après avoir survécu à quatre années de relation à distance. Un des gamins, un garçon timide d'une douzaine d'années, se disait poète, et selon lui un jour un chien avait avalé deux cent cinquante pages de ses œuvres, à la suite de quoi il avait cessé d'écrire pendant quelques années.

Leila aurait donné cher pour pouvoir écouter chacune de ces conversations simultanées, au lieu de quoi elle laissa vagabonder son attention, passant d'une personne à l'autre, obtenant un mélange de voix et de bribes de vies.

Une intimité, même fugace, s'était formée dans l'air, et Leila fit attention à ne pas seulement s'asseoir et regarder pendant que tout cela se passait, mais aussi à s'immerger avec eux tous dans le grand bain. Elle avait découvert ça à propos d'elle-même : son désir d'observer les autres à distance et en même temps de s'intégrer dans leurs vies.

Après les pizzas, la conversation et la glace fraîchement tirée du ruisseau, Leila décida qu'il était temps pour une partie de cache-cache. Elle se trouva des cachettes terribles pour gagner et avoir ensuite le plaisir de chercher les autres. Elle adorait faire semblant de ne pas voir les enfants, leurs rires étouffés quand elle s'arrêtait devant le buisson derrière lequel ils étaient dissimulés.

Quand les adultes en eurent assez de jouer et vinrent attraper une bière dans la glacière, Leila décora son gâteau puis annonça qu'il était l'heure de la piñata. Dee applaudit et tendit à Leila le manche à balai pour la frapper.

— Je n'ai pas envie de passer la première, dit Leila. Je suis trop puissante. Personne ne pourra jouer après.

Dee secoua la tête.

— Non, c'est la personne dont on fête l'anniversaire qui doit commencer.

— Je suis sérieuse. La piñata risque d'exploser en mille morceaux. J'ai trop de force.

Avec son sourire auquel manquaient des incisives, Dee croisa les bras, refusant de reprendre le bâton.

— Tu dois passer la première.

— Bon, si tu insistes. Mais ne viens pas me le reprocher si tout éclate et qu'il ne reste aucun bonbon, dit-elle d'un air faussement menaçant.

Elle vint se placer devant la piñata, laissa Harriet lui bander les yeux et, après avoir fait plusieurs tours sur elle-même, surjoua la maladresse à grand renfort de gestes comiques, chutant par terre dès son premier essai.

— Je l'ai eue ? demanda-t-elle depuis le sol à un public enfantin ravi de sa performance.

Ensuite elle se releva et passa le bâton à Dee, le reste des enfants se relayant toutes les vingt secondes pour taper la piñata, les autres ayant formé un large cercle autour d'eux pour éviter les coups perdus. Quand ce fut le tour du poète en herbe de douze ans, la piñata craqua puis céda. Tout le monde se précipita aussitôt pour ramasser la pluie de bonbons ; ce fut la cohue.

Après la piñata, la fête se calma un peu. Dee fit signe à Leila de venir les rejoindre à table pour couper le gâteau. Une bougie solitaire était plantée au milieu, enfouie jusqu'à mi-hauteur dans un glaçage vert censé symboliser une aurore boréale. Les campeurs firent cercle autour de Leila et chantèrent *Joyeux anniversaire,* Dee plus fort que tout le monde. Quand ce fut fini, la fillette dit :

— Maintenant souffle ta bougie et fais un vœu. Si tu le souhaites de toutes tes forces et ne le révèles jamais, il se réalisera.

Elle était agenouillée sur le banc près de Leila, mais le plus loin possible de la table, comme pour résister à l'envie de souffler la bougie à sa place. Elle avait les joues rouges à force de soleil et de course et elle frissonnait légèrement, enveloppée dans une serviette post-bataille de bombes à eau.

Leila attendit un instant en réfléchissant à son vœu. La petite flamme vacilla, tremblotant dans l'air vif. Ce serait tellement drôle si le fait de souffler sur une minuscule bougie d'une banalité affligeante pouvait ressusciter tous ses souvenirs. Elle se vit souffler la bougie, et aussitôt le facteur débarquerait, cherchant Liza pour lui remettre un paquet d'enveloppes. Parmi lesquelles une lettre de Hudson l'attendrait sagement, ou une carte postale – n'importe quoi pourvu que ça mette fin au silence. Elle imagina Hudson débouler sur ce chemin. Pourquoi ne pas faire le vœu d'une vie normale, une vie qui ne tourne pas intégralement autour de ce qui avait disparu ?

Sous le regard de Dee, qui tentait de lire dans ses pensées, Leila prit une profonde inspiration, se rappela que ce n'était après tout qu'une bougie sur un gâteau, puis arrondit les lèvres et fit le vœu de voir une aurore boréale. La flamme mourut dans un petit sursaut de fumée.

Dee se pencha vers elle et lui chuchota :

— Alors, ça a marché ? Tu te souviens ?

Leila lui sourit.

— Merci, Dee. Je me souviendrai toute ma vie de cette fête.

— Qui veut une part ? fit Liza, se lançant dans le découpage du gâteau en petits carrés.

Plusieurs oui se firent entendre, et quelques-uns demandèrent qu'elle leur coupe juste une lichette.

Dee baissa la tête. Leila vit alors que les larmes lui montaient aux yeux.

— Hé, Dee, qu'est-ce qui ne va pas ?

Dee renifla, serrant les dents. Sa lèvre inférieure tremblotait encore sous l'effet du froid.

— C'était censé marcher, dit-elle. Tu devrais déjà avoir retrouvé tous tes souvenirs.

Sur ces mots, elle bondit du banc et partit en courant, sa queue-de-cheval tressautant dans son dos.

Leila lui cria de revenir, mais déjà Harriet s'était levée.

— Ne t'en fais pas, lui dit-elle. Ça lui passera. Dee est comme ça. Elle a tendance à prendre les choses trop à cœur, et a du mal à encaisser que ça ne tourne pas exactement comme elle le souhaite... Profite de ta fête.

Leila fit de son mieux, acceptant un morceau de gâteau, papotant avec le reste des convives. Si Dee était toujours déçue tout à l'heure, Leila lui concocterait un petit mensonge à sa sauce pour l'apaiser. Elle regardait régulièrement par-dessus son épaule, espérant voir revenir

Harriet accompagnée de Dee. Au bout de vingt minutes, juste comme Leila commençait à se faire du mouron, Harriet surgit soudain, paniquée, en larmes.

— Je ne la trouve nulle part ! cria-t-elle. Dee a disparu.

3

LEILA FOUILLA LES BOIS avec les parents de Dee, tâchant de leur offrir une présence rassurante. Une fois n'est pas coutume, elle remerciait le ciel que la nuit tombe si lentement.

Ils avaient écumé le campement pendant plusieurs heures, répartis en petits groupes de deux ou trois pour couvrir le plus de terrain possible. Constamment, on entendait résonner « Dee ! » à travers les arbres, et les derniers oiseaux encore dans les parages s'égaillaient à toute volée. Leurs battements d'ailes étaient un son terrorisant pour Leila. Mais elle n'osait pas se laisser gagner par l'angoisse en face de Brendan et Harriet. Elle cherchait en vain dans les taillis, s'efforçant de distinguer quelque chose qui ne soit pas de l'obscurité ou un tronc quelconque.

Brendan avait passé un bras autour des épaules de Harriet, mais il avait une mine aussi sinistre et pessimiste qu'elle. Quand ils criaient le prénom de leur fille, leurs voix sonnaient faiblement, comme sur le fil du rasoir. Un garde forestier du nom de Rick les accompagnait, jetant des rais de lumière entre les buissons, cherchant dans les branches hautes que Dee n'aurait jamais pu atteindre. Légèrement en surpoids, le regard las, Rick semblait fait pour être gardien de parking plus que pour travailler en plein air, qui plus est en tant que garde forestier.

— Les enfants de cet âge, commença-t-il, ils se lassent vite. Ils ont parfois de drôles d'idées qui leur passent par la tête, et ils continuent à marcher, et ils sont de plus en plus perdus. Mais une fille qui a déjà fait du camping, comme vous dites, devrait savoir que rester immobile est la meilleure chose à faire. Si elle s'est enfuie après une dispute, je suppose qu'on la trouvera uniquement quand elle l'aura décidé.

— Il n'y a pas eu de dispute, murmura Leila.

Elle aurait dû inventer un truc, un petit détail révélateur qui aurait enchanté Dee.

— Quoi qu'il en soit, à votre place, je m'inquiéterais pas, insista le garde forestier.

— Oui, eh bien moi, je suis très inquiète, répliqua Harriet.

Leila enrageait à l'idée qu'il n'y ait rien de plus constructif à proposer que de regarder partout. Elle se sentait tellement inutile à crier « Dee ! », à débouler dans une clairière pour observer l'étendue d'herbe les mains sur les hanches, sans savoir que faire de plus.

L'air fraîchissait. On était loin des températures négatives, mais Leila s'imagina la petite Dee enveloppée dans sa serviette humide, et l'idée la paniqua. Soudain, le monde lui sembla regorger de dangers. Des animaux affamés, des falaises dissimulées, des plantes empoisonnées qui pouvaient vous envoyer au tapis d'un simple contact. Les cancers, les problèmes cardiaques insoupçonnés, les accidents de voiture.

Leila s'obligea à respirer calmement.

— Elle a peut-être regagné le camping à l'heure qu'il est.

— Je crois pas, non, rétorqua le garde aussi sec. Ils m'auraient appelé sur le talkie.

Il continuait de regarder entre les arbres, inconscient des regards assassins de Brendan et de Harriet.

— Vous avez étudié la psychologie dans votre cursus, Rick ?

— Oh non, jamais, fit-il. Pourquoi ?

Harriet décocha un sourire dépité à Leila et roula les yeux. Le cœur n'y était pas, mais c'était compréhensible.

— Je me demandais juste si votre charme était naturel.

Leila se pencha pour ramasser une brindille afin d'avoir de quoi s'occuper les mains. Le bout de bois grouillait de minuscules fourmis noires, cependant, et elle le rejeta au sol. Elle ferma sa veste jusqu'au col et emmitoufla son nez dans le tissu.

— J'espère qu'elle n'a pas pu aller si loin, continua Rick, sans prendre la peine d'arborer une mine de circonstance, la voix neutre. Encore un kilomètre et on va entrer sur le territoire des ours.

— Vraiment, Rick ? Vous n'avez pas mieux comme commentaire à cet instant précis ?

Rick resserra sa ceinture et continua de progresser.

— Je ne suis pas sûr de comprendre où vous voulez en venir. Les ours et les autres bêtes sauvages sont un danger à prendre au sérieux pour les campeurs amateurs dans cette zone.

Harriet grimaça et serra les poings. Brendan, contrairement à son habituelle nonchalance, semblait à deux doigts d'assommer l'abruti.

— Rick, que diriez-vous si nous continuions par ici et qu'on laissait les autres faire demi-tour ? Au cas où on aurait raté quelque chose ou que Dee revienne d'elle-même au camp, proposa Leila.

— Pas une mauvaise idée, fit-il. Mais j'ai pour instruction de rester avec M. et Mme Maclin.

— Et si je restais avec eux et que vous partiez ?

— Encore une fois, c'est non, fit Rick le plus sérieusement du monde. Que se passerait-il si vous tombiez sur une meute de loups et que vous n'aviez pas mon pistolet à fléchettes pour vous protéger ? Hein, vous feriez quoi ?

Il tapota l'arme dans son holster comme un bon chien fidèle.

Leila secoua la tête : elle n'en revenait pas. Elle fit à Harriet un geste d'impuissance.

— J'aurai essayé.

— Je sais, dit Harriet. Toi, vas-y, rentre au camp. Je crois que plus on se disperse, mieux c'est.

— Tu es sûre ?

Leila n'était pas très chaude pour les laisser avec ce type bouché, même si une part d'elle-même était ravie à l'idée de le planter là.

— Ouais. Juste, fais gaffe à… aux animaux sauvages. Et appelle-nous aussitôt si tu la trouves, dit-elle en sortant son portable pour qu'elles échangent leurs numéros.

— On ne capte pas trop par ici.

— Putain, Rick, dit Leila.

— File. Sauve-toi.

Harriet lui sourit – ça devait lui coûter vu le contexte.

Leila tourna les talons et refit le trajet en sens inverse. C'était un sentier de randonnée, long mais pas particulièrement ardu – c'est pourquoi Rick avait supposé que c'était le chemin le plus probable pour une enfant de sept ans.

Elle scrutait les environs sur son passage, mais après des heures à écarquiller les yeux, il devenait difficile d'y croire encore. Cependant, la façon dont les feuilles frissonnaient sous la brise, dont un arbre entier tremblotait et s'agitait tel un groupe de personnes en interaction dans une pièce, était tout bonnement captivante. La beauté des lieux était presque rassurante, comme si aucun mal ne pouvait arriver à Dee tant qu'elle était perdue dans cet environnement paisible.

Une branche craqua non loin d'elle. Puis elle entendit trottiner quelqu'un, un bruit de pas presque aérien. Leila s'immobilisa, s'efforçant de n'émettre aucun bruit pour vérifier qu'elle n'avait pas rêvé. Les pas reprirent, ils s'approchaient.

— Dee ?

Les pas accélérèrent illico. Ils étaient tout près, sous le couvert des arbres, juste au bord du sentier. S'il avait fait jour, ou même entre chien et loup, elle l'aurait probablement repérée.

— Dee, c'est moi, Leila ! appela-t-elle, quittant le chemin pour s'engager dans la direction où elle avait entendu des feuilles craquer sous les semelles de caoutchouc, de plus en plus vite.

En moins de temps qu'il n'en faut pour le dire, elle se retrouva à courir dans les bois, évitant les arbustes, contournant les obstacles, se protégeant des branches bases, les aiguilles de pin lui fouettant la figure tandis qu'elle prenait de la vitesse.

— Dee, arrête de courir !

Elle était déjà à bout de souffle. Dans sa vie passée, elle avait été une grande fan de course. Elle l'avait déduit de la paire de baskets défoncées dans son placard et de l'*Autobiographie de l'auteur en coureur de fond* de Murakami trônant sur son étagère. Mais c'était la première fois qu'elle courait depuis la partie de bière-ball et la course-poursuite avec les policiers sur l'île, main dans la main avec Hudson.

— Dee ! Ralentis.

Il était difficile d'imaginer les courtes jambes de Dee filant à cette vitesse. Leila pria pour que la petite n'aille pas trébucher et se blesser. Elle vit en pensée du sang, et accéléra jusqu'à ce que ses muscles la brûlent, poursuivant toujours l'écho des pas, qui étonnamment continuaient de lui échapper. On entendait le bruit d'une eau rageuse, de plus en plus fort ; bientôt les pas en seraient étouffés. *Pourvu qu'on débouche sur une clairière près du cours d'eau,* songea Leila, espérant ainsi apercevoir Dee.

Elle était en nage, son dos était trempé, de la sueur froide collait son sweat à sa peau. *Elle va tomber malade,* se dit Leila, *elle va se blesser, on ne la retrouvera jamais, et tout ça parce que je ne suis pas fichue de me souvenir d'un anniversaire à la noix.* Les larmes se mirent à couler le long de ses joues, à la pensée du trou dans la chaussée qui avait fait exploser deux pneus du véhicule familial, faisant perdre le contrôle à son père. Le trou qui avait envoyé la voiture s'encastrer dans un lampadaire, les ceintures de sécurité offrant une bien maigre protection contre les lois de la physique. Une stupide ornière dans le macadam avait tout ôté à Leila, et *ça* continuait à tout lui prendre.

— Dee ! hurla-t-elle, sans plus trop savoir si la fillette pouvait l'entendre.

Soudain, ce fut l'obscurité complète. Entre deux foulées, la nuit avait étendu son manteau. Depuis combien de temps courait-elle ? Difficile à dire. Pas si longtemps, semblait-il, même si les poumons de Leila cherchaient désespérément de l'air et que ses jambes ne parvenaient plus à la propulser au même rythme. Elle exigea davantage de son corps, le supplia de l'emmener encore un peu plus loin. Et ça marcha – un temps. Elle avança encore, juste assez pour voir une irrégularité dans la ligne des arbres, le ruisseau qui coulait tranquillement dans le fond.

Leila atteignit la clairière, hors d'haleine, ses cheveux trempés lui collant au front et dans la nuque. Résistant à l'envie de se plier en deux, elle dressa la tête et scruta les environs : c'est là qu'elle vit… un cerf. Un pauvre cerf terrifié, filant pour sauver sa peau et se planquer derrière le bosquet d'arbres suivant. C'était à peine une silhouette dans le noir, invisible s'il n'avait eu une traînée blanche sur le dos. Mais c'était un cerf, aucun doute là-dessus, et en moins de deux secondes il avait disparu, avalé par les bois, laissant Leila seule dans la clairière pour reprendre son souffle.

Elle posa alors les mains sur ses genoux et se pencha, fermant les yeux sous le coup de la déception, la sueur et les larmes lui dégoulinant sous le menton pour aller s'abîmer dans l'herbe. La migraine s'annonçait, qui pulsait le long de sa cicatrice sur la nuque, à l'unisson de son cœur.

Quand elle eut un peu récupéré, Leila marcha jusqu'au ruisseau et s'aspergea le visage, avant de s'essuyer dans sa manche. La peau de son visage la piqua sous l'effet du froid. Il lui fallut un moment pour réaliser qu'elle avait atterri dans la fameuse clairière vue sur internet. Elle avait dû suivre un raccourci dans les bois, ou alors elle courait depuis plus longtemps qu'elle le croyait.

Ses jambes tremblaient, vacillaient presque. Sa bouche était sèche, plus sèche que jamais. Elle s'agenouilla de nouveau sur la rive, joignant les mains en coupe pour boire l'eau glacée. Quand elle voulut se relever, ses jambes refusèrent de la porter. Elle tomba dans l'herbe.

C'est alors qu'elle aperçut une silhouette debout à moins de cent mètres, pile là où elle-même s'était installée la nuit précédente. Une silhouette menue à queue-de-cheval.

Leila bondit sur ses pieds et, malgré la fatigue criante de ses membres, traversa la clairière au pas de course. Dee était là, saine et sauve, souriant même. Dès qu'elle l'eut rejointe, Leila la prit dans ses bras, incapable de retenir des larmes de joie. Un torrent de pensées parentales se bousculait dans son esprit : *J'étais tellement inquiète. Ne me refais jamais ça. Où étais-tu ? Je suis tellement soulagée que tu n'aies rien*. Mais elle était trop heureuse pour en prononcer aucune, et garda la petite serrée contre elle.

— Regarde, Leila, fit Dee.

Leila fit un pas en arrière : Dee avait renversé la nuque en arrière, son bras tendu pointé vers les cieux.

Là-haut s'épanouissait une aurore boréale extraordinaire. Des vagues de lumière verte marbraient le ciel, teintées d'or et de violet. Et elles bougeaient, respiraient comme des êtres vivants. Leila n'avait jusque-là jamais rien vu de comparable à la beauté qui se déployait au-dessus de sa tête. Cela ne ressemblait pas à un accident de la nature, mais plutôt à un phénomène que l'univers aurait orchestré à son intention. Elle comprenait maintenant pourquoi les aurores polaires avaient engendré autant de mythes, pourquoi les Anciens y avaient vu la preuve qu'un dieu bienveillant veillait sur leurs existences. C'était majestueux et absolument inouï. Aussi époustouflant que sa course folle à travers les bois.

Elle se rappela sa partie favorite de l'histoire, à propos du combattant. Elle attendit que la voix de son père continue l'histoire, que surgissent des détails supplémentaires. Mais cette phrase tournait en boucle dans sa tête, avec la même voix brumeuse qui se répétait dans sa tête depuis qu'elle s'était réveillée à l'hôpital.

L'aurore boréale était aussi belle qu'elle l'avait imaginée, et elle s'interdit de cligner des yeux tandis qu'elle la contemplait, passant ses souvenirs au peigne fin à la recherche de la moindre miette de sa vie passée, la moindre cendre, la moindre particule de poussière réchappée de sa vie avant l'accident. Mais aucune catharsis n'eut lieu, aucune illumination soudaine, pas la moindre fulgurance venue du tréfonds de sa mémoire tandis que ses yeux contemplaient le spectacle offert par cette nature enchanteresse.

Leila tenta de fermer les paupières et serra les mâchoires de toutes ses forces, comme si les souvenirs se cachaient dans un muscle en sommeil. Les seules images qui lui traversèrent l'esprit furent des photographies qu'on lui avait montrées à l'hôpital, les photos d'école de sa sœur et l'album de mariage de ses parents. Elle se remémora le portrait d'eux quatre à la plage – comme ça lui avait paru irréel de se voir sans même savoir quand ni où le cliché avait été pris. Elle ferma les yeux encore plus fort, à en avoir mal, et quand elle les rouvrit, de petites taches blanches dansaient devant ses pupilles.

L'aurore boréale était d'une beauté à couper le souffle. Elle aurait tout aussi bien pu admirer un lever ou un coucher de soleil. Elle aurait tout aussi bien pu contempler le ciel étoilé au-dessus du Mississippi au côté de Hudson. À dire vrai, cette dernière possibilité lui paraissait plus chargée de sens. Tout son voyage avait été vain, une distraction, une façon d'échapper à la réalité qu'il lui fallait affronter : sa vie d'avant était perdue, et sans doute à jamais.

Leila baissa la nuque et posa la main sur le dos de Dee, contente de voir qu'elle portait un sweat qui avait l'air plus chaud que le sien. Elle essuya son visage baigné de larmes, et fit :

— Je suis contente que tu ailles bien.

Dee lui adressa un petit sourire gêné et reporta son attention sur les lumières dansant dans le ciel.

— Moi aussi je suis contente que tu ailles bien. C'est magnifique, hein ?

Épuisée, Leila se laissa tomber dans l'herbe fraîche :

— Oui, magnifique, c'est le mot.

Dee s'allongea à ses côtés, la tête sur son épaule. Les lumières continuèrent leur spectacle grandiose : elles semblaient conscientes d'avoir un public et vouloir lui en mettre plein la vue. Des légères variations surprenaient Leila de temps à autre, lui tirant de petits soupirs de plaisir qui s'envolaient aussi vite qu'ils étaient venus, emportés par le vent.

○ ○ ○

Les parents de Dee arrivèrent en courant et rejoignirent les filles au bord du ruisseau. Rick le garde suivait péniblement derrière, parlant dans son talkie-walkie et hochant la tête comme s'il avait toujours su qu'on la trouverait là. En pleurs, Harriet et Brendan refermèrent leurs bras sur la petite et la couvrirent de baisers.

— Je suis si heureuse que Leila t'ait trouvée, fit Harriet en berçant Dee.

Elle sourit à Leila et articula silencieusement un « merci ».

D'autres campeurs de la fête d'anniversaire arrivaient, et prenaient soin de se tenir à une distance respectueuse pour laisser la famille à ses retrouvailles. Leila assista à la scène, ravie que la nuit n'ait finalement pas tourné au tragique.

Elle fit de son mieux pour cacher sa déception de n'avoir pas retrouvé la mémoire. Il y aurait un temps pour faire ce deuil, et ce temps demandait de la solitude.

Dee riait de bon cœur, ravie de l'attention qu'on lui témoignait.

— Je n'avais pas l'impression de m'être perdue. J'étais triste, c'est tout, et je voulais rester un peu seule.

Brendan colla son front contre celui de sa fille et sourit, tout en enlaçant sa femme.

— La prochaine fois que tu es triste, tâche d'être triste dans un endroit un peu moins reculé et effrayant, s'il te plaît.

Il embrassa les deux femmes les plus importantes de sa vie et ferma les paupières, reconnaissant qu'il lui soit offert de les embrasser toutes deux en même temps.

En observant cette scène, Leila comprit soudain qu'une séance d'émotion familiale était ce qu'elle avait cherché depuis le début, ce qu'elle avait souhaité ardemment, en dépit du bon sens. *Je ne connaîtrai jamais ça*, se dit Leila. *Personne ne me prendra jamais dans ses bras comme ça, pour me faire sentir que c'est là qu'est ma place – et nulle part ailleurs. Cette scène de retrouvailles n'est pas pour moi, et il est temps que je l'accepte.*

Elle songea à son oncle et à sa tante en Louisiane, la seule famille qui lui restait. Ils étaient jeunes et n'avaient pas encore d'enfants. Ils lui avaient ouvert grand les bras et le cœur, et lui avaient même souhaité bonne chance pour ce périple hasardeux qu'elle avait tant voulu faire. Ils l'avaient aidée à acheter une voiture et à apprendre à la conduire.

Leila ne se rappelait peut-être rien d'eux avant l'accident, mais ils étaient sa seule famille.

Il était temps, comprit-elle. Il était temps d'arrêter cette quête de tout ce qu'elle avait perdu. Elle s'était lancée dans ce voyage pour fuir une vie où elle se sentait étrangère, et quelque part en chemin elle s'était égarée elle-même. Elle s'était persuadée que quelques lumières dansant dans le ciel pouvaient tout changer, mais la blessure était bien plus profonde que ça. Il était temps d'abandonner, de faire le deuil de ses souvenirs. Temps de mener la vie qui s'offrait à elle. Au présent, et non pas au passé. Il était temps de rentrer à la maison.

4

LEILA SE RÉVEILLA DOUCEMENT, s'autorisant à se rendormir plusieurs fois jusqu'à ce qu'il soit clair qu'elle avait dormi tout son soûl. Elle s'assit et but une gorgée d'eau de la rivière à son thermos. Puis elle ouvrit la tente, balança son sac prêt pour le départ sur l'herbe et sortit sous le soleil déjà haut dans le ciel.

Dans le camping, tout était tranquille. Un peu partout flottaient encore dans l'air l'odeur des grillades matinales – saucisses et bacon – et celle, moins appétissante, du café instantané réchauffé. À travers les arbres, elle apercevait les taches de couleur vive des tentes, mais pas un mouvement. Tout le monde devait déjà vaquer à ses occupations – escalade, pêche, observation des oiseaux. Leila attrapa son portable et mit ses écouteurs. Avant de déverrouiller l'écran, elle tâcha de se préparer à l'éventualité de ne recevoir aucun message – elle n'en fut pas moins déçue que le téléphone reste silencieux. Elle désactiva l'option *repeat* et désélectionna la chanson des Neutral Milk Hotel, « Oh Comely », passant son doigt de haut en bas sur l'écran pour choisir une chanson au hasard.

Tandis que la musique envahissait le monde autour d'elle, Leila s'attaqua au démontage de sa tente. Elle progressait tranquillement, peu pressée de partir. Sans qu'elle sache trop pourquoi, la musique lui faisait un bien fou. Chaque note résonnait nettement, chaque mot était porteur de sens, éclairait le jour présent. Ce n'était pourtant pas une nouvelle chanson, elle se souvenait de l'avoir écoutée dans la voiture avec Bree.

Quand la tente fut repliée, elle s'en saisit, glissa son sac sur son dos et alla à l'accueil, les déposant devant la porte le temps de vérifier son courrier.

— Tu es sûre que tu ne veux pas rester encore quelques jours ? s'enquit Liza une fois que Leila lui eut annoncé qu'elle partait.

Un tas d'enveloppes avait été déposé le matin même, et Liza faisait glisser ses ongles manucurés de l'une à l'autre avec une lenteur à vous rendre folle, triant les pubs et les courriers privés en deux piles.

— Qu'est-ce qui t'a décidée à partir soudain ?

— Oh, il est temps, c'est tout, fit Leila, s'efforçant de lire les noms sur les enveloppes par-dessus l'épaule de Liza.

Un des écouteurs de Leila pendouillait entre elles deux tandis que l'autre diffusait un léger fond sonore au creux de son oreille.

— Tu sais où sont Dee et ses parents ? J'aurais voulu leur dire au revoir avant de me mettre en route.

— Ils sont allés faire des courses en ville, répondit Liza.

Elle attrapa la dernière enveloppe et la plaça sur le haut de la pile sur son bureau.

— Rien ? fit Leila en désignant le courrier.

— Désolée.

— Non, ça va, dit Leila.

Elle pensa laisser une adresse pour qu'on lui fasse suivre son courrier, mais peut-être était-il temps également de renoncer à Hudson. S'il avait tenu à elle un tant soit peu, il lui aurait fait signe depuis belle lurette. Elle allait devoir se contenter du souvenir de cette nuit. Comble de l'ironie, elle allait sans doute devoir apprendre à oublier.

Leila ressortit et porta ses affaires jusqu'à sa voiture. Elle les fourra dans son coffre, puis brancha son téléphone sur l'autoradio. Elle baissa les vitres, monta le volume puis s'assit sur le capot, attendant que Dee et sa famille reviennent. Pour certaines chansons, Leila se rappelait exactement où elle roulait quand elle les avait entendues pour la première fois : devant une étendue infinie de champs de maïs aux confins du Kentucky ; coincée dans un embouteillage entre l'Indiana et l'Illinois ; attablée devant un petit-déjeuner dans un hôtel, le fil de ses écouteurs tombant dans le sirop d'érable tandis qu'elle observait une équipe de foot féminine se mettre en rangs par deux avant de venir attaquer le buffet du petit-déjeuner, dans un bavardage incessant.

Elle ferma les paupières sous le soleil, se demandant soudain comment avaient pu se passer les retrouvailles d'Elliot et de Maribel. Quelques minutes plus tard, Harriet, Brendan et Dee faisaient leur apparition dans une Prius vert olive, et vinrent se garer juste à côté. Harriet conduisait ; pour une fois, elle avait relevé ses cheveux en queue-de-cheval, découvrant une longue nuque élégante. Dès que la voiture s'immobilisa, Dee défit sa ceinture et trottina jusqu'à Leila pour la saluer.

Leila descendit du capot, et aussitôt elle fut dans les bras de Dee. Leila avait beau être haute comme trois pommes, les bras de la fillette lui arrivaient à peine à la taille.

— Bonjour, fit Harriet, ouvrant le coffre et en sortant des sacs en papier kraft débordant de légumes avant d'en tendre un à Brendan.

Leila lui rendit son salut.

— Maman et papa m'ont acheté de l'aquarelle aujourd'hui, fit Dee en se détachant de Leila. Ils la vendaient avec plusieurs pinceaux, donc, si tu veux peindre avec moi, tu peux. T'as le temps ?

— Je ne crois pas, non, dit Leila, s'inclinant pour regarder Dee au fond des yeux. Il faut que je rentre chez moi.

Elle avait sorti ça à toute vitesse afin de ne pas faire durer les adieux, mais une fois les mots dans l'air, ils lui semblèrent brusques. Elle eut peur de la réaction de Dee.

— Oh.

La petite baissa les yeux au sol.

— Ce n'est pas à cause de moi, hein, dis ? Quand je me suis perdue sans vraiment être perdue ?

— Non, bien sûr que non. J'ai rempli mon objectif, j'ai vu mon aurore boréale.

— C'est vrai.

Dee lui sourit. Leila étudia son regard : aucune trace d'émotion lacrymale.

— C'est pas grave si tu ne te souviens de rien. Je sais que ce n'est pas ta faute, ni la mienne, ni celle de personne. Ça m'a rendue triste, mais maintenant ça va mieux.

Leila rigola et ébouriffa les boucles blondes de Dee.

— Bien, moi aussi ça va mieux.

— Tu ne vas pas... (Elle hésita.) Tu ne vas pas m'oublier, dis ?

Leila sentit un nœud se former dans sa gorge, les larmes menaçaient. Elle attira Dee à elle pour un dernier câlin.

— Jamais de la vie.

o o o

Sans les détours impromptus ni la flânerie dictée par sa seule curiosité qui avaient défini son voyage vers le nord, Leila redescendit en Louisiane en moins d'une semaine. Une fois arrivée, cela lui fit tout drôle d'être dans un endroit qui lui semblait un tant soit peu familier.

Leila eut tout de même besoin de son GPS pour trouver la maison de son oncle et de sa tante, mais le coin lui disait quelque chose. C'était bizarre d'avoir des souvenirs liés à des endroits qui défilaient derrière la vitre, de regarder cet arrangement unique de chaînes de fast-foods et de magasins et de se rappeler. Tout ce dont elle se souvenait, c'était d'être partie, et puis la petite virée occasionnelle avec sa tante pour aller au centre commercial ou au ciné. Mais, déjà, c'était bien plus que ce à quoi elle était habituée.

La lumière était allumée chez son oncle et sa tante quand elle se gara dans l'allée. Elle serra le frein à main, coupa le moteur et resta un instant immobile. Elle caressa le tableau de bord du plat de la main, pour remercier le véhicule de ses efforts. Hudson avait dû faire des miracles pour qu'une vieille caisse de cette trempe roule sans anicroche pendant plus de quinze mille kilomètres.

— Arrête de penser à lui, dit-elle à haute voix.

Puis, lentement, elle ouvrit sa portière et gagna la porte.

Elle entendait des voix provenant de la cuisine, quelque chose grésillait dans la poêle, la lame d'un couteau frappait avec régularité une planche en bois.

— Bonjour tout le monde ! lança Leila.

Aussitôt sa tante Cathy émergea de la cuisine, s'essuyant les mains sur un torchon jeté sur son épaule.

— Leila ! Mon Dieu, que je suis contente de te voir ! Tu nous as manqué.

Elles s'embrassèrent rapidement.

— Viens à la cuisine. Tom et moi on était en train de te préparer un petit quelque chose de spécial.

Leila la suivit.

— De spécial ?

— Oui ! On se disait que tu aurais une faim de loup en arrivant. Comment s'est passée la route, d'ailleurs ?

— Ça allait, fit Leila. Un peu long.

— Tu m'étonnes ! À dix-sept ans, tu as avalé plus de kilomètres que beaucoup de gens en une vie.

Sa tante rit, passa dans la cuisine et fila se remettre à son poste, devant la pile de légumes.

Tom, occupé à tourner des oignons, du céleri et des poivrons dans une grande cocotte, posa sa spatule en bois et prit brièvement Leila dans ses bras.

— Ravie de te voir parmi nous.

— Qu'est-ce que vous mijotez ? Ça sent délicieusement bon.

Elle observa la cuisine, se demandant à quoi pouvaient bien servir ces ingrédients. Des saucisses, un saladier de riz, des crevettes, du poulet, des tomates en boîte, des poivrons. Il y avait un parfum épicé qu'elle ne parvenait pas vraiment à identifier.

Tom et Cathy échangèrent un regard, un de ceux que Leila avait si souvent vus sur les visages de ses camarades de classe au Texas. *Elle ne se souvient pas.* Avant, ce regard l'embarrassait, elle se sentait prise en faute. Désormais, elle avait accepté l'idée de s'y habituer. À moins de couper les ponts avec tout le monde, c'était un regard qu'elle allait devoir affronter de temps à autre.

— Jambalaya, fit Cathy. C'était la recette de ta mère. Notre mère, ta grand-mère, cuisinait le pire jambalaya au monde, et ta mère avait juré qu'elle ne donnerait jamais un mauvais jambalaya à manger à ses enfants.

Elle attrapa une poignée de tranches de gombos, s'aidant du plat de la lame du couteau pour les transvaser dans le riz. Sans un mot, Tom posa la main sur la taille de sa femme, l'embrassa sur la joue, gardant son visage en face du sien quelques secondes avant de reporter son attention sur la marmite de légumes en train de mijoter.

Leila résolut à cet instant précis de ne pas perdre trop de temps et d'énergie à se poser des questions sur sa petite personne, de ne pas laisser ses propres soucis empiéter sur ceux d'autrui. Sa tante portait toujours le deuil de sa sœur, et Leila aurait été bien en peine de dire quand elle lui avait demandé comment ça allait pour la dernière fois.

— Je peux vous aider ? demanda Leila.

— Tu dois être crevée. Va t'asseoir, plutôt. On ne savait pas trop quand tu arriverais. Il y en a au moins encore pour une bonne trentaine de minutes.

— Je préfère rester debout, pour tout te dire. Ça fait du bien de se dégourdir les jambes. Je peux mettre la table, si tu veux. J'ai l'habitude, maintenant. J'ai vu du pays. Pendant mon voyage, j'ai même rencontré un expert en dressage de table. Je pense que j'ai appris un truc ou deux.

Tante Cathy lâcha le couteau et la planche dans l'évier, puis attrapa une poêle à frire, qu'elle plaça sur le feu avec une goutte d'huile d'olive. Elle se tourna ensuite vers Leila, les mains sur les hanches, un franc sourire aux lèvres.

— Nous serions honorés de profiter des services de quelqu'un qui a pu approcher de près un expert en dressage de table. J'espère simplement que la configuration de notre table ne sera pas trop banale pour quelqu'un de si expérimenté. N'hésite pas à sortir notre plus belle porcelaine.

Leila, toujours prête à plaisanter, allait répondre, mais quelque chose l'en empêcha. Ce sourire.

Ce n'était pas une image très claire, loin de là, mais elle se souvenait de ce sourire.

Sa mère souriait de cette manière. Cet angle exact, les fossettes profondes, les dents parfaitement droites à défaut d'être parfaitement blanches. Ce n'était pas dans une vidéo ni sur une photo. C'était un souvenir. Confus et à peine saisissable, comme un mot dont on connaît le sens sans pour autant pouvoir le définir. Mais un souvenir, néanmoins. La tante de Leila avait le même sourire que sa mère.

Juste après la joie de cette prise de conscience – ça lui était venu dans un flash, et sa tante la regardait toujours, attendant que fuse sa repartie –, Leila sentit, peut-être pour la première fois, la douleur d'avoir perdu sa famille. Elle s'était complu dans le malheur depuis l'accident, mais n'avait pas réellement pu éprouver le manque jusqu'alors. Et, maintenant elle le comprenait, chaque micro-souvenir qui surgirait, chaque éclat de mémoire serait accompagné d'une douleur cuisante. Pour le restant de ses jours, tout ce qui la ferait penser à sa famille, si contente soit-elle de retrouver ces bribes de souvenirs, aurait le goût des larmes.

— Si tu entends des bruits de casse, c'est que ta porcelaine n'était pas à la hauteur, lâcha finalement Leila, se préparant à quitter la pièce mais incapable de bouger d'un pouce tant que le sourire sur le visage de sa tante n'avait pas disparu.

5

LEILA QUITTA LA PAGE DES YEUX un moment, gardant le doigt là où elle s'était arrêtée pour reprendre facilement sa lecture ensuite. La chanson qui passait était géniale, et en temps normal pour rien au monde elle ne l'aurait zappée. Mais son bouquin était si prenant et les paroles de la chanson étaient si justes, c'était comme essayer de lire deux choses à la fois. Elle appuya sur le bouton *avance rapide* jusqu'à trouver un morceau instrumental qui ferait un fond musical idéal pour la lecture, et reprit son livre.

À ses pieds, un autre bouquin qu'elle avait terminé plus tôt dans la journée. Un verre de thé glacé imprimait sa marque sur la petite table en bois au bout du canapé, faute de dessous de verre. La fenêtre ouverte derrière elle donnait sur la pelouse, une légère brise s'y engouffrait, mille fois plus agréable que n'importe quel courant d'air brassé par un ventilateur. Tante Cathy et Tom étaient partis en ville pour la journée, laissant Leila à ses livres, à sa musique, et à la perspective plaisante d'un reste de jambalaya.

Depuis son retour, Leila avait découvert ceci : 10 h 30 était l'heure idéale pour se lever, point d'équilibre parfait entre la grasse matinée réussie et la journée gâchée. Le jambalaya était le meilleur repas du monde, surtout avec la recette de sa tante (et de sa mère). Une cicatrice sur son omoplate, à peine visible, lui venait d'une bagarre avec sa sœur quand elles étaient petites. Ce pour quoi elles s'étaient battues, elle ne s'en souvenait pas, mais l'image de sa sœur Olive plantant ses ongles dans sa peau et lui présentant ensuite ses excuses en pleurs quand elle avait vu le sang couler avait surgi dans l'esprit de Leila juste après qu'elle eut repéré la cicatrice sous la douche.

Plutôt que d'essayer de tout se rappeler, Leila se concentrait sur les découvertes. Qu'elle déterre un détail de son passé ou qu'elle découvre un fait complètement inédit importait peu.

C'est ce qu'elle avait fait avec la musique sur son téléphone pendant son voyage. C'est ce qu'elle allait faire avec tout. À commencer par les livres dans sa chambre. Tante Cathy avait réussi à inscrire Leila au lycée du coin à temps pour qu'elle puisse reprendre son année de terminale. Les cours reprendraient dans deux semaines, et Leila prévoyait de s'enfiler le plus de livres possible d'ici là, avide de découvertes.

Elle but une gorgée de thé sucré, puis tourna la page, l'humidité du verre au bout de son doigt collant au papier. Elle continua de lire, s'enfonçant dans le canapé moelleux, s'enfonçant dans l'histoire, prenant son pied. Le monde autour d'elle était un assemblage de sensations dérisoires : la caresse du canapé en cuir frais sur sa peau, le courant d'air lui chatouillant la nuque, le goût du thé sur sa langue. Tout le reste était oublié, happé par sa lecture.

Elle n'aurait su dire depuis combien de temps déjà on toquait à la porte quand elle fut tirée de sa lecture. Si elle n'avait pas terminé un chapitre pile au moment où une chanson finissait, elle aurait sans doute plongé aussi sec dans le chapitre suivant et fermé les écoutilles à tout le reste. Glissant une carte postale de l'Alaska entre les pages, Leila mit la musique sur *pause* et écouta si le bruit était toujours là.

Elle laissa passer un moment. Elle allait relancer la musique quand elle l'entendit de nouveau ; ça venait bien de la porte d'entrée. Elle abandonna le livre sur le canapé et alla ouvrir sans se presser, prête à signer un reçu pour le colis qu'on lui livrait. Son esprit vagabondait déjà dans la suite de l'histoire. Sans faire gaffe à ce qui l'entourait, Leila ouvrit la porte.

C'est seulement quand elle vit son visage qu'elle réalisa qu'elle avait mille fois rêvé qu'il se pointe sans crier gare. Il était plus barbu que dans son souvenir et avait les yeux cernés, comme s'il avait roulé toute la nuit. Son tee-shirt était froissé, son jean trop lâche, il avait perdu du poids. Le soleil de l'été avait fait son œuvre, ses cheveux avaient éclairci, sa peau bruni, on avait l'impression que ses yeux étaient perpétuellement éblouis.

Cela faisait tellement longtemps qu'elle avait son nom en tête qu'il franchit ses lèvres sans qu'elle en ait conscience.

— Hudson.

— Tu avais raison.

Il faisait craquer ses jointures. Elle s'absorba dans la contemplation de ses doigts, s'attendant à les trouver maculés de cambouis, comme s'il venait tout juste de quitter le garage.

— Ça m'a pris un moment pour l'admettre, mais tu avais raison.

Il se mordit la lèvre, baissa la tête puis se força à la regarder droit dans les yeux.

Leila était trop stupéfaite pour prononcer un mot. Son regard passait de ses mains à son visage.

— Cette nuit-là, sur le fleuve, je savais très bien ce que je faisais. Ce n'était pas juste quelque chose que j'avais dans un coin de ma tête, je connaissais les conséquences si je foirais cet entretien. Je voulais rester à Vicksburg, je voulais rester au garage, je ne voulais pas que ma vie change.

Il se passa la main dans les cheveux et se frotta douloureusement la nuque.

— Tu avais raison. J'avais peur du changement, même si c'était positif. J'aurais dû m'en rendre compte quand tu me l'as dit. Mais j'ai été stupide, et au lieu de t'écouter je t'en ai voulu, et j'ai passé les derniers mois à essayer de te dire ça.

Hudson secoua la tête et grimaça.

— Je n'arrive pas à croire que tu m'as fait passer la nuit la plus exaltante de ma vie et que je n'ai même pas été fichu de te demander ton numéro de téléphone. Je ne pouvais pas t'appeler ni t'écrire. Du coup, je suis allé au Texas. Jusqu'à la ville où tu m'as dit que tu avais grandi. Celle avec les fourmilières. J'ai passé deux semaines à Fredericksburg à essayer de te trouver, espérant que tu finirais par rentrer.

Leila fronça les sourcils, elle s'apprêtait à lui parler des cartes postales : les avait-il reçues ? Elle avait les yeux rivés sur sa bouche, zoomant sur ses lèvres, dont le souvenir lui donnait la chair de poule. Puis les paroles de Hudson atteignirent son cerveau.

— Tu es allé à Fredericksburg ? Mais j'y vivais quand j'avais onze ans.

Il se marra et secoua la tête, se massant de nouveau la nuque.

— Oui, j'ai fini par le comprendre. Puis je me suis rappelé que ta voiture était immatriculée en Louisiane. Il fallait à tout prix que je te trouve, que je m'excuse.

— Hudson, fit Leila en franchissant le seuil.

Elle n'en revenait pas d'avoir autant attendu pour faire un pas vers lui. Elle ne savait pas si elle devait se jeter à son cou, ou l'embrasser, ou les deux. Après tout ce temps passé à croire qu'il ne voudrait plus jamais la revoir, voilà qu'il se tenait devant elle, en chair et en os, lui offrant une place dans sa vie.

— Je suis désolé de t'avoir crié dessus ce matin-là. Je regrette de t'avoir laissée partir.

Il avança vers elle, il était à portée de main. C'était sans doute son imagination, mais elle crut sentir l'odeur du Mississippi sur lui.

— Je sais que ça semble fou après juste une nuit et deux mois de rien du tout, mais s'il y a une chose dans ma vie dont je ne doute pas, c'est toi, Leila.

Les mots déclenchèrent une émotion nouvelle en elle, faisant naître un sourire sur son visage. Dans un brouillard, la distance entre eux s'évanouit, et ils furent dans les bras l'un de l'autre. Son baiser était exactement comme dans ses souvenirs, doux et fort à la fois, ses lèvres semblaient faites pour les siennes. Le bonheur la submergea. Pas le soulagement ou l'apaisement, non : de la joie pure, pour la première fois peut-être.

Elle était chez elle.

Pour l'éditeur, le principe est d'utiliser des papiers composés de fibres naturelles, renouvelables, recyclables et fabriquées à partir de bois issus de forêts qui adoptent un système d'aménagement durable. En outre, l'éditeur attend de ses fournisseurs de papier qu'ils s'inscrivent dans une démarche de certification environnementale reconnue.

Composition Nord Compo

PAPIER À BASE DE FIBRES CERTIFIÉES

hachette s'engage pour l'environnement en réduisant l'empreinte carbone de ses livres. Celle de cet exemplaire est de : 1350 g éq. CO_2 Rendez-vous sur www.hachette-durable.fr

Imprimé en Espagne par RODESA
Dépôt légal 1re publication : juillet 2015
64.6676.5 – ISBN 978-2-01-225662-0
Edition 01 – juillet 2015

Loi n° 49-956 du 16 juillet 1949
sur les publications destinées à la jeunesse